ЛАУРЕАТЫ ЛИТЕРА

Владимир МАКАНИН

Прямая линия

ЭКСМО
Москва
2010

УДК 82-3
ББК 84(2Рос-Рус)6-4
    М 15

Оформление серии *Е. Гузняковой*

Маканин В.

М 15   Прямая линия : повести / Владимир Маканин. — М. : Эксмо, 2010. — 320 с. — (Лауреаты литературных премий).

ISBN 978-5-699-38793-9

Молодой герой умирает «безгрешным» перед обществом, он сам по себе, он еще не наделал неизбежных житейских ошибок, и людям нечего спросить с его короткой жизни. Это — «Прямая линия».

«Стол, покрытый сукном» — это те несколько дней, когда зрелый, состоявшийся мужчина обязан ответить за свою достаточно прожитую жизнь. Спрос с него будет нелегким. За «столом спроса» будут сидеть люди, которые по-своему видят его поступки, его страсти и страхи — его колебания и его жизненный итог.

Читатель имеет возможность «прожить» как одну предложенную жизнь, так и другую. Может сравнивать и может предпочитать. Тем самым означить некий мысленный экзистенциальный выбор.

В книгу мэтра отечественной прозы вошла раритетная дебютная повесть «Прямая линия» и повесть «Стол, покрытый сукном и с графином посередине», за которую писатель был удостоен премии Букер.

УДК 82-3
ББК 84(2Рос-Рус)6-4

ISBN 978-5-699-38793-9

ПРЯМАЯ ЛИНИЯ

ГЛАВА ПЕРВАЯ

1

Мы, Костя и я, шли по вечерней Москве. Шли на танцы. Я шагал вяло, утомленно и вспоминал голубые, как небо, дни. Их было немного, но они были. Это были первые наши дни на работе. В лаборатории. Я сидел тогда важный за своим рабочим местом, небольшим таким столиком, и вокруг стояли девять таких же столиков. Я сидел и деловито просматривал порученные мне расчетные бумаги... бумаги!.. Я просматривал их весь день, не выпуская из рук карандаша.

А они, принявшие нас в свою среду, говорили и все не могли налюбоваться на нас. Они разглядывали нас. «Володя, а скажи... Володя, знаешь ли ты?.. — восклицали, спешили они. И, даже сокрушаясь из-за моих частых ошибок, не сердились: — Ах, Володя! Как же это ты».

Я же сидел, уткнувшись в бумаги, и не без удовольствия слышал легкое, порхающее свое имя, как воздушный шарик, который они как бы перегоняли друг к другу.

Вмешивался Петр Якклич несимпатичным грубоватым голосом:

— Что вы нянькаетесь с ними? Пусть-ка впрягаются на равных! Пришли, понимаешь, здоровые, высокие, как столбы!

— Красивые, — говорила по-матерински Худякова, — молодые...

— Да бросьте! — перебивал Петр. — Они здоровы, как кони! Воду возить... Университетик, слава богу, закончили, поотдыхали там всласть.

— Завидуешь, Петр Якклич? — улыбался майор, которого мы окрестили «лысым майором» в отличие от другого майора нашей лаборатории, «угрюмого». — Завидуешь? — тонко улыбался лысый майор. — Боишься за свой стабильный успех у девиц? А?

Все смеялись, мягко так смеялись. А Петр Якклич, старый холостяк и любитель поговорить о драмах на танцплощадке, вдруг начинал горячиться:

— Я? Завидую? Да я такую зелень и в расчет на танцах не принимаю!.. А уж если говорить, то я, может, рад, что они к нам пришли! Морды ваши опротивели!

Все тут же старались замять, показать, что эта вспышка всего лишь случайность в маленькой их лаборатории — в нашей общей теперь лаборатории. Спокойствие превыше. И Худякова подходила ко мне сзади, касалась рукой моей головы, легко взъерошивая волосы:

— Володя! Что ж ты не причесываешься? Такой лохматый!

— А что? Очень плохо? — говорил я, не поднимая головы, не отрываясь от цифр.

Худякова стояла еще минуту сзади, смотрела на меня, потом вдруг вздыхала:

— Нет. Хорошо... Очень хорошо. Все в порядке, Володя.

Так они все смотрели на нас в те первые дни: как на мальчиков, пустивших только что по ручью свои кораблики. Они встретили нас в лаборатории очень тепло, очень дружески. Им всем было за сорок, и только Эмме — тридцать три.

С меня они переключались на Костю: теперь его хвалили вовсю, и его имя порхало, как воздушный шарик. Я подмигивал ему. Косте, однако, не нравились такие разговоры, и он обрывал их разом. Я не без волнения оглядывался: сойдет ли ему здесь его дерзкий голос, его независимая манера?

Я глядел в окна. Облака шли высоко, и солнце пушило их перья. Я глядел вверх и вполне реально думал, что мог бы полететь к ним, к облакам. И Костя мог бы. Такой вот я и был тогда. Такими вот мы и были, пока не навалили на нас пересчет.

В первые дни пересчет казался даже интересным: выдадут тебе листы 40х40, светлые такие листы, усиженные мелкими аккуратными цифрами, дадут параметры, и ты согласно этим новым параметрам переделываешь ход решения. Не торопишься, иной раз даже в задачу пытаешься вникнуть. Но оказалось, что первое время нам «не доверяли», а когда через месяц стали доверять, листы хлынули на нас как наводнение. Листы затопили семь рабочих часов с верхом, с головой, зажали обеденный перерыв — о смысле задач уже не было и речи, и даже тихо взвыть было нельзя в непрерывном стуке наших «рейнметаллов», наших счетных машин. Взвыть можно, но слышно не будет.

Сегодняшний день был особенно изнурительным. Выйдя из лаборатории и миновав двор, мы присели с Костей на ступеньках парадного крыльца — передохнуть, окончательно распорядиться вечером и заодно посмотреть, как движется масса народа. Это расслабляло, и мы иногда делали так.

Мы сидели на прохладных ступеньках около постового с автоматом, около лозунгов и плакатов. Плакаты были слишком близко, и смесь ярких, ярчайших красок, синих, красных, желтых, била в глаза. Костя и я сидели вне суетни: через парадное никто, кроме генералов, не ходил; мы отдыхали, а внизу — тремя метрами ниже ступенек — плыл с работы наш народ.

Народ шел толпой. Военные мундиры разбавляли аляповатые штатские краски. Пуговицы мундиров сверкали, будто позвенькивали о солнце.

— Идут... — сказал Костя. — Идут усталые, отяжеленные. Как штанги несут.

— Опять намек?

— Ты каждый день с кем-нибудь да сцепишься. Чего, спрашивается, сегодня ты не поделил с угрюмым майором?

— Не буду, Костя! Не буду! — заволновался я. — Я уж и так тише воды, ниже травы. Что я сказал, что я такого утром сказал? — начал было тараторить я, но Костя только махнул рукой и стал смотреть на небо. Он любил сосредоточиться на чем-нибудь нейтральном и красивом. Из нас двоих именно он писал иной раз стихи. Он их не заканчивал. Он писал только первые строки и говорил, что вся сила в первых строках, и называл это своим отдыхом. Он глядел на небо. Там, у самого солнца, плескались и кувыркались они, легкие облачка. Мы смотрели на них, а они на нас.

— Костя, — засуетился я. — Скажи первую строку — и пойдем.

— ...Тучки небесные, вечные странники... — мгновенно начал он.

— Потрясающе. Как ты придумываешь их так быстро?

— Талант... мать.

Постовой оглянулся, повел в нашу сторону автоматом. Это был молоденький паренек. Он, видимо, прислушивался к умному разговору младших научных сотрудников и никак не ожидал услышать последнего. На всякий случай он улыбнулся.

Костя вдруг вскочил и стукнул постового по плечу:

— Слушай, друг! Пойдем с нами на танцы. Пока мы как легкие облачка...

— Ну-ну! — сказал постовой и тут же доверительно расплылся в улыбке: — Я нынче не могу... Я, понимаешь, завтра...

— Жаль... Мы сейчас таких девчонок найдем. У тебя ведь есть штатское?

В голосе Кости скользнул холодок усталости, и я, испугавшись, что он раздумает, заспешил, затараторил:

— А что, Костя? Найдем! Увенчаем день!

Постовой улыбался и объяснял, что сегодня он слишком поздно освободится. Что никак нельзя сегодня, что вот завтра...

2

Билет стоил пятьдесят копеек, и Костя заулыбался:

— Видишь ли, Володя, все свои сто пять рублей я отдаю маме. А тут такая трата на удовольствие. На жалкое примитивное удовольствие! Это не для меня.

Все было ясно: у входа на танцплощадку, совсем

рядом с нами стояли две симпатичные девушки. Я тоже пожелал быть замеченным:

— Костя, но не в деньгах же счастье.

И что-то я понес быстрое и нелепое. Костя поглядывал на черненькую с тонкими чертами лица; мы оба торопились, болтали, но девчонки не сказали пока ни слова.

Народу на площадке было битком. В зал, понятно, наши девушки вошли подчеркнуто впереди нас: мало ли какие красавцы могли броситься к ним, едва завидев в дверях. Но теперь, в зале, можно было их пригласить.

Они было станцевали с нами по разу и вдруг начали проявлять интерес к двум совсем молоденьким мальчикам. Костя еще раз пригласил, и черненькая еще раз ему отказала. При этом она оглядела его с ног до головы: дескать, ты что? Не понимаешь? Не видишь? Ее бьющая в глаза юность имела право на это. Костя сник.

Он стоял, прислонившись к колонне. Высокий, красивый, он глядел на танцующих — умный, еще не оцененный, он смотрел на суетившихся людей. Именно так он смотрел. Он, Костя, работает, как пес, а мир в это время делает здесь, на танцах, черные свои дела, и вот он, Костя, пришел и смотрит на все это, а лучше бы не смотрел, не приходил.

Я напустился на него: я тоже понимал, что боги несправедливы, но не сошелся же свет клином на этих девчонках. Они тешат свою гордость, и он туда же! Найдем других, пусть поплоше. В конце концов, можно храбриться, обманывать как-то самого себя, но все-таки помнить, что мир не елка, с которой тебе снимут все, что ни попросишь. Конечно, девчонки очень красивы. Но мало ли красивого на свете — все не положишь в карман, да и зачем?

— Знаешь, Володя, это все-таки не для меня, — просто сказал Костя.

— Неужели?

— Да. Как ножом по стеклу. Натянутые знакомства, шуточки, приглашения...

— А тебе обязательно знакомство в двухместном вечернем купе? Тебя, милый, баловали слишком!

— Я не жалею об этом!

Мы замолчали так же разом, как и вспыхнули. Стояли, прислонившись все к той же колонне, которая была много выше и много спокойнее нас и с высоты смотрела, как несется по залу бурлящий поток танцующих.

Толпа колыхалась, двигалась, дышала. Две «наших» девушки танцевали прекрасно. Их юнцы держались, как и подобает держаться победителям. Костя смотрел на них, на их сверкающие рубахи; на нас тоже были белые рубашки, но эти рубашки знали воздух нашей лаборатории. И не один день.

3

Я хотел было сказать Косте, что эти ребята скорее всего их одноклассники. Небось нахамили химичке или кому там еще можно нахамить в школе и теперь ходят в героях. Небось первая любовь! Так приятно было свалить неудачу на что-то красивое и заодно объясняющее. Но Костя не замечал ни других, ни меня. Он глядел на танцующих, уже не разбирая лиц, как на быстром перекате реки, когда смотришь на дно, на мозаику ярких камешков.

Я закурил с досады, хотя курение здесь не поощрялось.

— Ну? Как тебе скачки? А?.. — спросил малый, у которого я прикурил.

Он был весел, и что-то ошалелое и счастливое увиделось мне в его лице. Я завистливо смолчал и пошел бесцельно бродить по залу. И вдруг отделенно и разом увидел девушек. Они шли к выходу. Они были очень заметны среди суетящихся пар.

Еще во время танца я как-то выудил, что черненькую, которая понравилась Косте, зовут Светланой, а беленькую — Аделью, что они кончают школу в этом году. Одиннадцатый класс. И это все, что я знал о них. Они стояли на ступеньках, глядели в вечерний полумрак и сладко-сладко дышали. Света принялась прыгать и никак не могла достать бумажный фонарик. Фонарик висел у входа — она только задевала его пальцами, и он вращался. Потом неумело прыгнула Адель, и обе дружно расхохотались и стали обниматься в избытке девичьей радости... Минуты три я смотрел на них, приостановившись. Было что-то обаятельное в их взрослых женских прическах, в их манерах, улыбках. В том, что эти девушки пришли на танцы, покружились, поулыбались, отказывая кому-то и кого-то поощряя, повертелись и вышли. Вышли дышать прохладным воздухом, и смеются, и не торопятся, и ни до кого им нет дела...

Я выскочил из засады. Они теперь с увлечением говорили о двух шикарных машинах, стоящих у входа. «Вельможи какие-то. В парк прикатили!» — раздраженно отметил я.

Я сорвал им бумажный фонарик и, играя в игру, сказал:

— Посмотрите, вечер какой! Красота!

— Да-а... — неожиданно вздохнули они обе сразу.

Вечер был хорош, тут они не могли не согласиться. Слишком хорош. Деревья, облитые теплой ржавостью фонарей, были как подожженные. Я вдруг понял, что мне нельзя чувствовать этот вечер и эти деревья. Я даже испугался: еще немного, и я не сумею выдавить из себя ни слова. Онемею, как Костя. Я бросился в атаку:

— Поедемте как-нибудь в университет на вечер. Не бывали там? Ну-у?.. В любой день!.. Честное слово, мой друг — замечательный парень. Или вот что: приезжайте к нам домой. У меня завтра день рождения — потанцуем вволю. А музыка чудо!..

Адель сделала подозрительную гримаску:

— День рождения?.. Вы бы что-нибудь еще придумали. Посвежее.

— А если день рождения! — возмутился я, лихорадочно припоминая, какое же завтра число. — ...Но у нас и еще праздник, — заспешил я. — Еще один праздник. Товарищ купил машину... Обмывать будем. Не такая, конечно, шикарная. — Я махнул рукой в сторону стоящих у входа машин.

— Костя? — спросила Адель.

— Нет, другой товарищ. Третий... — Я струсил непонятно отчего: уж врать так врать.

— Не понима-а-ю, — сказала нараспев черненькая Света. — Нам еще одну девочку приглашать? Или как?.. Может быть, весь класс пригласить?

И они захихикали.

— Нет-нет. Нас только трое... — кляня себя, заговорил я. — И у него, третьего, своя девочка... то есть не своя, но... в общем, третья уже приглашена, — кое-как вывернулся я.

На мгновение, как бы последний раз взывая ко мне, фонари погасли, и снова вспыхнул свет, вспыхнули сгустками застывшего пламени деревья. Но я уже привык не смотреть на них.

4

— Понимаешь, в чем дело, — заговорил Костя, когда я к нему подошел. — Нам не везет, и это закономерно. Я отыскал причину. Я довел мысль до конца. — Костя говорил неторопливо, с большим весом в словах. И все так же опирался о колонну, будто это величественное сооружение помогало ему величественно думать. — Нам не везет, потому что мы хватаемся за самое лучшее. Почему я выбрал эту девушку? Смешно так спрашивать, и все же почему? А скажи, почему ты в начале года влюбился в Эмму? Почему именно в Эмму? Разве не было других?

— Уж и влюбился, — быстро ответил я.

Он взял у меня сигарету:

— Разве нет? Я бы на твоем месте не говорил так пренебрежительно. Пусть это была неудача... Так как же?.. Почему именно Эмма?

— Ну не Зорич же. И не Худякова. Они же бабушки, Костя.

— Понятно. А почему не из другой лаборатории? Почему именно эта великолепнейшая женщина?

— Ты же говорил, что она тебя не возбуждает.

Костя фыркнул: что, дескать, толковать с человеком, который только и делает, что увиливает от вопроса.

— Все оттого, что есть в человеке качество: убить зверя — так льва! И качество это, Володя, нужно развивать. Будет не везти, будут ошибки, неудача за неудачей, зато уж побед своих мы будем достойны.

— Понимаю...

— Судя по улыбочке твоей, не понимаешь. Но ты поймешь. Убить зверя — так льва. Нет хуже того, как вдруг осознать, что твоя победа унижает тебя... А эти девушки, — он вновь фыркнул, — они лишнее подтверждение.

— Эти две тебе понравились? — спросил я как можно небрежнее.

— Еще бы! — Он смело и насмешливо смотрел на меня, давая понять, что он не из тех, кто скрывает свои поражения.

— Ну так завтра они будут у меня в гостях. Вечером... Приходи, если хочешь. Вот их телефон.

Он смолк. Миг, и с изречениями было кончено. Все спряталось, и на лице осталось лишь то холодноватое выражение, за которое девочки нашего курса прозвали его в университете «сын князя». Он ровно секунду был поражен.

Он переспросил уже небрежно и шутливо:

— И ты не поступился гордостью? Для меня это важно.

— Нет! Нет! Честное слово! — врал я, и сиял, и был счастлив оттого, что чем-то помог нам обоим и что вечер сегодня как-никак с удачей.

Танцы кончались. Мелодия вздыхала и долго, расслабленно сходила на нет. Мы все стояли у белой колонны, смотрели на оркестр. Музыканты на своем возвышении дули из последних сил. Сидели, распрямив спины, закрыв усталые глаза, как увековеченные египетские фараоны. Мелодия все вздыхала. Утомленные поиском, склонившись друг к другу, люди плыли в волнах музыки.

ГЛАВА ВТОРАЯ

1

То, чем занималась наша маленькая лаборатория, требует пояснения. С одной стороны, это была научная работа: *задача два* или, скажем, *задача три по теме один* — так они назывались. Задачи эти возникали из опытов, проведенных где-то далеко от нас: из этого опыта кем-то уже было очищено, отшелушено все, кроме математической проблематики, поэтому никакой секретности задачи не представляли. Когда задача у нас была решена, результаты отсылались в научный центр, где задачу вновь и уже непосредственно связывали с опытом, из которого она и возникла; там задача уже называлась по-другому, и касательства к ней мы уже не имели. Мы — это наша лаборатория... Как всегда, вел одну тему Г. Б., наш начлаб, и вел другую старик Неслезкин, его зам. Все остальные, кроме нас с Костей, были прикреплены к этой или другой теме, к той или другой задаче.

Техническая сторона работы заключалась в пересчете. То есть задачи, решенные тем же самым Г. Б., Петром Яккличем или угрюмым майором, после испытаний, проведенных где-то далеко, оказывались не вполне подходящими. С испытаний присылали новые параметры, то есть давали некоторые поправки, и просили пересчитать задачу в этих новых условиях. И так до окончательных испытаний. Эта сторона работы была почти бездумной и никому, разумеется, не нравилась. Кроме того, это была на редкость изнурительная работа. Так вот, три четверти пересчета или немногим меньше делали Костя и я. Остальным давалось всего по двадцать-тридцать листов еженедельно в виде нагрузки. Г. Б. пересчетом не занимался вовсе.

Был уже как бы естественно установившийся порядок дела; нас приучали к ремеслу. Мы намекали не раз и не два, но нам говорили: «Потерпите. Не спешите. Поработайте». А время шло... Петр начинал спорить с Зорич о преобразовании формулы какого-нибудь «лагранжиана Л-14». «Да, нельзя, Петр Якклич. Не решается так», — спокойно чеканила старуха Зорич. Ее манера говорить еще больше раздражала Петра: «А я говорю: решу!» Тут уж все оборачивались к их столикам, к их спору, потому что Петр начинал заводиться и рычать: «Ни хрена не понимаете и понимать не будете! Вы робки! Вы как девочка! А ведь сильно за пятьдесят, слава господу!» Ему внушали, но он кричал:

— Неважно! Неважно, как я выражаюсь! Володя! Принеси-ка задачу о мембране, будь добр!

И Володя Белов, то есть я, шел к шкафу, чувствуя свою обделенность, или даже бежал в кабинет Г. Б. и извлекал из того шкафа задачу о мембране, и руки мои тряслись. Я, конечно, заглядывал туда мельком, но что увидишь мельком?

Однажды мы почувствовали все это слишком остро. Тогда как раз появились работы Честера и Шриттмайера, двух молодых американцев, которые бурно решали задачи, близкие к тем, над которыми работала наша лаборатория. На заседании лаборатории Г. Б. бранил Худякову, которая уже месяц как взялась за них и ничего не сделала. Мы с Костей впервые услышали об этом: не переглянувшись даже, мы вдруг начали ругаться, объяснять, требовать задачи. И то, что американцы были тоже молодые, и то, что их было двое, а главное, что были, лежали, существовали чистенькие, нетронутые задачи, — все это крайне взволновало нас... Однако Худякова стала клясться, что она просто «забыла» и что она наверстает. Она боялась, что ей добавят пересчет, который пришлось бы частично снять с нас. Худякову поддержала Зорич. Она сказала, что Володя Белов и Костя Князеградский подождут, потерпят немного. Она улыбнулась нам, и вопрос, в сущности, был решен. Она умела так улыбаться и так влиять.

Мать большой семьи с больными и неудачниками, Худякова работала в полную силу лишь периодами. Болел сын, и ей уже ни до чего не было дела. Интересовало лишь время, свободное время, чтобы поспевать меж домом, больницей и магазином. Все это мы усвоили позже. А после того заседания, когда Худякова, довольная, бог весть зачем рассказывала, как она сегодня ехала без билета и как бежала от контролера: «Представляете, такая солидная и дула стометровку», — я не сдержался и сказал:

— Вы бы все-таки взяли Шриттмайера. Опять забудете.

Она оглянулась: нет ли близко Г. Б.?

— Почему это я забуду, Володенька?

Лысый майор, любитель шуточек, корректно поддержал:

— Она боится потерять в электричке.

— Надо как-то помочь человеку, — вполне серьезно продолжал я.

Костя подхватил:

— Действительно. Что можно придумать, чтобы человек прочитал работы? Как помочь человеку?

Мы говорили и шутили, будто Худяковой не было рядом. Этот способ шутить мы принесли с университетской скамьи, и он прижился. Мы говорили о Худяковой в третьем лице. Мы рассуждали. Мы беспокоились очень. А она только успевала переводить взгляд с одного лица на другое. Потом я тихо и проникновенно спросил ее:

— Хотите, я буду вам напоминать, чтобы вы не забывали о задачах? Каждое утро?

И среди хохота самый настоящий испуг вдруг появился в ее добрых глазах, и уже на другой день она столь же пылко невзлюбила меня, сколь восторженно принимала раньше. До этого случая она нянчилась со мной больше всех. Радовалась при моем появлении, повторяла, что я похож на ее больного сына, и почти привычно любила взлохмачивать мои волосы. «Ах, Володя!..» — не сходило с ее губ.

2

Что было еще?.. Скажем, возвращался с полигона умница угрюмый майор. Туда посылали именно его, по крайней мере, за этот год он ездил дважды. Помню, как здесь уже лежал снег, а он вышел из вагона к нам, встречавшим, и передал трем нашим женщинам три огромные грозди винограда, и самая огромная, фантастическая, досталась Эмме. Если испытания были удачными, все делались радостными, милыми, даже Г. Б. был не так строг и сух. Г. Б. заходил к нам, смеялся и был почти как все, и не так заметно веяло от него мрачноватым одиночеством кабинета. Все болтали. Костя уверенно и спокойно расспрашивал угрюмого майора, как там и что. Он именно спокойно расспрашивал, хотя думал и чувствовал то же, что и я. А я стоял в стороне и не сводил с рассказчика глаз, не мог сказать ни слова, и, видимо, глаза мои так горели, так были нацелены на такую вот восточную командировку по задаче, решенной именно мной, что некоторые подталкивали друг друга и с улыбкой показывали на меня пальцем: экий, дескать.

Когда на меня указывали пальцем, я не знал, что сказать. Я отходил к своему «рейнметаллу», пересчитывал и в треске «рейна» уже ничего не слышал. Я старался помалкивать. Уж и без того лысый майор частенько подтрунивал надо мной, и Зорич говорила, что я хитер, себе на уме и еще много-много такого. Даже смешно. В детстве они бы мне этим польстили. Помню, в тот голод... первоклассник... да, так и было... я нарвал тогда на пригорках дикого чесноку. Я нарвал его много, целую охапку, и мне тут же захотелось его съесть. Я лег на землю и глядел на ослепительно-зеленые, а иногда яркожелтые пригорки. Они были для меня горами. Впрочем, неважно.

Были еще наши с Костей шутки, которые всегда приписывались мне. Вот одна. Казалось бы, посмеяться над культом комиссий и заодно над преувеличенной застекленностью, секретностью нашей маленькой НИЛ сам бог велел. Но смешного получилось мало... Я, бывший тогда на побегушках, был «откомандирован» в хозчасть — получать бумагу — и позвонил оттуда по телефону. Трубку поднял Костя, и шутка родилась: «Да? Комиссия? Из первого отдела? — вдруг начал спрашивать он громко и серьезно. Он отлично сыграл роль. — Хорошо, хорошо. Мы, конечно, готовы. Полный порядок!.. Приходите: мы всегда рады комиссии», — говорил Костя, а рядом с ним все уже кинулись к столам, стали рыться в папках, убирать валявшиеся бумаги в портфели и вытряхивать оттуда ссохшиеся булки... И только через полчаса вернулся я и сообщил, что встретил сейчас генерала Стренина...

— Ну и что? Как?.. Сказал он что-нибудь о комиссии? — заговорили, заспрашивали со всех сторон.

— Да, — ответил я, — представляете? Он хотел послать к нам комиссию! Я еле отговорил его.

— Хамство какое! — сказал небрежно маленький человечек Володя Белов, которого генерал не знал, не мог и не хотел знать. Я сказал им это как можно безразличнее. И до самого вечера они волновались, переживали, придет ли комиссия, а когда уже поняли, что не придет, — смотрели на меня с каким-то неясным чувством.

Но всего больше я понял свою неспособность после другой шутки. Она оставила долгий и щемящий осадок.

Был конец рабочего дня, и все наши болтали о дне рождения генерала Стренина. О том, что хорошо бы написать ему поздравительный адрес и, может быть, подарок сделать. Стренин, конечно, бывает резок, грубоват, но все-таки Стренин сильная личность. И ведь наша лаборатория всего лишь песчинка в организации, которой он руководит. Самая маленькая виноградинка в той грозди, что привез майор Эмме.

Мечтали они, разумеется, просто так: день кончился, адрес и подарок запоздали, да ведь и усилия нужны, чтобы их сделать. С утра и не заикались о генерале, но сейчас, когда уже отвлеклись от дела и оттаяли перед уходом домой, когда время не торопило и работа не висела, почему бы и не поговорить, не помечтать? Ведь так славно было бы с адресом. Пусть бы даже без подарка, ведь маленькая лаборатория... Как славно бы! Ведь генерал, как все люди, — человек...

В комнате даже шумно стало от восклицаний. И вдруг я вспомнил, что сегодня и Костин день рождения. Я сказал, и все обрадовались. Эмма воскликнула:

— Ой, как неудобно! Ведь Костя вчера напоминал. Сказал, что скоро праздник введут — двадцатое апреля.

Все заулыбались, заговорили, что Костя молодец, талант... Кто знает, может, когда-нибудь и введут такой праздник.

Вот тут я весело завопил:

— Костя! Я ведь обещал сегодня две бутылки вина!

Костя встал, сказал энергично:

— И ты принес их! — Он указал на мой раздутый портфель. — Итак, товарищи, сегодня мой день, а не генерала Стренина. Мой, и я волен распорядиться этими бутылками. Мы выпьем их здесь, в лаборатории, и за меня!

— Здорово! — воскликнул Петр Якклич. Глаза его заблестели.

— Что за вино? Грузинское? — спросил Костя.

— Грузинское! — завопил я в боязливом восторге.

— Отлично. Ты не жаден. Ты, кажется, настоящий друг. Ура, товарищи: всем по неполному стакану. Петр Якклич, сходи за посудой. Ты ведь признанный мастер уламывать девушек.

Петр оглядел всех:

— А что? Неплохо, дери меня черти. Бегу, Костя! Бегу!

И он ринулся в буфет этажом выше. Он хлопнул дверью, и вся лаборатория заговорила, загудела:

— Отлично!

— Жаль, только две бутылки...

— На десятерых?

— Дело не в количестве, товарищи.

— А что, Костя? Может, и в самом деле символично, что со Стрениным в один день, а? Так сказать, природа дает смену.

— Быть ему генералом!

— Что вы мелете? Костенька в десять раз симпатичнее!..

Шумели все. После тяжелого дня выпить нечаянный стаканчик, посмеяться — разве плохо? Молодец, Костя! Выпить и почувствовать себя вдруг вместе со всеми. Выйти на улицу, балагуря... И пойти по домам, постепенно прощаясь.

Ворвался Петр, сияя лицом и принесенными стаканами. Эмма обдала их из нашего общего чайника водой, вытерла по одному:

— Это тебе!.. Это вам, Валентина Антоновна: чист, как кристаллик.

Кто-то распахнул окна и воскликнул: «Э-эх!» Остановить все это было уже невозможно. Хаскел, склонив черную с проседью голову, развертывал остатки завтрака. Снял с хлеба матовый полумесяц сыра и держал в тонких пальцах. Положил на острые края прозрачного химического стакана. И солнце, отскакивая от окон, закружилось, закувыркалось в стакане.

Больше я не мог выдержать. Я схватил портфель.

— Стой, стой! Володя, не трожь пока бутылки! Не начинай! — закричал вдруг угрюмый майор. — Стойте. А что, если Стренина! Позвать на минутку? А? Великолепно?!

— Мало вина, — быстро сказал я. — Неудобно будет.

— Ерунда, — заявил Костя. — Зови. Мой день рождения или не мой?!

— При чем здесь вино? Это повод только! — Угрюмый майор широко улыбнулся. — Пусть он почувствует, что мы рады ему. Это лучше всякого подарка: это честно! Пусть посидит рядом с нами, а? Генерал, большой человек, и мы, — все вместе. Я иду!

Он пошел. В звуке его четких шагов, в фигуре, затянутой в ремни, в угрюмом его лице вдруг увиделось столько священного уважения, столько любви к генералу, что все заговорили: «Позови! Пригласи!..»

— Даешь генерала! — кричал Костя.

Тут я не выдержал и выбежал в коридор, моргнув ему. Он тут же вышел.

— Бежим, Костя! — сказал я, задыхаясь.

— Идиот, — спокойно бросил Костя. — Сейчас только и начнется самое интересное. Что у тебя в портфеле? Брюки?

Но я вцепился в него и потащил по коридору.

— Брюки в хим... в химчистку, — лепетал я. И тянул его за руку, не желая слушать. — У тебя есть деньги? Я сбегаю, куплю.

Нашлось у нас только пятьдесят копеек. Поторчав десять минут перед гастрономом, мы пошли домой. Я смеялся, а сердце ныло. Дело в том, что я любил этих людей. И не вернулся я не из трусости: я не мог видеть сейчас их лица, те самые лица, которые только что были счастливы от такой маленькой, мизерной радости. А если бы вернулись, вполне возможно, что все обошлось бы смехом. Костя был прав.

Но мы сбежали, мы пошли домой, и на следующий день Косте пришлось меня спасать. Хотя угрюмый майор и не привел генерала (тот уже отбыл) и конфуза, в общем, не случилось, шутка тем не менее была признана «незаконной»: меня собирались вышвырнуть на растерзание Г. Б. Тогда встал Костя и заявил, что шутка была его, Костина. Он знал, как спасать: его любили.

Костя улыбался уголками губ — и шутливо и многозначительно.

— Я был просто вне себя оттого, что вы так мило вспоминали день рождения генерала, — говорил он. — А почему, спрашивается, не вспомнили, не приветили меня? Очень странно. И обидно...

Я восхищался им в эту минуту. Ему простили. Ему не поверили, но все же громоотвод сработал.

3

Любая «законная» шутка у нас приветствовалась. Это было в начале года, когда я был до беспамятства влюблен в Эмму. Я тогда буквально ошалел. И оказался, разумеется, в центре внимания всей лаборатории.

Стоило мне подойти и застыть около Эммы, как все устраивали себе нечто вроде общего перекура. В самом деле смешно: длинный парень среди рабочего дня уныло и влюбленно стоит около красивой замужней женщины. Стоит и несет какую-то настойчивую чушь о цифрах, о формулах, лишь бы говорить, лишь бы за что-нибудь зацепиться и не уходить от нее.

— Ты не устал стоять? Может быть, присядешь? — спрашивала наконец с мягкой улыбкой Эмма, и все воспринимали это как начало спектакля.

— Садись! Располагайся! — кричали со всех сторон.

Петр говорил:

— Ей-ей, Володя, мне ничего не стоит. Я готов. Я перенесу твой стол туда... поближе. Только скажи!

Вступал лысый майор:

— Володя. Ты их не слушай. Давай-ка по существу: ты, разумеется, представляешь себе иногда встречу с Эммочкиным мужем?.. Удостоишь ли ты его объяснением? Или же нет?

— Не знаю! — бросал я, и не слушал их, и не уходил от Эммы.

— А нужно бы знать. Всякое незнание, хотя бы и косвенно, вредит нашему общему делу.

Я знал, что надо мной смеются и что я должен отойти и сесть за свой стол. Но, упрямый, обозленный и в то же время размякший, я не мог сделать даже шага... Их шутки состояли в основном из перефразировки моих же реплик. Когда я только пришел на работу, я в первый же день много и высокопарно наговорил об общем деле, об общих трудовых буднях и т. п., и теперь в свете моего бесконечного простаивания каждое напоминание об этом вызывало взрыв хохота. А я стоял, стиснув зубы, и смотрел, как Эмма что-то неторопливо чертит в левом углу ватмана. Она поднимала на меня огромные свои глаза, в которых плавали теплые и милые смешинки.

— Ну иди, ну хватит. Постоял сегодня, и хватит, Володя.

Петр торопился, кричал:

— А ты, парень, должен выяснить свое чувство! Чтобы не путалось оно на нашей дороге трудовых буден! Давай сегодня же сходим к Эмме, к ее мужу и поговорим начистоту.

— Вечерком, а? — огрызался я.

— Вот именно! Да ты не пугайся: посидим у них, покурим. Курящий мужчина ничего не боится. Если честно прийти, муж не рассердится... А у них приличная квартира, детей нет. Библиотека хорошая! Книжки полистаешь, романчики... Эмма, ты не против?

И все смеялись. Не воспользоваться на нашей гоночной работе такой отдушиной — просто грех! И Эмма смеялась, а я, обалдевший от любви, смешной, встрепанный, с воспаленными глазами, огрызался и сам лез под шутки, сам наскакивал на такие перлы остроумия, что все хохотали как сумасшедшие. И, задыхаясь, кто-нибудь говорил:

— Тише! Г. Б. зайдет!

Костя бранился, когда мы вдвоем отправлялись обедать:

— Да возьми ты себя в руки! Над тобой, как над дурачком, потешаются!

Я понимал, что он прав, что я огрызаюсь, а шутки от этого только вспыхивают, что я будто качусь под уклон и каждое судорожное движение только вредит мне. Я говорил Косте — единственному человеку, который защищал меня:

— Поглупел я... Ты и не представляешь, как поглупел. Ничего не могу им ответить. У меня либо издевка на уме, либо...

— Понимаю, — говорил Костя, морща лоб от невозможности как-либо помочь. Он понимал: человек, оторвавшись от говорливых студентиков и студенток, первый раз в жизни увидел женщину. Увидел красивую женщину не в кино, а живую, в трех шагах от себя. Увидел прекрасную женщину, и она иной раз ласково с ним говорила.

А после обеда Петр вошел и объявил на всю лабораторию, что, взвинченный слухами, пришел муж Эммы и наши майоры только что козырнули ему на лестнице. Что муж уже в коридоре и сейчас войдет. Что он разъярен и ищет Эмму. Все расхохотались. Шутка как шутка.

А я, встрепанный, заметался по комнате и спрашивал у них: «Что делать? Что же делать?! Да скажите же, что мне делать! — И кинулся к Эмме, и, глядя в голубые глаза, заговорил: — Это ничего... ты не бойся! Пусть придет, я беру на себя... Ты только не бойся. Ты ничего-ничего не бойся...»

Я прощался, я как бы решил, что все кончено, прикрыли мое красивое кино, и ладно, и спасибо. Все поняли, что это уже слишком. Заговорили: «Успокойся... Это же шутка, Белов! Перестань! Нужно же понимать шутки. Сам любишь посмеяться. Да успокойся же!» — кричали они, перебивая друг друга. Костя подчеркнуто жестким голосом объявил Петру, что за следующую шутку Петр будет расплачиваться «натурой», и сам Петр, расстроенный, подошел ко мне. Прошли еще две долгие минуты, и, очнувшись, я вдруг закричал, что позвоню из автомата Петру и скажу, что его ребенок попал под трамвай.

Петр был жизнерадостный холостяк, у него не было детей, но я ничего не помнил.

4

Костя предлагал не один раз: «Останемся вечером и выберем себе по задаче. Что ж нам, смеха ради выдали секретный допуск?» Я отказывался, и Костя упрекал меня в робости. Но он и сам понимал, что работать вслепую, не зная, понадобится задача или нет, не дело. Костя упрекал меня больше от раздражения, а я все надеялся, ждал, что однажды Г. Б. сам вызовет нас к себе в кабинет и скажет: «Вы хорошо потрудились, мальчики. Не пора ли вам взять самостоятельную работу?.. Не против? Я лично хотел вам предложить...» — и так далее. Это «и так далее» рисовалось в самых радужных красках: тут были и задачи, и поездка на полигон, и та гроздь винограда, которую угрюмый майор привез Эмме... И я возражал Косте, что вдруг Г. Б. предложит нам совсем другие, какие-то самые нужные задачи. Как быть тогда?

Дело в том, что я благоговел перед Г. Б. Перед человеком, на чьи нечастые лекции я бегал еще в университете и в чью лабораторию попасть казалось сверхудачей. Я помнил, как первый раз вошел к нему в кабинет. Тогда от робости и благоговения я вообще ничего не видел, не понимал. Кабинет — уединение Г. Б. — поразил меня в тот день ярким солнечным светом, массой научной литературы на полках, разбросанными по столу журналами. Это был мой первый день на работе, и я стоял в кабинете Г. Б., как стоят в храме.

— Тебя зовут Володей? — было первое, что сказал он тогда.

И он улыбнулся очень приветливо и, улыбаясь, оставался все тем же, строгим, грозным. Потом он произнес снисходительные слова, которые, видно, не хотел бы говорить, однако считал их для меня обязательными: «Теперь ты в этой лаборатории... Лаборатория маленькая, можно сказать, крошечная... Но мы связаны с важным делом... Мы связаны с полигоном. Там проводятся испытания. У них своя организация, прекрасные научные силы, но кое-что делаем для них и мы», — укладывались одна к другой ровные весомые фразы.

Г. Б. говорил и поглядывал на меня. Я спешно кивал: «Да, понимаю! Понимаю!..» Я стоял напряженный, как струнка, замирающий от его слов, и каждая фраза была для меня посвящением.

Г. Б., видно, пожалел меня. Побоялся, что я не выдержу и упаду. Разом сбив патетику, он сказал насмешливо:

— Работаем мы пока неважно. Из пяти опытов — три неудачных. Фейерверк!.. Мы называем это «сжиганием миллионов», — Г. Б. рассмеялся. — Так и запрашиваем по коду: «Сожгли миллиончик?» Однажды Петр Якклич запросил: «Сожгли телефончик?» Два дня они расшифровывали, а Петр потом клялся, что он нечаянно.

Г. Б. испытующе глядел на меня и призывал посмеяться: дескать, я шучу, преувеличиваю, посмейся и ты, чувствуй себя свободнее! Дескать, все, что должен сказать Г. Б., уже сказано. Я, дескать, уже оценил тебя, твое благоговение, а теперь хочу видеть, какой ты есть.

Ему не удалось этого увидеть: я смотрел на него преданной собачонкой и смущенно улыбался. Г. Б. выждал минуту и, видимо, подумав, что перед ним такой уж дурачок, заговорил строго о том, что он смотрел мои курсовые работы, видел мой диплом и представляет себе все, чем я занимался. Он дал понять, что знает меня с головы до пят и что он — мой начальник... Я понял это, понял, как невысоко меня оценили за мое благоговейное молчание, но ничего не мог поделать.

А он сидел, заполнив кресло массивным телом. Белые пухлые руки лежали перед ним на столе, и толстенькими пальцами он покручивал, как волчок, голубую авторучку. Г. Б. очень постарел с того времени, как я видел его последний раз в университете, но я этого не заметил, хотя и смотрел на него во все глаза. В конце визита он решил, что все-таки не разобрался во мне, что тут что-то похитрее, и опять пошутил. Он рассказал про авторучку, которую вертел в пальцах. Эта красивая голубая штука не портилась и передавалась от начальника к начальнику как вечность. «Начальники мало пишут», — заметил мне Г. Б. и засмеялся. Я только робко и осторожно улыбнулся.

И вот я ждал, что он вновь позовет к себе. Вместе с Костей или, может быть, порознь, как в тот день. А он не звал.

«Что же было еще за этот год?» — думал я, неторопливо шагая. Я определенно считал, что имею солидное прошлое.

5

С танцев, усталые и наволновавшиеся, мы пришли ночевать к Косте — у него была отдельная комната в родительской квартире.

Танцы, знакомство с девушками, музыка — все это всколыхнуло, я быстро ел и говорил Косте, что мы скучно живем, я увлекался, и время от времени он, улыбаясь, замечал мне: «Немного тише. Спят...» Кроме нас, в комнате была хорошенькая пятнадцатилетняя сестренка Кости Неля, русоволосая, как брат, только посветлее. Она поставила нам на стол котлеты, хлеб, села чуть поодаль и слушала, как разговаривают «старшие». Я любил смотреть на нее, она была для меня частью тепла, уюта, частью этого дома, где меня всегда так хорошо принимали.

Да, это была добрая семья. Мы вернулись в двенадцатом часу, и Костя сказал матери всего лишь:

— Ма, милая. Мы устали.

И мать улыбнулась, и тут же встала Неля и, ежась со сна, сказала, чтобы мама шла спать и что она, Неля, разогреет нам котлеты.

— Не надо... — начал было я, но Костя только похлопал меня по плечу: не валяй дурака.

А мне было совестно, что ко мне здесь так хорошо относятся. Потом я мог шуметь, громко бубнить, забыв о спящих, но, когда я входил на порог, мне каждый раз было как-то неловко и совестно.

Мы расположились с Костей на широченной

тахте. И когда мы лежали, потягивая мои сигареты, а через открытый балкон ломился чистый воздух ночи, я особенно ясно почувствовал, что все в этом доме хорошо. Я хотел бы, чтобы так было везде, всегда. И только на секунду я вспомнил маму: она жила в далеком зауральском городке, в маленькой комнатке. Некстати вспомнилось вдруг, как она била меня скрученным полотенцем, а иногда — линейкой по лицу. Вспомнилось случайно, без аналогии, и я поскорее отогнал это: она меня любила, но у нас была другая семья, другое время, другие люди вокруг.

ГЛАВА ТРЕТЬЯ

1

Кроме обычного легкого багажа молодости, у нас была еще одна идея. Точнее, она входила в этот легкий багаж.

Была ли наша идея великой идеей? Ну разумеется, была. Она просто-напросто не могла не быть великой. Когда мы шли, скажем, на обед и проходили по коридору мимо еженедельных выставок, информирующих о достижениях отечественной и зарубежной науки, обо всем этом великолепии возможного применения современной ракетной техники, Костя негромко и почти всерьез обращался к этим стендам: «Добрый день, анчар! Добрый день, древо яда!» — Исполненный иронии, он ежедневно как бы кланялся стендам.

У нас даже был собственный план разоружения. Конкретный. Каждый из двух противостоящих блоков разбивал свою территорию на сто частей, равных по военному потенциалу. Потом правительства обменивались картами. Потом: «№ 38!» — выкрикивало одно правительство, «№ 61!» — выкрикивало бодро второе. И эти районы в течение одного-двух месяцев должны были стать зонами без оружия. И так далее, номер за номером. Разумеется, в освобождаемые районы можно будет, не опасаясь шпионажа, допускать наблюдателей. Главное — понижать военный потенциал пропорционально... Конечно, мы с Костей молоды, иной раз и пьяница вгонит в страх, но тут мы не робели. Уж очень нелепо устроен мир, если он болтает о высоких материях, напичкивая ими газеты, и при этом не может избавиться от угрозы массового уничтожения людей. Быть не может, чтобы не существовало решения. Любую задачу можно решить. И мы — Костя и я, — мы спасем мир.

Мы догадывались, что над этим «детским» планом можно много и остроумно смеяться, что люди слишком поглощены повседневностью, глубокой или мелкой, неважно. И что даже сама постановка вопроса им покажется или невыносимо тщеславной, или невыносимо наивной. Но тут ничего не поделаешь, такие уж мы были, так вот верили и так хотели.

Была еще небольшая деталь: кто станет нас с Костей слушать? Интересоваться нашими планами спасения? Ответ у нас был. Мы любим свою профессию, мы талантливы и будем спешить. Пройдет лет десять, и почему бы миру не прислушаться к голосам крупных ученых величины Ньютона и Эйлера? Меньшие имена, разумеется, не устраивали нас. С полуслова понимая друг друга, мы охотно грезили и наперед делили меж собой математические провинции. Мир зовет! Игра стоит свеч! Пусть мир уцелеет за эти десять-пятнадцать лет, а там мы ему поможем. Мы точно и четко продумаем положение и математизируем мир, как задачу. А любую задачу можно решить... Все вышесказанное и составляло в общих чертах идею Кости. Он верил в эту идею, верил в свою звезду. А я верил в Костю.

2

Наша комната, наши рабочие столы казались серыми и скучными. Я только что окончил цикл и уже ленивым глазом увидел, что загубил один из листов — не учел параметра. Параметр был приписан сбоку, карандашом. Идиот. Я тут же попытался схитрить, обойтись как-нибудь вставками, но, пробежав глазами лист, понял, что не выйдет. И спешно, злобно набросился снова. Я заставил себя закончить столбцы и вспомнил вдруг, как мы увидели вчера вечером тех девчонок, представил себе золотую зыбь волос Адели.

Наши сидели склонившись, трещали «рейнами», но чувствовалось, что время близко к обеду. Я увидел старика Неслезкина, и мне стало совестно и захотелось извиниться перед ним за сегодняшнее утро, когда я жаловался на пересчет. Типичный психологический ход в голове, которая с самой рани утрамбовалась цифрами. Но, действительно, извиниться было нужно: я ведь тогда забыл, что передо мной человек, которого нельзя ругать. А Неслезкин, наш зам, был именно такой человек.

Я подошел к нему. Маленький, он стоял, прислонившись к подоконнику; застывшее лицо в темнобронзовых морщинах и складках. Удивительное, до черноты обожженное пушечным порохом лицо. Взгляд его скользил за мной, за моим шагом...

— Михал Михалыч. Если я не сдержался утром, то это была несдержанность, и ничего больше. Я не хотел, — заговорил я.

К нам подошла Эмма, и мне пришлось говорить при ней.

Кончил работу и Петр Якклич. Не вставая, не выбираясь из своего угла, он прислушался к нашему разговору и буйно и весело вдруг начал развивать мысль о том, что делал бы великий Белов на месте зама.

— ...А Эммочку — слышишь, Эмма! — он заставил бы чинить для себя карандаши, а бедного Петра гонял бы раз в две недели за получкой!..

Вокруг понемногу начали смеяться, но нас не задевал этот смех. Мы стояли втроем у окна, и я был уже весь вместе с ними, вместе с Неслезкиным, с Эммой. Тепло было у окна. Неслезкин тихо говорил, что все мы перегружены, что эти дни напряжены донельзя и что лаборатория не в силах справиться. Он говорил, как жаловался, говорил хорошо известные вещи, но в эту минуту их было приятно слушать. Эмма тронула меня за руку: дескать, видишь, всем нелегко...

И было очень естественно то, что я попросил тихо Неслезкина:

— Михал Михалыч. Мне понятно положение лаборатории. Но нельзя ли нам хоть ознакомиться с задачами? Пересчет пусть весь останется у нас. Пусть уж...

И он как будто понял, еще немного, и он бы согласился. Но грянул гром: жестким металлическим голосом вмешалась подошедшая Зорич.

— В задачах нельзя рыться, как в карманах! Материалы не мусор! — отчеканила она, не забывшая и не простившая мне моей утренней вспышки, которую так легко простил Неслезкин.

Она подошла неожиданно, и я подумал, что она, быть может, не слышала, что я не против пересчета: чего бы ей не согласиться? Я заторопился, заговорил:

— Я, Валентина Антоновна... я ведь и объясняю для того...

— Нечего тут объяснять, — оборвала она.

Я оглянулся на Эмму, на Неслезкина. Мы ведь только что были вместе и говорили о том, что всем нам трудно... Они молчали.

А Зорич продолжала:

— Ты болтлив. Нам надоели твои выходки. Может быть, ты и на улице болтаешь так же легкомысленно и развязно. Смотри! Ты не в парикмахерской работаешь...

— Ну что вы, Валентина Антоновна. Он не болтун.

— Подожди, Эмма. Ты все понял, Белов? Мне важно, чтобы ты понял. И больше не испытывай мое терпение: не одерни я тебя сегодня, каким ты будешь завтра? Птицу по полету видно! Выбрать задачу, вмешаться в налаженный ход всей лаборатории — для тебя пустячок!

Так всегда бывало, если она вмешивалась. Человек как-то терялся и замолкал. Дело в том, что она умела говорить, обращаясь не к человеку из-за конкретной его провинности, а ко всей его жизни. Как совесть. И это независимо от того, был ли перед ней молокосос вроде меня или поседевший Хаскел.

Это была жуткая манера разговаривать. Я кое-как оправился от неожиданности, как вдруг она низким, приглушенным голосом добила меня:

— Или ты забыл, как ползал на коленях? Как умолял меня? Когда я тебя, как цепного пса, не подпускала к Эмме? Забыл?!

Она еще говорила, еще чеканила свои фразы, а у меня перед глазами стояла белая пелена. Какой-то шум вокруг, какие-то слова. Подошел Костя: «В чем тут дело?..» Но Валентина Антоновна уже высекла последнюю гранитную фразу. Она взяла Эмму под руку, и они отправились обедать.

3

Рядом стоял старик Неслезкин и молча, нежно глядел на меня. Ему, Неслезкину, трудно говорить. Он мог бы объяснить этому мальчику, что нужно легче воспринимать поучения. Он мог бы объяснить, но это долго, и еще у него, Неслезкина, очень болит сегодня сердце...

— О великий Белов! О великий Володя! Ты бы за водкой гонял меня в праздники, — продолжал свою шутку Петр, подходя к нам.

Все отправлялись обедать. Петр стоял около меня, он не очень понял, что произошло, но главное уловил и старался меня развеселить.

— Силен! На Зорич замахнулся! Почему ты не послал ее за обедом? Наверняка будешь посылать, когда вырвешься в начальники. И почему не приучить человека заранее? — Он смеялся, он распахивал, обнажал душу, а мне неприятно было сейчас сочувствие.

Подошел лысый майор и, как всегда умно и тонко, поддержал, сохраняя, однако, свою умную и тонкую корректность:

— Мы математики, Володя, у некоторых из нас чувства огрубели.

Я молчал, я все еще не мог прийти в себя. Костя потянул меня. Ему надоело все это: я, дескать, сто раз предупреждал, чтобы ты не вникал в эти их чувствишечки! Они — это они, а мы — это мы.

— Идем обедать. Или в самом деле пошлешь за супом Петра? — И Костя сильно дернул меня за рукав.

Я еще раз оглянулся на Неслезкина, потом машинально заторопился, стал смотреть, не забыл ли я в кармане пиджака сигареты. Чиркнул, закурил.

— Не спешите, — смеялся Петр Якклич. — Давайте перед обедом поговорим о женщинах. Тоже мне молодежь! Между прочим, женщина моделируется... Только не нужно торопиться и искать решение в обобщенном виде!

Он смеялся, бурлил, он был в прекрасном настроении и старался растормошить меня. Он стоял, высокий, сорокалетний и сутулый от «рейна», худой, с всклокоченным чубом, наполовину седым, и при прекрасном галстуке под грубоватым полнокровным лицом.

Костя протянул ему сигарету, и Петр Якклич, разглагольствуя, принял ее с видом самого счастливого человека.

— Не вздумай курить, — сказал Костя. — Держи и смейся.

После этого он вытянул меня за руку в коридор.

— Одну минуту, Костя, — сказал я тихо и повернул к уборной.

Я вошел туда и дошагал к выбитому чьей-то шваброй окну. Я положил руку на левую сторону груди и уговаривал сердце, как уговаривают его йоги: «Не надо, не надо». Потом стал глубоко дышать. Со мной случалось такое.

Нужно было переждать. Чтобы отвлечься, я попытался накачать себя злостью. «Подстерегла, старая, — думал я. — Подкараулила. И Эмма слышала. Как же я-то оплошал?»

Глубоко дыша, я смотрел в окно: там было солнце, асфальт, клены, гуляющие группки пообедавших сотрудников...

4

— Вот ты и согласился идти к Г. Б., — сказал Костя. Он тронул меня за плечо: — Только как ему это преподнести?.. Как попросить задачи, чтобы он понял, что мы не отказываемся от пересчета? Что мы не хитрим?.. Как избежать естественного вопроса, который мне задал однажды Петр: «Вы, — говорит, — что? Ночами работать будете? Или двужильные?..»

— Знаю, что сказать! — воскликнул я, выхватив ложку из тарелки и возбужденно размахивая ею.

— Эй! Только не брызгайся!

— Знаю, Костя... знаю, — заговорил, заторопился я. — Скажу, что хочу присмотреться к своей будущей теме. Всего лишь присмотреться... Ну да: к нашей общей теме. Я и ты — сектор!

Костя понял, едва я произнес это слово. Все ясно и гладко: мы мечтаем всю жизнь работать вместе. И пусть разрешат нам присмотреться к какой-нибудь теме. Например, Честер и Шриттмайер.

— И ведь Г. Б. может клюнуть, он неплохо к нам относится.

— Это и понятно: он так редко нас видит!

— И будем называться «сектор»! Какова идея?! — похвастался я. — Отдельный сектор. Есть же в других лабораториях!..

— В более крупных, правда.

— Ерунда! Я чувствую, что сумею убедить Г. Б. Много ли человеку нужно? В первую очередь найти слово! Зацепку, за которой он чувствовал бы себя прочно, а там уж он сумеет! И слово найдено. Сектор, Костя!.. Звучит, а?

— Итак, идем. И, Володя, не говори ему про Зорич. Стерпи. И шутки и жалобы — все это недостойное, мелковатое... — вдруг еще раз повернул он разговор и продолжал пояснять, и я с благодарностью слушал его, перехватившего мой разъяренный импульс и направившего его так, как нужно.

Быстро и энергично закончив обед, мы пошли к кабинету. За дверью было тихо. Мы переглянулись: все отлично, у него никого нет.

Секунда раздумья тронула нас нерешительностью. Точнее, моя нерешительность передалась и Косте. Словно проверяя, только ли в этом дело, он посмотрел на меня: «Благоговеешь, а? Может, вернемся и будем опять ждать, пока сам предложит?» — «Нет, нет, нет, Костя», — ответил я ему также взглядом.

Колебание длилось недолго. Костя потянул ручку двери на себя. Лицо его было твердо. Я вошел за ним. В кабинете никого не было.

Мы невольно вздохнули. Но теперь нужно было ждать. Мы постояли; Костя посвистал в торжественной кабинетной тишине, потом подошел к окну, взял раскрытый журнал со статьей, которую только что, видимо, читал Г. Б., уселся непринужденно, закинув ногу за ногу, и вскоре увлекся статьей и даже забыл, что сидит в кресле начальника.

Я походил около него и наконец сел на маленький диванчик в углу. Диванчик находился в нише, в углублении.

5

За дверью послышался голос Г. Б. Выдерживая характер, Костя неторопливо положил журнал на место. Так же не торопясь подошел ко мне и сел рядом.

— Михаил!.. Да ты вспомни, каким ты был? Ты вспомни! — настаивал голос Г. Б. Быстрые шаги. Голос знакомый, но слова звучали горько: — Ты вспомни!

Он вошел вместе с Неслезкиным. Прошагал к окну и толкнул сильно, распахнул створки, жалея, что не сделал этого раньше.

— Ты уже сам все можешь, Михаил! Ведь все можешь! — Г. Б. расхаживал взад-вперед, делая по три-четыре шага около молчавшего Неслезкина. Г. Б. будто топтался там, на пятачке между столом и окном, круто разворачивался и снова шагал. — Ерунда! Ты уже давно сам по себе, Михаил!.. Ты сам! Ты давно на ногах, и тебе только кажется, что я тебе нужен... — настаивал голос Г. Б., и было почти не слышно Неслезкина, который тихо повторял: «Один останусь...»

Они вошли в кабинет, не заметив нас, не обращая ни малейшего внимания ни на что, кроме самих себя, а мы затаились в уголке, в нише, замерли от неожиданности.

— Как дружили, как соперничали! Ты вспомни, как мы соперничали. Какие светлые, какие благословенные были дни! — Г. Б. откашлялся, чтобы сбить дрогнувший голос. — Дело сделано, Михаил. Решено. Я уезжаю. Грусти, сетуй — все, что хочешь, но только вспомни, каким ты был! Вспомни! — Г. Б. подошел к нему вплотную. — Ведь ты был талантливее меня, Михаил. — Г. Б. дернул его за руку. — Слышишь, ты был талантливее!

— Не-ет, — отвечал на все, что ему говорилось, Неслезкин. Он стоял опустив голову, маленький, толстенький, растерянный.

— Был! У тебя быстро и блистательно все получалось!

Неслезкин рассмеялся холодно и равнодушно:

— Нет.

— Неужели не помнишь? Неужели?.. Ведь не так уж давно это было!..

Голос Г. Б. все рвался к некоему небу. Теплый с хрипотцой голос пожившего человека, когда он вспоминает что-то давнее:

— Да послушай же: это сейчас я как-то и сам поверил, что ты только казался... казался талантливее. Видишь, признаюсь! Я тоже думал, что ты иссяк, что, не случись с тобой всех этих бед, я обошел бы тебя все равно... Но нет! Нет, Михаил! Ты был одареннее, ярче!

Г. Б. взмахивал резко рукой, его полное тело сотрясалось.

— Не-ет, — тихо смеялся Неслезкин и сказал как-то вдруг: — А живот-то, а? Отрастил?

— Брюхо отменное, купеческое! Видишь это брюхо? — Г. Б. обрадовался и похлопал себя по животу. — Помнишь теперь, какими мы были? Помнишь?

Неслезкин, не отвечая, протянул руку и стал трогать лежавшие в раскрытом шкафу белейшие простыни. Простыни были аккуратно сложены, и Неслезкин гладил их пальцами. Улыбка очень переболевшего человека тронула маскообразное обожженное его лицо:

— Твои? Да, Георгий?

— Да. Принес вот! Прилечь иногда хочется. Старость скребется в двери! Держу их так, на всякий случай: уж очень захотелось однажды. А когда эти штуки под рукой — я спокоен, и, знаешь, спать совсем не хочется! — Г. Б. оживился: — А помнишь, как мало мы спали? Помнишь? Уж теперь-то ты вспомнишь! И носа вешать не будешь! И вполне справишься с лабораторией, ведь ты был талантливее меня! Хоть немного, а все же талантливее, помнишь?

Неслезкин опять тихо засмеялся:

— Не-ет... не-ет, Георгий, — и кивнул головой.

Он, Неслезкин, помнит. Георгий утешает, подбадривает его, ну и хорошо. Он, Неслезкин, много видел людей, и он любит Георгия. И не за то, что Георгий взял его к себе на работу и сделал человеком после войны, несчастий, после белых марширующих перед глазами бутылок, белых, зеленых, парадно красных и разных других... И не за то, что он помог ему. Он, Неслезкин, просто любит его. Только напрасно Георгий его подбадривает. Он, Неслезкин, работает как может, а больше он не способен. Он как троллейбус, у которого в сети остался слабый ток. Они часто дразнили его в молодости троллейбусом за квадратную крепкую фигуру. Теперь он тихий троллейбус. Он тихо-тихо катится — как бы не кончился ток. И не обращает внимания на крики пассажиров, на машины, которые его обгоняют. И легковые и грузовые... всякие. Такие отглаженные эти простыни. Белые!

Г. Б. трогательно усадил Неслезкина в кресло и сбоку, склонившись, смотрел на него, уговаривал:

— Здесь мягко, здесь тебе будет хорошо. Вот увидишь... Я знаю, ты справишься. Я знаю тебя лучше, чем ты сам...

Неслезкин слушал. Георгию кажется, что это просто, Георгий все может... Когда-то он, Неслезкин, и впрямь спал меньше других, и понятно, что он был талантливее Георгия и прочих. Он был выше их, Георгий даже не представляет насколько!.. Намного выше, на несколько вершин. Белых таких, белоснежных скалистых вершин, когда облака и орлы уже совсем-совсем внизу. Он был где-то очень высоко, тот Михаил Неслезкин... А Георгий молодец! И не потому, что он взял на работу Неслезкина, когда его уже никто не брал. Прошло много лет, прошла война, а Георгий такой сильный. Делает половину задач лаборатории. Сидит здесь, в кабинете, и делает. Даже две трети делает. И остальные не бездельники, но он, Неслезкин, не считает их, как и себя, за крупных... Словом, не считает. И что будет делать он, Неслезкин, с этой перегруженной лабораторией, когда уйдет Георгий, и станут ли слушать его, Неслезкина? Не жалеет, бросает его Георгий.

Неслезкин тихо и согласно кивал головой. Мы смотрели.

Г. Б. говорил теперь о войне, говорил глухим голосом о пехоте, о том, как спали они бок о бок и шагали рядом по зимним дорогам. Г. Б. вспоминал бои, какие-то им обоим хорошо знакомые места, события, ночи. «Помнишь, Миша... помнишь то время?..» — говорил он.

Я и Костя сидели в уголке дивана, ошарашенные, застигнутые врасплох, не успевшие ни уйти, ни подать голос. Может быть, не все мы понимали. Может быть, мы не понимали и сотой доли. Мы только схватывали обрывки фраз и сидели тихо, следя, как те двое витают в облаках, в своем небе, у своих скалистых вершин... Мы сидели молча, как одно целое, сидели, инстинктивно сбившись вместе и слушая, как одно ухо.

6

Вошла Зорич.

— Георгий Борисыч, я к вам с претензией. Это вы посоветовали, чтобы Худякова взяла *задачу четыре* по вашей теме?

Г. Б. обернулся, резко и недовольно сказал:

— Ну и что?

— Худякова загружена очень. Вы, Георгий Борисыч, вероятно, не подумали об этом. Вы, Георгий Борисыч, конечно, заняты... Все мы знаем, как много вы делаете.

Зорич говорила быстро, и слова ее были вежливыми, но голос твердел. Она не обращала внимания на резкий тон Г. Б. и старательно, мощно разворачивала эти вежливые слова для наступления, давая понять, что она выше пререканий и что от нее не отделаться грубостью.

— Вы, Георгий Борисыч, ученый не чета другим, вам, конечно, некогда... Но, отдавая приказания вот так, мимоходом, вы поступаете неосмотрительно. В конце концов, это легкомысленно... *Задачу че-*

тыре естественно было передать Петру Яккличу. И по нескольким причинам. Во-первых...

— Ладно, ладно! Дайте же нам поговорить! — Г. Б. не захотел дослушать.

Зорич выждала паузу. Стало тихо.

— Хорошо, — сухо сказала она. И повернулась, чтобы выйти.

И тут Г. Б. вдруг переменился. Он тихо начал:

— Подождите. Подождите, Валентина Антоновна. Я ведь ценю... очень ценю ваше мнение...

— Я слушаю вас. — Зорич поджала губы.

— Ну не сердитесь, Валентина Антоновна.

— Я не сержусь.

Г. Б. заторопился. И так странно было видеть его извиняющимся, хитрящим.

— Я ведь не спорю. Возможно, не прав... Михаил, нам очень интересно твое мнение. Хочешь что-нибудь сказать, Михаил? Вы, Валентина Антоновна, советуйтесь в таких случаях с Михал Михалычем. Он не хуже меня разбирается. И на будущее учтите. Михаил сейчас так втянулся во все эти тонкости, что практически все решает он... — Г. Б. говорил явную ложь. Даже мы поняли это. Но он настаивал, повторял, чтобы сейчас уже представить себе и приблизить желаемое будущее: — И Михаил не так резок, как я. Я прошу извинить меня, Валентина Антоновна.

— Я тоже была резковата. Но вы уж слишком, слишком, Георгий Борисыч. Тем более при посторонних.

— Михаил! — позвал Г. Б., предпринимая последнюю попытку.

Но Неслезкин молчал: он не мог сейчас высказать своего мнения о *задаче четыре*, он даже головы не поднял. Он едва ли заметил, что вошла Зорич.

Г. Б. в секунду понял это и быстро сказал:

— Ну ладно... ладно. Что? Худякова уж так перегружена?

— Вы разве не знаете этого?

— Ну хорошо. Пусть Петр Якклич возьмет. А вообще советуйтесь с Михал Михалычем. Понимаете, нам сейчас просто некогда сосредоточиться на этом... этом важном деле.

— Понимаю, — сказала Зорич не без насмешки.

Она вышла из кабинета довольная.

Г. Б. заметил нас. Он, конечно, заметил еще тогда, когда Зорич сказала про «посторонних».

— А вы? Вы что, мальчики? — очень мягко спросил он.

Мы замялись:

— Да мы так... так...

Мы даже не нашли, что соврать, и ушли — оставили их наконец вдвоем.

ГЛАВА ЧЕТВЕРТАЯ

1

На следующий день, перед самым обедом, то есть когда легко выбраться незамеченным, были две-три томительные минуты.

Я волновался, а вокруг в нашей удлиненной комнате сидела, погрузившись в бумаги, трудилась вся лаборатория. Коллеги, понятно, не подозревали, что должно было вот-вот произойти. Главное — Зорич не подозревала.

Я оглянулся на нее. Сидишь? Ну сиди, сиди! Я даже улыбнулся ей. Чувство большого начала, разбавленное мальчишеским восторгом, перебороло вчерашнюю обиду. Я был как перед падением, и стало вдруг тихо на минуту, будто все они ждали, затаились. Костя рассказывал, как однажды в детстве, когда они всей семьей ездили на юг, они проходили под снежным обвалом. Дело было в суровых горах: большая группа людей шла осторожно, взрослые едва переговаривались, шептались, шипели. К ужасу пап и мам Костя и мальчик, грузин из местных забежали под самый срез нависшей притихшей лавины, и маленький Костя орал во всю глотку: «Эй ты! Белая!.. Белая!» — и снег лежал тихо, блестел.

Уже можно было идти, уже Костя, перегнувшись через стол, сказал сердито: «Белов... Белов!» — а Белов все сидел, ощущая минуту. Сейчас Белов встанет, уйдет, а Костя Князеградский возьмет на себя только ему посильный труд: отвлекать Зорич, спрашивая ее о некоторых неясных местах пересчета.

До кабинета было десять шагов. Я вошел, захлопнув толстую обитую дверь. «Рейны» из нашей комнаты жужжали теперь за двумя дверями, как мухи, зажатые в кулаке.

Г. Б. был один.

— А-а, Володя, — сказал он, улыбаясь. — Садись, садись.

Я сел и мягко опустился почти до самого пола.

— Ну и креслице у вас! Чудо! Кажется, год сидел на камнях... Подумать только: когда-то все это принадлежало дворянам!

Г. Б. рассмеялся:

— Но-но!.. Полегче, задира! Не отвыкать же мне в пятьдесят-то.

Взяв хороший тон, я так же бодро и быстро изложил ему идею «сектора». У Г. Б. еще плавала на лице первая улыбка, а я уже кончал, закруглялся, отбрасывая все лишнее. Начал я с Кости: «Косте и мне... нам пришло в голову...» — так была сделана первая фраза, и дальше я старался как можно чаще упоминать Костю. И боялся, что Г. Б. спросит, почему мы не пришли вместе.

Но Г. Б. не спросил. Прикрыв глаза, он слушал. Сидел в кресле и, подперев голову рукой, слушал. Перед ним на чистом листе бумаги отдыхала голубая авторучка.

— Значит, и Князеградский... — сказал он медленно, — талантливый мальчик. Это я вас обоих мальчиками называю. — Выждав паузу, он улыбнулся: — Ну что ж! Хорошо. Сделаем из вас сектор. А больше никого не хотите привлечь?

— Можно, конечно. Но пока...

— Ну ясно.

— Мы как раз хотели заняться результатами Честера и Шриттмайера.

— Ясно.

Он сидел, думал о чем-то и, казалось, нисколько не сомневался в наших силах, и его совсем не волновала судьба нашего с Костей огромного пересчета. Я же нервничал, боялся, что кто-то войдет. И встал.

— Ты что, Володя? Посиди еще.

Г. Б. поднял на меня глаза. Тут только я заметил, что он невесел. Крохотный кристаллик улыбки чуть теплился, чуть жил в его глазах. Г. Б. смотрел на меня и пальцами мерно и грустно шевелил голубую авторучку.

— Мне нужно... идти нужно.

— Так уж и нужно? Да зачем это? Посиди. — Он даже приподнялся, подошел ко мне. — Садись, садись. Я все-таки начальник, разрешаю. Я ведь редко вас вижу. Говорят, ты горячий очень. Задираешь всех. Расскажи хоть. Я ведь приглядываюсь: что-то ты все Костя да Костя, а сам как?

Я стоял и переминался с ноги на ногу.

— Говорят, ты на Эмму, как тигр молодой, напустился? А?

— Ну уж и как тигр. Куда мне!

— Смотри... Знаю я вас, длинноногих! — мягко рассмеялся он.

И еще что-то он говорил. А я, как лунатик, вновь выцедил из себя фразу, к которой обязал меня Костя: «Значит, можно? Можно ознакомиться с задачами, да? Спасибо. Спасибо», — и Г. Б. опять что-то говорил, а я просто обязан был выйти сейчас и выкурить сигарету. И ведь Костя там. Ждет.

— Ну а как вообще?.. Как тебе мир? Обмен посланиями? Буза не начнется очередная, а?

Я стоял перед ним, мялся и не мог открыть рта. Он глянул на мои торопящиеся дрожащие колени и махнул рукой.

— Ступай, — сказал он.

2

Костя нервно расхаживал по коридору.

— Победа! — сообщил я.

Я рассказал. А затем Костя, в свою очередь, рассказал о том, как он морочил Зорич голову и как она все время посматривала на часы и в конце концов прогнала его.

Мы радовались нашей ловкости и нашей победе, а в коридоре у бокового окна стояла женщина и беззвучно плакала. Женщина была пожилая и великолепно одетая. Темное платье, бросающее, как нам показалось, вызов всем ценам, кофта богатой белой шерсти, бусы, браслеты, золото... А лицо маленькое, несимпатичное, заплаканное.

— Послушайте, — бодро начал Костя. — Ну разве можно так плакать? Можно плакать громко. Плакать, вспылив, понервничав. Но вот так стоять и плакать...

— Можно плакать ночью, — добавил я.

— Вас выругал начальник? Из этой или из той лаборатории?

— Он сейчас будет у нас тепленький, — сказал я и начал подворачивать рукава рубахи.

Женщина заговорила с некоторой манерностью:

— Мне, мальчики, не нужна ваша помощь. Я здесь не работаю.

Мы приставали, и женщина повторила: ей не нужна наша помощь. Муж решил бросить ее, вот и все... Да, она страдает, она не скрывает этого... Дети уже взрослые, живут отдельно — она одна, совсем одна.

Костя спросил просто так:

— Из какой лаборатории ваш муж?

— Из шестнадцатой.

Мы переглянулись:

— Кто он?!

Она сказала. Наш Г. Б. был ее мужем.

Мы смолкли, а она продолжала: никто, как видите, ее не ругал, она пришла к мужу мириться. Может быть, и не стоило приходить, но люди, работающие здесь вместе с мужем, настояли.

— Наши общие знакомые, — добавила она весомо и значительно.

Я удивился. Я едва не рассмеялся:

— Да кто? Кто станет вас мирить? Георгий Борисыч только чихнет, и мы все под «рейны» попрячемся!

— Ну-ка перестаньте, Белов, — услышал я суховатый резкий голос.

За моей спиной, в двух шагах, стояла Валентина Антоновна Зорич собственной величественной персоной.

— Как это — перестаньте? — вспыхнул я.

— Да так. Перестаньте, — сказала она и поглядела на меня, и я должен был почувствовать ее силу и смолкнуть как срезанный.

Удивительно, но я почувствовал, и притих, и смолк.

Зорич решительно встала между мной и женщиной.

— Идемте, — сказала она жене Г. Б. и назвала ее по имени и отчеству.

И та пошла за ней, бросив на меня подозрительный и не без испуга взгляд.

3

Они уже облепили ее со всех сторон: Зорич, Эмма, Худякова да и мужчины тоже. Они усадили ее на стул, обступили и уговаривали.

— Ах, старый потаскун! — говорила Зорич. — Ах, старый козел! Опять двадцать пять!

Эмма успокаивала:

— Не расстраивайтесь! Милая, хорошая, не надо расстраиваться.

Шумно было. Они говорили, что сейчас позовут сюда Г. Б., что почти вся жизнь Г. Б. и Софьи Васильевны прошла на глазах этой лаборатории и что, представ перед всеми, он должен будет разом ощутить свою вину. Они говорили, а жена Г. Б. тихо и манерно произносила:

— Я... я пойду. Георгий не любит, когда я прихожу сюда. Может быть, лучше, если я пойду?..

Ей тут же возражали:

— Ну что вы! Что вы!

— Сменять Софью Васильевну на эту вульгарную, полуразвратную женщину! — сокрушалась Зорич.

— Развратную — это слишком, — вставил было Петр. — Я все-таки ее хорошо знаю. Я ее неплохо знаю.

— Это совсем не блестящая рекомендация, Петр Якклич, если вы... вы ее хорошо знаете!

— Петр Якклич просто рыцарствует. Это несерьезно!..

Они говорили, спорили, и понемногу мы с Костей узнавали, что все это тянется уже третий день. Что три дня назад Зорич, Эмма и угрюмый майор уже приходили по просьбе Софьи Васильевны к ним домой, однако Г. Б. уже не жил дома. И что решили выждать еще три дня: вдруг образумится, вернется...

Но сначала Зорич понадобилась формальная

опора. Она знала, что этот пыл и шум слишком непрочны, мгновенны. Она подошла к тихому Хаскелу, который больше молчал и отсиживался в стороне. И четко выговорила, что нужно всем подписать составленное уже заявление, в котором лаборатория выражает свой гнев аморальным поведением Г. Б. После этого можно пригласить его сюда. Г. Б. будет сломлен — Зорич выразила мысль очень ясно. Именно Хаскел должен был сейчас первым заявление подписать.

— Я?.. Я? — переспросил он с особенной интонацией часто обижаемого человека.

— Да. Например, вы... Разве вы не хотите? Или у вас другое мнение?

— Нет, нет! Что вы! Но у меня... у меня так много работы. Я... — Он быстро-быстро стал листать бумаги, будто можно было показать что-то такое, что будет признано срочным.

— Как хотите! — отчеканила Зорич, поправила шаль на плечах, и кисти шали всколыхнулись. — Только мне кажется, что это ваш долг. Долг перед всеми нами. Ведь мы все решили. Конечно, если у вас свое мнение...

Хаскел вжал голову в плечи. От каждой фразы он все больше съеживался. Потом распрямился, морщины на его лице разгладились, и в выражении проступила вековая скорбь. Он был готов.

Зорич поддержали: конечно, нужно держаться всем вместе! Г. Б. шутить не любит.

Лысый майор негромко сказал, что он бы не вмешивался в чужие дела. Он даже брался объяснить, почему такие дела чужие. Но его корректный ровный голос тонул в шуме общего мнения. А Зорич старалась вовсе не слышать этого голоса... Большие карие глаза Хаскела глядели в пространство. Там, за окном, качались на ветру ветки кленов и какая-то птаха прыгала по веткам и все усаживалась поудобнее. И от веток было рукой подать до синего пространства.

— Я... подпишу, — сказал Хаскел, не отрывая глаз от окна.

Зорич напрягла мускулы увядшего лица. Теперь вопрос сосредоточился на старике Неслезкине.

— Михал Михалыч... Мы же всегда были вместе. Зачем нам ссориться? — говорила Зорич.

— Конечно, конечно!.. Михал Михалыч, мы не ожидали.

Удивительно было: все они говорили и делали точно так, как говорила и делала Зорич. Разумеется, еще три дня назад, когда ходили к Софье Васильевне, у них было все решено и обострено против Г. Б., но впечатление складывалось такое, будто вот сейчас, сию минуту, Зорич загипнотизировала их, и никого их не было видно — только волевое ее лицо, наступательное и уверенное в своей правоте.

— Нет... Я не могу... Георгий сам знает, — отчаянно затряс головой старик. Он, Неслезкин, не может обвинять Георгия! Как они не понимают этого! Георгий для него... И они так тесно его обступили... Они же знают, что он, Неслезкин, не переносит шума. Неслезкин мотал головой: — Нет... нет. Оставьте меня в покое, товарищи... Я уйду... Уйду к себе.

Уйти Неслезкин грозился в свой «кабинет»: это была третья, очень маленькая и душная комната нашей лаборатории — кабинет зама.

Зорич заговорила ему прямо в лицо. Он, Неслезкин, должен спасти Г. Б., этим он только поможет сбившемуся с пути. И тут вдруг заплакала жена Г. Б., не выдержавшая гордой своей роли: она не предполагала, что это будет так долго. Ее слезы и добили старика.

— Значит, не хотите помочь? — спросила Зорич и смотрела на него в упор, не мигая. Неужели он не хочет помочь Г. Б.? Неужели он не друг Г. Б., не человек, а всего лишь развалина, принятая из милости и помнящая об этом?

Тягостное молчание длилось недолго: Неслезкин вздохнул, хватнул ртом воздух и подписал.

Все было готово. Сейчас они позовут сюда Г. Б.

— Мальчики!.. Володя! Костя! — сказала Зорич. — Идите-ка погуляйте.

4

Мы спускались по лестнице. Я закурил, спичка попалась кривая, как сабля; я вертел ее в пальцах, пробуя на ощупь кривизну, и когда закурил, сигарета долго казалась тоже изогнутой.

Мы не спешили. Костя говорил, что, пока Г. Б. не ушел совсем, нужно, пользуясь данным им разрешением, ознакомиться с задачами лаборатории. И сделать это тихо, не говоря пока другим, которым сейчас тоже не до нас и которых взбудоражит имя Г. Б. Как всегда, все, что говорил Костя, было правильно и разумно.

Я молчал. Мне было жаль Г. Б. Я восстанавливал в памяти сегодняшний победный визит к нему и только сейчас (будто опять я стоял перед ним и нервничал) увидел, что Г. Б. стар. Очень стар в свои пятьдесят. И тем сильнее забронзовела передо мной во весь рост Валентина Антоновна Зорич. Я понял, в какие крепкие руки попадет сейчас Г. Б., когда они призовут его в лабораторию.

Совсем по-иному увидел я теперь тот первый урок, который преподала мне Валентина Антоновна. Это было сразу после шутки Петра Якклича, когда я носился по комнате и в страхе спрашивал всех: «Что же мне делать?» — и ждал, что вот-вот войдет разъяренный муж Эммы.

Тогда Зорич решила оставить меня после работы: она и старик Неслезкин должны были сделать мне от лица коллектива замечание и дать советы. Очутившись с ними с глазу на глаз в опустевшей лаборатории, я еще больше размяк и стал спешно говорить, что я понимаю, что такая любовь пустая, что она мешает всем, мешает работе, мешает Эмме...

Зорич сказала:

— Вот что, Володя, хватит вилять!.. Так мы с тобой не договоримся. И брось бить на жалость: ты взрослый парень!

Поправив свою шаль, она оглянулась на бесстрастно молчавшего Неслезкина: не скажет ли он чего, не добавит ли? И начала:

— Не виляй и слушай. Тебе придется переломить себя! Я давно... очень давно к тебе приглядываюсь, с первого дня! И вот мое мнение: ты никогда не будешь стоящим работником. Я сужу по твоим замашкам и желаниям. Я сужу по твоей болтливости. Я сужу по твоим шуткам, похожим на издевки. Ты пришел в мир, как поиграть в волейбол. Да? Почему для тебя нет ничего сдерживающего и святого? Почему ты как хозяин? Кто ты? Талантлив очень? Не сказала бы. Не бездарен, но таких много! Умен? Нет ведь! Костя вчетверо умнее тебя и талантливее. Ты самый обычный человек. Заурядность! И сиди смирно. Слышишь, сиди!

Она продолжала:

— Хуже того: ты подпорчен изнутри. И Костю стараешься портить. Ты истрепан и издерган чемто очень собственным, очень личным. И это, конечно, твое дело... Но какое право ты имеешь любить замужнюю и, главное, тыкать свою любовь всем в нос, чуть ли не гордиться этим и требовать сочувствия? Да я тебе не сочувствую ни на каплю, как ты меня ни жалобь! Будь ты что-то особенное, занимай ты необычное положение и то... и то некрасиво требовать того, что всеми не принимается. А уж ты сиди смирно и не высовывай носа! И я говорю это не только об этой глупейшей любви, но и о всех твоих выходках. Слышишь? Сиди, и чтоб тебя не замечали!..

И я сидел. Сидел смирившийся, прибитый, с полными слез глазами.

— Я не виляю... я... я...

И больше я ничего не мог сказать. Я сидел и прощался с Эммой, прощался со своими шутками. Хорошо, я не буду... никогда ничего не буду, если уж людям не нравится.

Зорич внимательно меня оглядела, потом обернулась к молчавшему Неслезкину:

— Я думаю, хватит беседовать. Он не столько с нами хитрит, сколько сам себя обманывает.

Она была больше чем довольна собой — она была счастлива. Мое жалкое лицо лучше всего подтверждало собственную ее полезность людям. И, чувствуя себя при исполнении обязанностей чуть ли не общества в целом и понимая, что все, что говорится в такие минуты, будет веско и умно, она продолжала, уже одеваясь:

— Нет. Не поймет!.. Не верю я, Михал Михалыч, что такой человек может понять. Он всегда будет хотеть большего... много большего, чем заслуживает! Он из тех людей, что до самой смерти живут миражами и всю жизнь сами себя обманывают!

Давно это было, а сейчас перед обедом мы с Костей мыли руки. По очереди подносили руки к крану. И, вспоминая «уроки» Зорич, слыша каждую ее интонацию, я отчетливо понимал, в какие железные лапы «долга» попал Г. Б. А я-то думал, что она просто издевалась надо мной. Нет. Тут сложнее. Случаем и некой прорезавшейся волей старуха присвоила себе огромный моральный капитал и теперь, не спрашивая никого, этим своим весом давит, диктует...

Я думал об этом, и струя холодной воды, леденея, лилась мне на руки.

Я будто видел ее перед собой. Немолодая, очень немолодая женщина... Постаревшее лицо, несколько высокомерное. С чуточку подкрашенными губами... И в холода, и когда было совсем тепло, она по-старушечьи куталась в шаль, которую приносила из дому. Зорич была седая, сине-седая, с величественной строгой прической. Седые волосы возвышались, как снежная вершина, над дымчатой шалью. Шаль была хорошая, наверно, наша, оренбургская.

Мы пообедали, вернулись в лабораторию, и никто не сказал нам ни слова о том, что здесь произошло.

5

Едва рабочий день кончился и все разошлись, едва затихли их шаги в коридоре, мы захлопнули дверь и спустили собачку английского замка.

Вся «тайна» аккуратно висела перед нами на гвоздике и поблескивала. И это было теперь нам позволено. Наконец-то. Мир, мы идем к тебе!.. Радость переборола все. Держа в руках по нескольку серебристых ключей, перекидывая их друг другу, подбадриваясь криками, мы заметались, как тигры, в опустевшей лаборатории — от стола к столу. Столы, понятно, не сопротивлялись. Беззащитные, оставшиеся без хозяев, они могли только грустно и угрюмо молчать.

— Даешь, Костя!

— Даешь! — неслось в пустынной пропыленной комнате.

Мы потрошили столы, складывали бумаги в папки, нужно было выбрать основное — и быстро.

— Слышишь? В этой папке Неслезкин. Надпиши, чтобы потом не забыть!..

Потом шкаф.

— Тсс, — сказал я, вскрывая его. — Извини нас, толстячок. Будем знакомы.

Я открыл и на секунду замер: папки стояли ровно. Как часовые, без малейшего наклона! И раздутые, и уважительно тоненькие. На переплетах такие же ровные, без наклона, выведенные красной краской номера тем, задач. Картина было захватывающая: передо мной было сердце лаборатории. Я знал, как мала и подсобна другим наша лаборатория, и все-таки было приятно сознавать, что передо мной ее сердце.

— Костя...

— Ну?

— Смотри!

Он тоже смотрел целую минуту, а потом спохватился:

— Ты что? У нас нет времени! У нас куча работы! Не хватало только, чтобы патруль поинтересовался, что мы так поздно тут делаем!

Он схватил папку из тех, что потоньше.

— Даешь! — И швырнул ее через всю комнату на диван, поближе к рюкзаку. Описав планирующую линию, папка звонко шлепнула по барабанной коже дивана.

И чувство дикой радости овладело нами.

Чтобы потом не спутать, мы погрузили весь улов в рюкзак Петра Якклича, в котором тот притащил как-то спирт, оставшийся после опыта в соседней лаборатории (там трудились две жизнерадостные и мечтающие о Петре старые девы). Погрузили и посмотрели на часы. У нас оставались считаные минуты, потому что здесь можно было находиться лишь до восьми вечера.

Чтобы выйти на улицу, мы, как обычно, дважды предъявили свои пропуска, и у меня замирало сердце, я вспоминал первые дни: как будто не год назад, а именно сегодня, сейчас приняли меня на эту работу. Костя деловито, уверенно свернул к автобусу.

Автобус летел и дребезжал стеклами. Мы мчали туда, где можно было работать и вечером и ночью, ко мне домой. Ко мне.

6

У меня была комната. Маленькая комнатка на окраине Москвы, в полутора часах езды от работы.

Когда на распределении я вдруг узнал, что организация, в которой я собирался работать, дает мне комнату, я даже растерялся от неожиданности: почти все наши получали общежитие. Мне редко везло, и тут я подумал, что это счастливая случайность, одна из тех, что сопутствуют правильно принятому решению, то есть я правильно сделал, что выбрал лабораторию Г. Б. Я еще не знал, что полтора часа езды не шутка.

Тогда же в приливе самых хороших чувств я нарисовал себе картину: пусть в комнате у меня будет небрежно, не очень, может быть, чисто. Без радиолы нельзя, пусть будет и радиола. Глухая ночь. Тишина... Я сижу, пишу. Горит настольная лампа. Три часа ночи, и только гудит за окном ветер. Она (кто — пока неясно) лепечет что-то во сне на моей раскладушке, переворачивается на другой бок, приговаривая во сне, как ребенок. Я отрываю от нее глаза, и опять лист бумаги... свет настольной лампы... удивительный свет! Мне очень хотелось этого. Детство, школа да и, пожалуй, студенческие годы были у меня неуклюжими, издерганными. И моя комната должна была стать первым камнем нового фундамента.

И когда, выпотрошив лабораторию, мы с Костей приехали ко мне, я не мог не вспомнить всего этого, не мог не улыбнуться моей маленькой комнате: привет, привет, одинокая! У нас не было с тобой задач, теперь есть и они! Теперь мы взбодримся, теперь в Москву, в библиотеку, и на работу я буду делать только вылазки, а здесь будет святая святых. Ты моя крепость, мой крепкий тыл, а в мир я буду делать набеги. Как скифы, наши несомненные предки.

И опять я так размечтался, что Костя дернул меня:

— Эй, хватит дымить, за дело! Соседи подумают: горит...

Я рассмеялся и вернулся к формулам. Я знал, что соседи не поднимут большого шума. Соседями по квартире была молчаливая семья: муж, жена и двое детей. По вечерам смотрели телевизор с экраном в ладонь, спать ложились рано. Меня они уважали, видимо, за то, что я ночью мешал им спать своим нудным арифмометром. Человек работает по ночам: шутка ли? И не просто сидит и курит, а слышно: щелк! щелк!

Весь вечер и всю ночь мы знакомились с задачами. Мы занимались самым интересным в жизни: осмыслением. Трижды я пробирался на кухню и ставил кофе.

И мы наконец выбрали себе по задаче, которые еще никто не решал, но которые могли нашей лаборатории скоро понадобиться.

— Ты взял слишком крупный кус, — сказал Костя.

Я стал спорить, говоря, что наши задачи примерно эквивалентны, но сам отлично понимал, что он прав. Но уж так мне хотелось: эта задача была из темы Г. Б.

Костя засмеялся:

— Смотри. Ведь не торт делим. Нужно работать быстро.

— А знаешь: наши задачи очень близки по тематике НИЛ-великолепной! — вдруг воскликнул я.

— Я тоже обратил внимание.

Мы поговорили и об этом. НИЛ-великолепная — это богатая, сытая, модная лаборатория в сорок талантов. Два года назад туда перебежал молодой Леверичев из нашей лаборатории. Он тоже выпускник университета, тоже мучился на пересчете, пока ему не дали задачу, он блестяще решил ее — и переметнулся.

— Великолепная НИЛ, конечно, фирма, — сказал Костя. — Но все-таки главное — иметь задачу для начала. Хорошо решенную задачу за своими плечами. Так что смотри!..

Но я уже не мог отказаться от выбранного... Выехали мы в то утро пораньше, с тем чтобы прибыть на работу до того, как прибудут другие, и разложить папки с задачами по своим местам.

ГЛАВА ПЯТАЯ

1

Ни одной ночи этого месяца мы с Костей толком не спали. После работы мы заезжали к Косте домой, ели там, ложились спать часа на три и затем ехали ко мне — осмысливать задачи, которые решали взахлеб, дорвавшись до них наконец.

Перемешались дни, перемешались ночи. Мы погрузились в какое-то вязкое время, и секунды этого времени не отстукивались, а тянулись и тянулись одна за другой, как клейкая масса расплавленной резины. И в этой темной клейкой массе пребывало и вываривалось сутки за сутками наше сознание, и ночь отличалась от дня только удивительной тишиной.

И наступил день, когда Костя стал нервничать: он свою задачу решил. Решение ему казалось слишком простым, он был не уверен, и задача должна была отлежаться. День-два, и тогда только станет ясно: или дело сделано, или начинай снова. Костя брюзжал, сердился, бранился, а со стороны выглядел подкупающе, может быть, потому, что в такие минуты он бранил себя больше, чем всех остальных, вместе взятых.

Этот день оказался субботой, и субботний вечер навязчиво колыхал в нашем воображении лица Светланы и Адели. Косте в его состоянии хотелось надежных и устойчивых ходов, и мы не стали звонить: прошел как-никак месяц, и нас могли попросту не вспомнить.

Невыспавшиеся, мы валились с ног, и Костя фыркал на сестренку, которая все вертелась около нас. Потом сказал что-то не очень вежливое матери; сказал и поморщился: ах, дескать, все не так!

Я же, голый по пояс, гладил, зевая, рубашку.

— Может, все-таки позвоним? Вдруг их не будет на танцах?.. Что будем делать тогда, о неутомимый?

— Завтра поедем на пруд.

Я кропил рубашку водой и сонно вспоминал, что девчонки в тот вечер говорили о том, что начали уже загорать на Царицынском пруду. Это было недалеко от их дома. Сказать, что они купаются там, Адели показалось неприличным.

Я зевнул, разворачивая скулы:

— Правильно, Костя. А если их не будет на пруду, восстановим их домашний адрес по номеру телефона. Будем дежурить около дома. Для начала — знакомство с мамами. Представляешь, как я буду улыбаться Аделиной маме?

— Если ты делаешь что-то ради меня, то хотя бы не напоминай об этом.

— С чего ты взял, глупый? Я сам хочу познакомиться. У нее наверняка миловидная мама...

— Заткнись!.. Между прочим, пора спать. Нелька, как я выгляжу? — Он стоял перед зеркалом.

Неля подплыла. Ее юбочка качалась, как колокол.

— Очень ми-ило... — Неля глядела в зеркало, только едва ли на Костю и, уж конечно, не на меня. Потом, покачивая юбочкой, вышла.

Мы легли спать и проснулись только в одиннадцать часов вечера. Проспали будильник, танцы, Адель и Свету.

Мы шагали по вечернему говорливому городу. Голова была тяжелая. «И прекрасно, что не попали на танцы. Не хватало только, чтобы мы стали завсегдатаями этого притона», — брюзжал Костя, но я не очень-то ему верил. Мы приостановились: откуда-то валил спорящий люд. Весь этот год мы никуда не ходили, и чем-то приятным, давно забытым повеяло на меня при виде шумной, возбужденной толпы.

Я придержал Костю, словно предчувствуя:

— Постоим. Можно встретить знакомых.

И почти тут же мы увидели Алешу.

— За невезением идет везение, — сказал я, сдерживаясь, и тут же крикнул радостно: — Алеша!

— Ничего себе везение, — недовольно бросил

Костя. В университете они откровенно не любили
друг друга.

Алеша был с двумя девушками, шагал посередке,
не видел нас и задумчиво нес свою мощную черную бороду. Одна девушка была нашего выпуска,
та самая, которую Алеша обожал год за годом и которая каждую весну в кого-то влюблялась. Другая,
как сказали они нам, была с их работы.

— Володя! Володя! Костя! — обрадовался Алеша. — Девушки, не потеряйтесь... идите за мной...
сюда! Мы здесь, девушки!.. Не теряйтесь! — кричал он, рванувшийся к нам и звавший теперь своих
дам через головы людского потока, немедленно
разделившего их. Он то порывался к ним, то хотел
остаться около нас и без конца махал руками. Он
бывал удивительно неловок в таких ситуациях.

Костя тихо сказал:

— Не теряйтесь, девушки. Такие ребята рядом...

Наконец они присоединились к нам. Впятером
мы шагали по улице.

— Эх, Володя, как это тебя не было с нами! — заговорил увлеченно Алеша. — Такая выставка! По-
ляки! Вот и девушки скажут!..

— Да, было здорово! Интересно... — заговорили
девушки.

Я улыбнулся:

— Все так же споришь?.. А?

— Ох и спорю! Надо было обсудить и живопись
и графику... Это надо видеть! Имена новые, ничего
не скажут, но если бы ты...

Девушки первыми встали у остановки трамвая.
Алеша засуетился, забеспокоился: он не ожидал, он
никак не предполагал, что мы куда-то идем, он был
уверен, что мы будем ходить по улицам за полночь.

— Слушайте, слушайте, — заговорил он, обращаясь ко мне и к Косте. — Приходите завтра сюда! Опять на выставку! Я и девчонки — мы ведь и завтра придем... Поспорим, а? Володя, приходи! Костя! Ну что вам завтра делать? В воскресенье-то? Приходите!..

— Нет, Алексей, — сказал Костя, зевая. — Мы пойдем завтра на пруд! На какое-то подозрительное козье болото, где впору головастиков ловить твоей бородой, а не купаться.

— Это обязательно? Да? Ну а вечером? — Алеша смотрел на меня.

— Нет, Алеша... Завтра мы не сможем.

Алеша замолчал. Вдали показался трамвай, и Алеша глядел на него не отрываясь.

Костя, чтобы мы могли сказать пару фраз наедине, отошел к девчонкам и стал плести им какие-то небылицы. Они хохотали.

— Ты хоть приходи ко мне, а? Ну приходите вместе с Костей, — попросил Алеша. — Приходите на днях...

— Хорошо. Обязательно, Алеша.

Он глянул мне в лицо. Глаза его мягко светились:

— Ты не забыл наш язык? Рыцарский? Помнишь?

— Помню.

Это был язык, на котором разрешалось говорить только о прекрасном. Довольно выспренний язык и совсем невеселый.

— А откуда вы сейчас?

— Да так... С танцев, — сказал я резко. Я чувствовал неловкость и был даже рад, когда увидел трамвай.

2

Было яркое воскресенье. С утра пруд лежал зеркалом, правда, несколько зеленоватым. Мы прошли этот вытянутый овальный осколок до конца, обходя лежащие спины, ноги, пиная прыгающие к нам волейбольные мячи.

— Болото как болото, — миролюбиво заметил Костя. Мы улеглись позагорать, и в нас бросали камешки совсем юные девушки, расположившиеся неподалеку.

— Сегодня, кажется, коров сюда не пустят? Говорят, стадо не придет, это правда? — озабоченно спросил их Костя, и вот теперь они бросали камешки.

Я глядел вверх, на солнце, которого мы никогда не коснемся. На плывущие легкие облака. Странно жить, когда ты уже добился чего-то, тем более если ты добился всего лишь собственной средненькой задачи. Так, немного, казалось бы, нужно еще. Приглашай эту наивную и круглоглазую, которая, осмелев, прыгает на одной ноге через Костю и на которую тот не обращает ни малейшего внимания. Приглашай ее сегодня в кино. Начни ходить к ним в совхоз на танцы, наведи контакт с их парнями, чтобы нечасто били. И женись. Сейчас таких молоденьких и круглоглазеньких полным-полно. Природа словно заспешила, создавая их одну за другой. И одну лучше другой. Немного боязно жить в такое время, когда природа вдруг начинает спешить... Куда ей спешить?

— Костя, — сказал я, вдруг почувствовав необычную расслабленность, — я знаю, что мы коечего добьемся и имена какие-никакие, возможно, у нас будут. Но вот что я, Белов, способен буду помогать миру, народам... Это как-то смешно, как-то не так. Я способен решать задачи, помогать тебе, но это... Как бы сказать. В общем, если я не потяну, сойду с круга или если я не выдержу... словом, если ты останешься один, спеши без меня, Костя...

— Опять пошли слюни, — вздохнул он с укором.

Потом я плыл. Вода была с землистым, но не отталкивающим привкусом. Ладонь и мои пять пальцев ярко оранжевели от пронизывающего воду солнца. Я вдруг увидел, что Костя машет с берега, делая руками крест-накрест. Резко повернув к низкорослым камышам, я взобрался, отдуваясь и балансируя, по скользкому берегу.

— Где они?

— Там, — сказал Костя, махнув рукой, — сидят красавицы. Животное привели, чтобы внимание привлекать!

— Где?.. — Я осмотрелся и наконец заметил в пятнадцати шагах от нас, в той же самой горстке девчат, Адель и Свету; я поначалу искал их слишком далеко. Среди девчонок они были явно свои, но все-таки с ними был пудель. Пудель, совершенно белый, составлял центр группки.

— Красивый пес, сила пес! — сказал я. — А что? Они и эти девчонки... они вместе?

— Ну да.

Костя нервничал. Девушки не хотели нас замечать, даже не кивнули. Растираясь, я стал обдумывать, как к ним подойти.

— На месте придумаешь, — сказал Костя вдруг, обернулся и швырнул мелким камешком в пса. Я только глазом моргнул, а пудель уже подпрыгнул на месте. — Иди, иди! Не для моей же это гордости, сорвусь и все испорчу, — сказал мне Костя.

Пес обиженно лаял. А Костя лежал на песке, равнодушно уткнув голову в ладони. Это уже совсем никуда не годилось.

— Иди. Не подкачай... — вдруг хрипло, так, что у меня екнуло под сердцем, сказал он.

Я улыбнулся. Я похлопал его по спине, представляя, с какой энергией я сейчас вцеплюсь в разговор, в любую мелочь, хоть в хвост пуделя — лишь бы удержаться, лишь бы постараться ради этого хриплого «не подкачай».

— Я для начала похожу около. Не волнуйся, — сказал я, но автоматически двинулся прямо на группку. Мельком глянул вперед: пес свое отлаял и теперь тихо скулил. Две левых руки гладили его белейшую шерсть.

3

Адель было шарахнулась от моей облупленной комнаты, от визжащей, как обезьяна, дешевой радиолы, но кое-как мы усадили девушек за стол.

— А где же ваш товарищ? — скривила губы Адель.

— Приедет. Он сейчас приедет... А вон какая-то машина! — Я сорвался со стула и кинулся к окну. — Наверное, это он подъезжает.

Адель и Светлана с Костей подошли за мной к окну. По дороге, что левее нашего дома, лениво ползли фары. Лениво и тяжело-тяжело, тонн в двадцать. Костя рассмеялся:

— Погашу вам свет, а то не разглядите.

Адель тревожно оглянулась на Свету. Я почувствовал, что мгновение напряженное: Адель явно хотела уйти... завезли за тридевять земель и еще смеются! И свет сразу гасят! Адель смотрела на Светлану и ждала только малейшего знака, чтобы засобираться. Я тоже смотрел. Но Светлана вдруг улыбнулась.

— Что вы забеспокоились? — сказал Костя своим твердым голосом. — Садитесь-ка за стол. Да не опрокиньте что-нибудь!

А я удивленно все смотрел на Светлану, на ее лицо, освещенное настольной лампой. Это было превращение. Светлане уже хотелось быть здесь. Да и у Адели поубавилось манерности, она тоже вслед за подругой держалась проще. Происходило обычное узнавание.

Костя разливал по стаканам вино. Под действием вина, музыки и некоторого доверия все повеселели.

Я успокаивал Адель:

— Он скоро приедет. Хотя все возможно. Может, он разбился? Такой лихач — просто жуть! Тем более радость первого обладания машиной.

— Но он приедет?!

— Лихач он, Адель. Все может быть.

— Я лично не удивлюсь, если он разобьется, — сказал, деловито нарезая хлеб, Костя.

— Жаль будет. Правда, Костя?.. Только купил машину, еще и товарищей не покатал, и вот вам! Разбился...

Мы смеялись. Светлана смеялась тоже. Когда брала хлеб, она, как и все, сначала довольно быстро протягивала руку, но ее пальцы брали не сразу — они легко касались хлеба, мягко трогали его и брали осторожно. Она жила в большой тесной семье и, очутившись здесь в тепле и тихой музыке, чувствовала себя не как в обычный вечер, а скорее как на небольшом празднике. Я поражался тому, как это Костя угадал ее сразу.

Адель все сердилась: что тут смешного? Если вы врете, это нехорошо. Если машина разбилась, что тут смешного!

Вошла, постучавшись, Марья Трофимовна, моя соседка. Я у нее брал стулья — теперь она сама принесла вилки и еще пирожки с капустой. Я ведь сказал, что у меня будут гости по поводу моего рождения. Она поздравила меня и протянула кулечек леденцов. И привычно пригласила на телевизор. «Все приходите, если захочется. Будет концерт», — сказала она и вышла так же тихо, как и вошла.

— Так у вас просто день рождения? — чуть ли не возмутилась Адель. — Так бы сразу и сказали.

— Да.

— Да-а-а? — так искренне удивилась Адель, что все мы захохотали, и я вдруг ни с того ни с сего испугался, как бы Марья Трофимовна не приняла это на свой счет, на счет леденцов и пирожков. На меня находило такое, находило внезапно в самые обычные минуты — заскоками из голодного детства.

Адель дулась.

Мы танцевали. Моя настольная лампа опустила обмякшие крылья на стены. Две пары. На Светлану и Костю смотреть было необязательно. Костя был бледен. Она тоже была вся на нерве. Глаза Кости были полузакрыты.

Мы с Аделью тоже танцевали. Мы чинно ходили

взад-вперед. Адели не нравилась моя комната, и я впервые вдруг понял, что моя комнатка бедна, давно не крашена и что не всякому здесь хорошо. Адель могла наговорить слишком много, и я позвал ее на кухню:

— Идем-ка сварим кофе.

— Ну ясно. Надо же дать им поцеловаться! — бойко сказала Адель, возясь на кухне с моей кастрюлькой и с кофе.

Она с неожиданной для меня готовностью и даже радостью приняла предложение постряпать. Она тараторила, что-то подчистила, что-то подскребла, вымыла и все время объясняла, как нужно варить настоящий кофе. Попробовав ложечку, я похвалил, нимало не лукавя.

— А какой я борщ готовлю! Не оторвешься! — обрадовалась она и заговорила, защебетала, и я видел, что она не хвастает, а скорее делится со мной чем-то дорогим для нее, очень важным.

Я простил ее под шум горящего газа. Я даже позволил себе разоткровенничаться с ней, стал говорить, какие у нас с Костей задачи и как здорово у нас сейчас все складывается. Я чуть было задачу не стал ей объяснять. Мы поболтали. Мы дали им танца три или четыре.

Когда начали расходиться, Адель в коридоре у вешалки подобрала закатившийся и забытый среди обуви автомобильчик — игрушку соседских детишек.

— Вот и машина, — сказала она, делая гримасу.

— Адель. Если хочешь, могу подарить...

— Эту? — догадалась она и швырнула игрушку куда-то в угол.

Автомобильчик жалобно звенькнул, и сердце у меня вдруг сжалось, как тогда, когда я во время смеха вспомнил о Марье Трофимовне.

Соседи давно спали. Мы тихо прикрыли за собой дверь.

4

Проводив их, мы ехали домой. Костя дремал на заднем сиденье. За окном была ночь. Я глядел в подрагивающее стекло: автобус тянул с собой в ночь маленькую толику бледного света, призрачно освещая лоскуты шоссе и канаву сбоку.

Я вспомнил Эмму. Начало года. Я упрашивал Эмму остаться и поиграть со мной в шахматы.

В лаборатории уже было пусто.

— Сам подумай, — говорила Эмма, — ну как я могу остаться? Я прекрасно помню, как ты однажды лапал меня. Это было раз, но все-таки было. Пока ты не придешь в себя, не встряхнешься, я не хочу и разговаривать с тобой. Предположим, я останусь. А вдруг опять?..

Я тогда даже задрожал:

— Что ты... что ты, Эмма.

Потом мы оставили шахматы. Не убрали, и маленькие фигурки в темноте цепенели на холодной доске в ожидании ночи. Мы подошли к окну в пустой лаборатории, которая уже перестала быть лабораторией и стала похожа на любую вечернюю комнату. Я стоял опустив голову, а Эмма, привстав на цыпочки, приглаживала мне волосы и говорила:

— Ты не сердись. Уж так смешно получилось в жизни, что же делать? Мне тоже иной раз кажется, что родись ты чуть пораньше — может быть, и получилось что-то...

Она успокаивала, льстила мне, выдумывала все это, не колеблясь. Ей было жаль меня. И еще ей сладко было это состояние, когда я стою перед ней, как перед расстрелом, и она, Эмма, не без волнения говорит правильные слова этому маленькому мальчику.

Стороной текло время.

— Любишь и люби себе, люби. Только не подходи так... не надо... не надо смеха и шуток над тобой. Ты повзрослей.

Она долго, ласково говорила. Я слушал у окна, высунувшись в окно и свесив голову в пустоту, в ночь. На улице и в комнате было темно. Я повернулся на спину, и все перевернулось, и небо давило тьмой на мои глаза. Только и был виден скос крыши, мрачноватый, краями слившийся с ночью.

— Звезда зажглась, — сказал я.

— Правда? Где? А мне не видно.

Я помог ей, подсадив на мрамор подоконника.

— Видишь?

— А-а... такая малышка!

— И крыша вполнеба... черная.

— Что?

— Крыша черная...

— А-а...

Скос крыши нависал, темнел, пропадал. Теперь Эмма была рядом со мной и, запрокинув так же лицо кверху, смотрела на звезды. Я чувствовал близко-близко ее грудь, и слабенькое мое сердце стало трепыхаться, как холодная бледная медуза, попавшая вдруг в теплую струю. И я, конечно, не выдержал и осторожно положил руку на плечо, потом на грудь, тяжелую, как гроздь.

— Опять? — выговорила Эмма, и прошла минута, и я снял руку.

Москва вспыхнула. Огни зажглись, было около девяти, а может быть, больше: давно пора убираться из лаборатории. Я делал вид, что собираю листки, и ждал ее. Она стояла у зеркала, поправляя волосы, красивая, чужая.

Это был конец. Постепенно все улеглось. И уже через неделю-две в шуме и гаме обеденного перерыва я хладнокровно обыгрывал в блиц Эмму, равно как и других, и старался не вспоминать те оставшиеся среди ночи фигурки шахмат.

— Следующий! — выкрикивал я законным тоном победителя. Среди опьяняющего ощущения блица, щелканья блестящих кнопок, среди мельканья клеток шахматного поля и мозговых хаотических разрядов обыкновенными казались мне ее белые молочные руки, когда она садилась, дождавшись очереди, против меня и когда я «высаживал» ее вновь, не поднимая глаз.

5

Автобус летел.

— Ну? В каком ты сейчас пространстве и в каком времени?

— Так, — засмеялся я. — Эмму, грешным делом, вспоминал.

— Ясно, — сказал Костя и зевнул во весь рот. — Координаты зафиксированы. Как вспоминалось?

Я засвистал от нечего делать и нечего сказать. Автобус шел почти не останавливаясь. Проснувшийся от толчка, Костя опять спал. Автобус летел в ночь. Гудел мотор. Люди вокруг спали, свесив голову, склонив ее себе на колени, изогнувшись на сиденьях. Усталые, натрудившиеся люди. Автобус мчал, мы с Костей мчали навстречу своему завтра, навстречу удаче, которая, год испытав наше терпение, стала поворачиваться к нам лицом. «А вдруг мы не успеем?» — мелькнуло в голове. Вспомнились газеты, разговоры о возможной войне, которые все чаще слышались в эти дни... Но усталость брала свое: голова моя, прислоненная к стеклу, покачивалась.

Покачивались плохо различаемые спящие люди, покачивалось все желтоватое тело автобуса.

Дома в коридоре я наступил на машинку, брошенную Аделью.

— Кому ты нужна, маленькая? — вслух спросил я, подняв ее. И продолжал: — Разве что какой-нибудь мальчик с пальчик тебя найдет...

Костя уже поставил кофе и раскладывал листы своей задачи.

— Монолог в духе Алеши? — засмеялся он. — Могу продолжить: обращали ли вы, о люди, когда-нибудь внимание, что Мальчик с пальчик — персонаж трагический, если забыть, что он всегда побеждает? Ведь совсем непросто быть маленьким, чувствовать себя маленьким и вызывать на бой великанов...

Я промолчал.

Я расставил раскладушку и расположился на ней. Вынул учебники, подаренные Петром, очинил карандаш. До четырех ночи мы трудились и ровно три часа оставили на сон. Спал я плохо: снилось, как отец горел в танке. Он горел и писал письмо домой. Танк полыхал пламенем, и сквозь мятущийся огонь я видел спокойное лицо отца, бегающую авторучку и удивительные пламенно-голубые буквы на бумаге. Буквы вспыхивали, трещали, как спички, и светились синим огнем. Отец говорил механику: «Вдруг мы не успеем?..» И сосредоточенно кивал ему головой механик. Оба писали письма. Домой.

ГЛАВА ШЕСТАЯ

1

Я нажимал пуск еще и еще, не отрывая глаз от колонки цифр. Машина тарахтела, выдавая результаты. Я отдыхал минуту. Вокруг говорили о войне.

— Я бы доказал! Выверил и доказал! — кричал Петр Якклич, размахивая узловатыми руками. — Это были бы, братцы, уже факты. Разве не могла бы, скажем, НИЛ-великолепная произвести прикидку разброса... Смоделировать войну, как моделируют всякую игру, и оценить ущерб? А?

— Не верю я этим прикидкам, — спорил лысый майор. — Чтобы провести эффективную игру, нужно в достаточной мере рассекретить себя самого...

— Они бы и рассекретили. В пределах...

— Да. Но тебе об этом не скажут.

Петр рассвирепел:

— Ты, милый, узок и ограничен. Люди есть люди! И их не запихнешь в секретные портфели... Конечно, я не знаю учета объектов, их расположения...

— Тебе не сказали?

— Нет...

— Да что ты?! Не может быть.

Петр отмахнулся:

— Зато результаты были бы мне известны: столицы, города с населением свыше миллиона были бы з а ш т р и х о в а н ы к первому вечеру с момента, как началась игра... Разве не убедительно?

Решалась задача о разнице во времени при обнаружении одного бомбардировщика и одной ракеты. Я не стал слушать все эти «вероятности внезапностей», «концентрации сил» и «обнаружения летающей массы». Даже точно и талантливо прикидывая закономерности внезапных ударов, вовсю блистая эрудицией в теории вероятностей, они напоминали всего лишь более-менее квалифицированных болельщиков, которые наблюдают за текущей партией гроссмейстеров и суют друг другу свои жалкие рецепты.

В лабораторию вошел Г. Б. За весь этот месяц ссоры он впервые зашел к нам, и по лицу было видно, как тягостно и жестко сработало время нашего начлаба. Г. Б. поздоровался, голос его был густ и добр. Массивное белое лицо натужно-приветливо. Петр Якклич и лысый майор с виноватыми улыбками привлекли Г. Б. к своей абстрактной задаче.

— Любопытно, — сказал он. — А как делали?

Лысый майор пояснил.

— Любопытно, — еще раз натужно сказал Г. Б. — Дело в том, что эта задача решалась не один раз. Но такой ответ я вижу впервые.

Все рассмеялись. Петр, улыбаясь, весь распахиваясь, махнул рукой:

— Напороли мы, конечно, Георгий Борисыч. Да черт с ней!..

— Ну почему же. — И Г. Б. вдруг без всякого перехода добавил: — Я перевожусь в другое место. Пришел прощаться.

Всех как ударило. Лица вытянулись, лысый майор замер с раскрытым ртом, не начав фразы, а улыбающаяся физиономия Петра так и поникла вместе с задержавшейся улыбкой. Г. Б. не один раз собирался перейти, его туда очень звали, но все думали, что это так и останется разговорами. Здесь все-таки он имел больше возможностей заниматься тем, чем хотел. Все молчали.

2

Г. Б. ходил меж столов и негромко разговаривал с каждым и со всеми вместе. Фразы были будничные, мягкие, подчеркнуто неделовые, и это было непривычно.

Он шутил, а всем было невесело: не определила ли ссора его отъезд, не стала ли последней каплей? «Даже извиниться не успели!» — было написано на лицах. Молчали; Худякова даже смахивала слезинки. Я оглянулся на Зорич: тоже нелегко? Лицо ее стало серым, и было видно, как тревожно шевелятся остренькие старушечьи ноздри.

Г. Б. вернулся к двери. Огляделся. Пятнадцать лет вместе не шутка. Машинально он спросил:

— Может быть, у кого-то есть решенная задача? Нужна консультация?

Он спросил это просто так, как спрашивал все

эти пятнадцать лет. Это был его всегдашний вопрос: так он приглашал сотрудника к себе в кабинет, и там — тишина, простор и долгая, затяжная проверка решения.

«Может быть, есть решенная задача? Нужна консультация?» — висело в воздухе, и теперь этот жест означал милую грустную шутку, легкий упрек перед закрытием занавеса.

— Есть задача, — раздался твердый голос, неожиданный в этой притихшей комнате. Костя стоял, возвышаясь над столами, над притихшими людьми, и улыбался.

Г. Б. был уже в дверях. Костя чуть не опоздал. Г. Б. повернул голову:

— А-а... Ну идем. Посмотрим, что за задача.

Г. Б. уходил... И почему-то я вспомнил самого первого своего «начальника». Серега был наш главарь, раздававший пинки и щелчки всей остальной оборванной и голодной мальчишечьей шайке. Он был самый сильный и старший, и при нем два-три сопляка — дети, а уже льстецы и подонки. Когда Серега валил кого-то из нас двумя ударами, уже не он, а именно они начинали бить мальчишку, который и не «ихним» врагом-то был. И когда Серега уже смотрел в сторону, думая бог знает о чем, они все еще били упавшего, били жестоко, злобно. Били, находя в этом удовольствие, даже радость. Они пинали меня, метя под ребра, и вслух сожалели, что не попадают в голову. Я слышал их тупые удары по рукам, локтям, которыми я, как умел, обхватил свой мальчишеский череп, прикрыл не от боли — какая чушь! — не из боязни разбить лицо, а совершенно сознательно решив, что не стоит жить идиотом... Так мы делили небогатую «добычу» рынка или чьего-нибудь погреба. Зимой было еще труднее — зимой было опаснее.

Это были ненужные и неуместные отголоски, залетавшие оттуда, из того далекого времени, когда мы с мамой были одни, когда все со мной говорили мягко и всегда до конца выслушивали, потому что я был хуже всех одет и обут, и давали мне ноздрястую горбушку хлеба и тут же говорили, что я молодец — хорошо учусь, — и гладили по головке, гладили мальчишеский чубчик, и я чувствовал затылком морщины на их руках, — все это нахлынуло разом и сработало по каким-то неясным законам.

3

Быстрым шагом из кабинета Г. Б. шел Костя. Он поднял, нет, воздел обе руки. Это был гордый, торжествующий жест.

— Ну? С победой? — спросил я.

— С победой!.. Г. Б. был в восторге от моей задачи. Он сказал, что НИЛ-великолепная... — слышишь мой неоговорившийся медный голос? — он сказал, что НИЛ-великолепная ухватится за эту задачу всеми своими восемьюдесятью руками!

— Ну?!

— Да! Да! Да! Г. Б. сегодня же обещал поговорить, и, стало быть, я — твой Костя — на ближайшем же заседании буду делать доклад. Доклад на заседании НИЛ-великолепной. Он хотел тут же позвонить им, но я не настаивал, боялся, что твое сердце разорвется от ожидания!..

— Вот это да! Вот это победа! — восхищенно воскликнул я.

— Идем-ка есть! Быстро!

— Не хочется...

— Идем, идем!.. Ешь в эти дни побольше и торопись со своей задачей. И сбежим! И тут же сбежим в прославленную великолепную!

В столовой стоял клубами маргаринный чад, и девушки в белом суетились у раздачи. Мы сели. Костя быстро ел и быстро говорил:

— Мы, конечно, трогательно попрощаемся со всеми, попечалимся. Винца с Петром выпьем. И сбежим... А сейчас давай задачу! Хорошо, если бы на следующем заседании был пристроен уже твой доклад. Сразу после моего!..

Я слушал, и постепенно, тихо-тихо мне передавался безудержный его оптимизм, неиссякаемая его воля.

— Ты что-то бледен, — сказал он. — Что? Задача не получается? Я же тебе сотни раз говорил: не копируй меня, не копируй моей манеры. Тебе это не идет. Когда ты стараешься работать под меня, получается как пародия! Ну ничего, ничего. Все перемелется.

— Перемелется, — вздохнул я.

В десять вечера Костя отправился прямо из библиотеки к Светлане — еще за одной победой, а я все сидел и решал.

Лишь поздней ночью я вернулся в тихую мою комнату.

Уснуть я не мог, валялся. Посмотрел газету: хорошего мало, кризис явно наступал. Маленький остров... Сообщения, сообщения... Сообщения, сообщения. Я включил радиолу-приемник: там было то же самое — мир чувствовал, мир волновался. Я покрутил маховички, послушал свист, писк, голоса и выключил. Я не ворочался, лежал пластом, но не засыпал. Вспомнил стих, точнее первые строчки, сочиненные Костей: «Ночь, за окном собаки. Сестренка сладко заснула. На короткой волне — генералы...» Ночь.

Я вспомнил маму. Я был у нее последний раз после защиты диплома. «Не растешь ты. Перестал», — говорила она, глядела на меня, а я намаялся и пил чай **с** дороги. Я рад был дому и сладко потягивал из чашечки дымное восточное питье.

А мама вдруг забегала, забеспокоилась:

— Ой, чуть не забыла! Бумагу собирать нужно... Неудачно-то как. У нас, сынок, соревнование с пятой школой: нужно всем собирать бумагу, пузырьки какие-то, банки... Вроде игры. Ой, ты даже не поел...

Она метнулась к вешалке. Я знал, что она нездорова, и знал, что все равно ее не отговорить. Мама волновалась, а я стоял у окна и смотрел на ночной полууснувший город. Там наверняка было много бумаги, пузырьков и банок.

— Проиграем, — вздохнула мама.

Я поцеловал ее, обнял за плечи, успокаивал:

— Это ведь все так... Это все пустяки, мама.

Но она говорила быстрым шепотом:

— Проиграем. А директор школы прямо мне наказывал. И я своим мальчикам, ученикам своим, наказала. И в первых даже классах...

Она оделась и побежала по квартирам. Хлопнула

дверь, и стучали по ступенькам шаги моей старенькой мамы.

Она пришла через час и долго бранилась: где-то была свадьба, и над мамой слегка подшутили.

— Вроде тебя рассуждают, — сердилась мама. — Им все глупости. Но ничего: это ненадолго. За вами опять идет надежное поколение. Все вы на моих глазах росли. С седьмого класса по первый опять идут спокойные.

Она утешала себя.

— Мама, а что ж я?..

— Ты... ты будешь хорошим, — сказала моя мама, и я улыбнулся, потому что так могла сказать любая мама в любое время.

Я засыпал, мысли начали путаться. Мне виделся мой дядька, обходчик. Он шел по шпалам, затерянный в оренбургских полях. Рельсы убегали, сходились, блестели... Потом я видел Честера и Шриттмайера, они сидели на той стороне земли, в читальном зале, и мучились над моей задачей. «Ну и задачка!» — восхищался Шриттмайер. Шриттмайер был толст, а Честер — с красивым лицом, несколько самоуверенным. И блестели черные набриолиненные волосы Честера... Потом вспомнились слова Кости о том, что человечество сейчас испытывает себя на прочность. И его же слова о неслучайной популяризации хоккея, регби, затяжных прыжков и мотогонок... Потом мне рвали коренной зуб... Я сидел, задрав башку, разинув рот до предела, и ждал. Врач готовила какой-то блестящий красивый инструмент. Сестра в белом халате спросила: «Подержать ему голову?» — «Подержать», — сказала врач...

4

Утреннее радио, как я и предчувствовал, не сообщило ничего хорошего.

Я старался быть здравым. Мне стоило немалых усилий неторопливо одеться, побриться. И когда я вышел на улицу в раннее свежее утро с щелканьем птиц, которые ничего не понимали, я глядел на них и сдерживал шаги с большим трудом.

Я проходил мимо нашего магазинчика с веселым прозвищем «ГУМ, ЦУМ и гастроном». Около этого магазинчика спорили, галдели, толкались в очереди женщины. Не было слов в этой очереди ни о войне, ни о напряженности в мире — женщины говорили о детях, о том, что торопятся на работу, в больницу, и ругались со взмыленной продавщицей, чтобы та отпустила побольше мыла, сухарей, соли. Они брали пудами. Они боялись. У входа стояли мужчины, курили, крякали. Я подошел. Я спросил: зачем им мешок мыла, два мешка соли? Зачем им столько добра?

Они посмотрели на меня.

— А тебе что? — сказал один.

Усатый, очень степенный мужчина хмыкнул в нос:

— Нечего скалиться. Ступай себе... Идешь, и иди.

— Нет, а серьезно, — сказал я, достал сигарету и прикурил у усатого: я очень хотел быть здравым. — Серьезно... Ведь эта война будет черт-те какой, если будет. Разве твои запасы помогут? Ну два, ну три денька повоюем... а дальше, глядишь, опять магазины откроют.

— На том свете? — спросил ехидно рыжий старик.

— Да уж на том или на этом...

— Они все знают! — выкрикнул рыжий старик, зло махнув рукой в мою сторону.

И будто бы уже ничего не получалось из разговора, как вдруг усатый заговорил о тяготах военного времени. Он вспомнил, как радовался гнилой картошке, и попал. Меня потянуло, потащило против воли, я тоже начал вспоминать. Усатый — о картошке, а я — о столярном клее, о крапиве, о том, как я пролил миску черно-зеленого супа, а крапивы во дворе больше не было. Усатый рассказал о павшей в двадцати километрах от города лошади, к которой, как на поклон, ходили, я вспомнил собак... Поговорили.

Я вошел, втиснулся в автобус — сразу бросились в глаза сосредоточенные лица. В дальнем углу, там, в гуще людей, слышался посвистывающий транзистор. Я задел кого-то плечом, тот огрызнулся, я резко ответил, и со всех сторон вдруг закричали: «Тише! Тише! Заткнитесь оба!» Люди хотели тишины и порядка и не хотели никаких мелких ссор.

Так я и ехал полтора часа, притиснутый к какому-то мужчине, и мелькали перед глазами заголовки его газеты, от которой пахло типографской краской и порохом. Народу было битком, и люди все прибывали. Стиснутые, изогнутые, как стебли, они наваливались друг на друга на поворотах, упирались локтями, молчали, тяжело дышали. Я стоял, покачиваясь со всей массой, не видя ничего, кроме этих суровых лиц, не видя края окошка. И стало как-то жутко ехать вот так молча, ничего не видя, и слыша только завывание мотора, и чувствуя, что мы куда-то несемся, несемся...

Я вышел на площади, и мне показалось, что я остался совсем один. Автобус уехал, я стоял, не чувствуя под ногами земли. Без прохожих, без солнца — ровная серая площадь.

— Костя, Костя! — крикнул я обрадованно. — Костя! — крикнуло где-то в глубине все мое существо.

Быстрым шагом подходил Костя:

— Я думаю, кризис будет — сегодня. Завтра пойдет на спад.

— Да, да, Костя, — заговорил, заторопился я. — Конечно, завтра пойдет на спад. Куда уж дальше? Я тоже так думаю...

Мы вошли в лабораторию и вдруг остановились, удивленно оглядываясь.

— Идите сюда, мальчики, — тихо сказала Зорич.

ГЛАВА СЕДЬМАЯ

1

— **И**дите сюда, мальчики, — повторила Зорич.

Сначала показалось, что в лаборатории никого нет: пустые столы, зачехленные «рейны». Но люди были здесь, скучившись у стола, где обычно сидел лысый майор. Лица были мрачны.

Говорил негромко Неслезкин; странно было слушать его — человека, который не любил говорить. Прислонившись к подоконнику, ссутулясь, он рассказывал про Днепр, про бомбежку... Чиркали вспышки ствольного пламени, переправа, ночь, черная масленая вода... отсвет солдатских касок...

разрушенный чернеющий мост... Мост начинался с берега и круто обрывался в воду, в ночь: «быки» несильно дымились... гарь...

Неслезкина, не перебивая, слушали. Стояли, сидели и слушали его косноязычные обрывки, которые можно было понимать, только привыкнув к нему, как привыкли к нему мы. Он глухо, без всякого выражения ронял слова, и слова, как мягкие мячики, замедленно падали на пол и так же замедленно, ударившись об пол, отправлялись к тем, кто слушал... Ровно и холодно говорил он о погибших, говорил о своей оптимистке жене, которая в ту ночь прислала ему письмо. Письмо пришло, однако пришло вместе с письмом соседки, сообщавшей, что Маша, жена его, и дети погибли от бомбы.

И Петр, и наши майоры сами видели и знали все это, но слушали молча, только кивали. Иногда они вставляли слово, и Неслезкин поднимал вдруг глаза алкоголика, бегающие, в красных прожилках, и опять опускал их, и медленно начинал новую фразу.

Мы с Костей слышали много историй, но не так рассказывались они. Так бесстрастно умел рассказывать только Неслезкин.

На столе Петра Якклича, оттеснив наполовину чертежи и бумаги, стояли чистенькие стаканчики — несколько стаканчиков, как несколько упавших на стол светлых капелек. И рядом — рослый в сравнении с ними, блестящий химический сосуд со спиртом.

Слушала Зорич со скорбным выражением на лице, слушал Петр, слушала Худякова со слезами на глазах, Хаскел, мы с Костей. Не было только Эммы, и я машинально отметил это... Время текло. И я чувствовал, что невозможно, совершенно немыслимо мне и им сейчас разойтись, сесть за свои холодные столы, за «рейнметаллы», за какие-то цифры. Все дорогое, щемящее, живое — весь мир был для нас здесь, в этом уголке, в негромком голосе старика.

Говорила Худякова о своих бесчисленных бедах, Петр Якклич пояснял зачем-то, как он разбавляет спирт... Время текло.

Вошел Г. Б. Все немного испугались, ссора все-таки помнилась достаточно хорошо, и ведь он был начальство. Все глаза, как тросы парашюта, сходились к его белому лицу... Ждали.

Г. Б. стоял и смотрел.

И Неслезкин, вдруг неловко задевая нас, бросился к нему: они обнялись.

Они шли обнявшись, шли к нам, шли, не видя нас, и Неслезкин бубнил, бормотал:

— Помнишь ту воду? Помнишь Днепр, Георгий?.. И письмо Маши в ту ночь... Помнишь ту воду черную, Георгий? И Машу, и мальчиков моих?..

Неслезкин наливал оставшийся спирт. Все смотрели, как дрожат его руки и как смесь облизывает края, колыхаясь и блестя. Г. Б. залпом выпил и тяжело выдохнул воздух. Неслезкин трогал за рукав своего старого друга, заглядывал ему в глаза и говорил, говорил. Г. Б. мягко ему улыбался.

Вдруг он обернулся, глянул на всех нас как-то сверху.

— Только песен не вздумайте петь, — сказал Г. Б., жестко усмехаясь. — Меня Стренин вызывает. Я зайду еще, может быть. — И (уже уходя) сказал: — Хоть прикройте... это... — И с неожиданной брезгливостью взмахнул пухлой кистью в сторону светлых стаканчиков.

И опять можно было вернуть то тихое, дорогое сердцу состояние. Начал сердиться угрюмый майор. Он рассказывал, что в соседней НИЛ делают вид, что в мире ничего не происходит: они обсуждают летние отпуска на будущий год. «Что они выиграют одним днем? Ханжи несчастные!» С майором согласились.

— Я могу заставить себя работать, — продолжал майор. — Но я не могу гарантировать, что это будет моя работа... безошибочная моя работа. И никто мне этого не гарантирует.

— Я никого не заставляю... никого! — восклицала Зорич. — Никого! Я простая русская баба... — Она вся преобразилась. Движения были размашисты, резки, и седые, сине-седые волосы странно напоминали о былой величественности и педантизме.

— Если начнут, то в ночь...

— Чепуха, — сказал лысый майор.

— Не чепуха. Ночью работа более слаженна.

— Ты как Худякова. Может, ты тоже думаешь, что Москву бомбить не будут?

— А что? — робко вставила Худякова. — Я думала, что надо же будет мир с кем-то заключать.

Все рассмеялись. Потом заговорили громче, хрипло, со срывами в голосе. И когда Хаскел заикнулся о том, что, может быть, все обойдется, Петр закричал:

— Но есть же понятие случайности! Есть понятие скачка! Есть функция Дирихле!.. Есть, в конце концов, кирпич, падающий с крыши на голову!

Петр кричал с какой-то злой радостью, чуть ли не с гордостью за правильную, безукоризненную работу своего мозга в такую минуту. И только злобно сплюнул в угол... Началось что-то труднопередаваемое. Кричали, махали руками, говорили, что всю жизнь бьемся, столько вытерпели, столько вынесли. Посмотрели бы эти премьеры, как мы живем! Пусть хоть раз посмотрят и понюхают! Хоть раз заглянут в наши не забывшие прошлого души! Пусть увидят больного мальчишку Худяковой или еще лучше ее контуженого мужа, который кочует из больницы в больницу!.. И началось иное:

— Мы им покажем, если что случится! Все умрем, а покажем, что такое русские! У нас хватит пороху, и драться мы умеем! — выкрикивал Петр Якклич. — Всех расчихвостим к этакой матери! В прах, в пепел, в дым!.. Три снаряда беглым!.. Огонь! Огонь! Огонь!..

Я стоял ошеломленный. Это непередаваемое чувство захлестнуло меня, и соглашался я или нет, не имело значения.

Потом пошло на спад. Тихо стояли на столе химические стаканы с лабораторным спиртом. Тихо сидели люди. Одни, опустив отяжелевшую голову на стол лбом или виском, молчали. Другие сидели и снова тихо разговаривали. Вспоминали случаи, когда они оказывались лицом к смерти. Рассказывали, сравнивали.

Костя вдруг сказал мне:

— Есть мысль, — и шагнул. И ушел.

Я взял полистать статью Честера. Огляделся, еще раз заметил, что нет Эммы, и подумал, что она заболела. Честер писал витиевато, да я и не очень напрягался, я больше вглядывался в узкий английский шрифт и поглаживал в раздумье глянцевитую бумагу.

2

Вернулся Костя. Глаза горели; он был как безумный.

— Я потолковал с Г. Б., — сообщил он мне негромко.

Он испросил у Г. Б. разрешение для нас обоих сегодня же заняться корректировкой так называемой *задачи четыре*. Это была очередная победа... Г. Б. разрешил. Уезжая, уходя из НИЛ навсегда, Г. Б. как бы благословлял нас с Костей. В пику им всем.

Тут же, почти следом за Костей, вошел и сам Г. Б. И сразу к нам:

— Хотите взяться сегодня? Что ж!

И Г. Б. заговорил о том, что это очень хорошо, это замечательно. Он сказал, что на полигоне испытания отложены на три дня, и, разумеется, чем быстрее мы скорректируем для полигона *задачу четыре*, тем лучше. Он говорил и глядел на нас с Костей, он будто не замечал остальных. А они не отрывали от него удивленных глаз: как? как так? почему?

Подал голос лысый майор:

— Георгий Борисыч. Мы же с вами обговорили этот вопрос. Мы решили, что сегодня не тот день, когда можно делать ответственную задачу.

И угрюмый майор:

— Георгий Борисыч! Я никогда и ни от какой работы не отказывался, но считаю, что вы не правы. Ведь дано три дня. Три! Зачем же спешка?

Пауза. Мы ждали.

Г. Б. сказал:

— Я, конечно, только советую, однако мне кажется, что им можно доверить. Пусть работают те, кто этого хочет, — добавил вдруг он резко, и почувствовался человек дела, человек, который и уезжая уверен, силен в себе и не без презрения относится к расслабившимся. Большой, крупный, Г. Б. подошел к Неслезкину и стал сильно трясти старика. Он надеялся, что сумеет и его привлечь к работе, он говорил о генерале Стренине, о срочной задаче...

Все молчали. Неслезкин долго не понимал, думал, что его разыгрывают: «Меня? Моя тема?.. Я сам... Я сам — генерал Стренин», — пьяненько сострил он, не видя даже, с кем говорит. Потом безвольно опустил голову к себе на колени.

Г. Б. повернулся к нам.

— Новые данные... — заговорил он, подойдя к Костиному столу и кинув на стол расчеты, которые он скорее вытряхнул, чем вынул из столика Неслезкина. — Вот что: ведите задачу по уточненным данным! Вот они... Ведите, не заглядывая в конец. Ясно? Так сказать, на чутье. Так практики обычно делают. Ведите строго! Как можно строже и до самого конца, до самого исхода, что бы там ни получалось... Ясно? Действуйте, ребятки!

Я был обрадован: видно, Г. Б. разглядел в Косте что-то совершенно недюжинное. Такое доверие! Остальных он не удостоил даже взглядом. И зашагал к двери.

— Решать снизу? Или моделируя типы решений? — бросил вдогонку Костя с обычным для него мгновенным пониманием главного.

— Конечно, снизу! — крикнул Г. Б. уже в дверях и на секунду замер, словно боясь уйти и оставить этих двух «мальчиков». Он глядел на нас. Он улыбнулся и вышел. А мы остались.

Костя был, вне сомнений, талантливей меня, он был мастер быстрых и сильных решений. Он мог в секунду, не раздумывая, сказать: «Это — так, а это — так», — и непостижимо быстро вдруг досказать все, что остается в задаче сделать. За это его уважали и здесь и в университете и считали, что это от начитанности, от знаний.

Уважали, не подозревая особенности, мгновенности его мысли, — я-то знал, что он начинал говорить как импровизатор, с места в карьер, сразу хватаясь смело за вершины и белые пики, даже боязно становилось, дух у меня захватывало, но все вдруг разрешалось, делалось очень умным и чуточку позже даже простым. Полагали, что он имеет прекрасную память только оттого, что он на глазах проникновенно и быстро связывал полученное и данное; полагали, что он начитан оттого, что, пока язык говорил, разум его, как скальпель, носился, неистовствовал по тканям без тени боязни и сомнений, как и приучил его хозяин... Это была сильная сторона Кости, и я понимал, почему теперь он хмурится.

Стихия на этот раз была моей. Когда все строилось с нулей, «снизу», когда не было вех, не было и намека на то, чем завершится решение, когда входишь в задачу, как в лес, как в ночной лес, где нет уже для тебя ни деревьев, ни тропинок, и только шум... шум, ночной и чуткий, говорит, что это лес, — тогда я чувствовал, что расправляются и мои крылья. Я не понимал борьбы, столкновений мысли, я принимал все как единое. Поэтому итоговых решений у меня бывало, как правило, много. Случались абсурдные «три с половиной конденсатора», бывали такие абстракции, что и вовсе могли понадобиться лишь где-нибудь на Марсе. «Уродцы, — называл я их, смеясь вместе с Костей. — Мои уродцы». Но, говоря честно, я жалел, что не было на земле им места.

Костя в таких случаях подтрунивал: «Темная ты личность, — смеялся он. Иногда мы ссорились. — Ты объясни. Объясни, чего ты хочешь. Ты же не глухонемой! Хоть пару мыслей основных: чем ты руководствуешься?» — сердился Костя. Я же чувствовал свое полнейшее бессилие, как будто передо мной находился иностранец. У иностранца был отличный, выразительный, но непонятный мне язык. И Костя отходил, поняв, что все равно толку не добьется: «Ты как крот: роешь и сам не знаешь куда...»

И теперь он сидел за столом и хмурился. «Не понимаю!» — говорил он откровенно и по необходимости считал за мною следом, считал осторожно и, обогнав меня, подходил через каждые пять минут и стоял около, потирая переносицу, размышляя и следя за моими вычислениями. «Рейн» мой трещал вовсю. Ни я, ни Костя не замечали укора, с которым смотрела на нас вся лаборатория. В моем воспаленном мозгу мелькало и кружилось нечто радостное и долгожданное. Где-то там спешили Честер и Шриттмайер, где-то кричали повисшие в воздухе монтажники, строились дома, делались бомбы, стонали роженицы — мир спешил по своим законам, и мы с

Костей, впрятанные, вмонтированные в общую аорту, как крошечная капелька крови, спешили и бились в общем пульсе. И трещал и гудел мой разогревшийся «рейн».

3

Я очнулся и, глянув по сторонам и потом на часы, увидел, что рабочий день кончился. Я очнулся оттого, что во мне наступило какое-то тревожное переполнение.

Я встряхнулся, еще раз огляделся: в лаборатории, кроме нас с Костей, никого не было. Нет, был еще Петр Якклич. Перед уходом они все стояли около меня и говорили, чтобы я не трудился напрасно: они, дескать, сейчас зайдут к Г. Б. и добьются, и он забракует эту слишком ответственную для нас работу. Я, разумеется, их не слушал и сейчас не без удовольствия увидел, что их никого наконец нет.

Я отключил «рейнметалл», и теперь в уши лез непривычный человеческий голос. Костя кричал на Петра Якклича. Петр под хмельком, в порыве благородства взял часть материала, чтобы «помочь мальчикам». Он тоже сел за «рейн» и тоже считал. Однако мы с Костей уже отлично сработались, и Костя не желал еще с кем-то делиться.

— Ты же не о том думаешь, ты же мир оплакиваешь, — говорил Костя, хватая из-под руки Петра листы.

— Уйди, — говорил Петр угрюмо.

— Я?.. Убирайся сам к пьяной бабушке!

Я встал, погруженный в свое, и подошел к ним. Случайно скользнув по искривившим ход задачи

Петиным цифрам, я вдруг понял, что меня беспокоило. Меня будто ударило по глазам: я увидел за колонкой цифр огромное пламя, как белый огромный экран кино, а я мальчик в первом ряду, задирающий голову. Тут же я понял, что решение существует, и похолодел. Это означало разрыв металла, экспонента. И тут же в испуге, в максимальном напряжении нервов я увидел, что решений несколько. Увы, не одно. И что все это независимо от нас. Я увидел, что цифры Петра Якклича, как ни сильно он отклонился, тоже устойчивы, а значит, и тут была возможная истина. Я стоял, не веря себе. Все решения: и случайные, и мнимо эффективные, и нужные, и катастрофические, взрывные — все исходы зависели от маленького поворота, который нужно было знать заранее. Заранее, черт бы их побрал!

Костя все ругался. Бешено тыча «рейн», проверяя, он доказывал Петру, что тот дуб. Он говорил:

— Сейчас, милый. Я докажу тебе, что ты дубок.

Но я уже знал, что Костя старается зря, Петр Якклич был прав, так же, как и мы. Я тронул Костю за плечо:

— Костя... я не знаю, что делать дальше.

Он фыркнул:

— Да?.. Неужели?

— Дело в том, Костя, что я не знаю наверняка, то есть знаю, что не знаю одного места... — Я стал сбивчиво и туманно объяснять.

Он слушал, и я видел, что он понимает и все же не понимает меня.

— Опять темнишь? — сказал он сердито.

Но я был так взволнован, и он так хорошо знал

меня, что сел тут же ко мне за стол и вынул авторучку. Своим скальпелем он моментально отсек два щупальца: одно решение было чисто теоретическим, марсианским, а другое рассасывалось по оставшимся — я просто ошибся. Но с оставшимися двумя он не мог ничего поделать:

— Да, черт! Нескладно.

И мы вдвоем принялись обдумывать и прикидывать. Нужно бы спросить у Неслезкина. Он мог знать «поворотный» момент хотя бы случайно: его тема. Но Неслезкина не было.

Я сидел, уткнувшись в бумаги. Костя тронул меня за плечо.

— Давай походим. Подумаем немного. Хорошо? — Он принялся ходить по лаборатории, делая круги у наших столов, а я отправился в коридор.

4

Я ходил по коридору и курил. Было сделано так много, теперь еще какую-то капельку. Капельку!..

Вдруг я увидел полуоткрытую дверь кабинета Неслезкина. До этого я ничего не замечал, плавал в синем сигаретном дыму. Я быстро вошел.

Мне показалось, что Неслезкин умер. Он лежал на полу, ноги его были босы, а рядом висела, свисала со стола и уже не качалась телефонная трубка. Она, видно, вырвалась у него из рук, и полетела на пол, и теперь висела, на ладонь не доставая пола.

Я усадил старика в кресло, придвинул стулья.

Я увидел, что ему легче: щеки его порозовели, он глубоко дышал, вздымая грудь. Я подумал, что это от моего, может быть, старания. И еще попрыскал на него водой из стакана, и теперь он лежал на стульях во весь рост, как на вокзале, и будто бы все было нормально.

Но в себя он не приходил. Видно, уже уходя со всеми, он почувствовал себя нехорошо, решил отлежаться в своем кабинете, разулся и... Может быть, приступ, может быть, просто поскользнулся.

Я смотрел на него, короткого, толстенького человека с большими залысинами, пропустившего через сердце войну, смерть жены, детей и послевоенную беду. Внешне в нем осталось от прошлого совсем немного: лицо и чужой, словно приклеенный холодный голос, который сначала и меня и Костю просто выводил из себя. Он был добрый пятидесятилетний старик, с жидкими волосами у залысин, с усталым, отработавшим свое сердцем. В нем угадывалось, что был он когда-то одаренным на редкость. Говорили, что он пьет. Говорили, что по вечерам он играет на балалайке.

Быстро, как сумел, я привел девушку-врача из нашего медпункта, что этажом выше. В белом халатике и в очках.

— А-а... Неслезкин. Знаю, — бойко и как-то холодно заговорила она. — Алкоголик.

— Он не алкоголик, — залепетал я. — Он излечился. Если хотите, бывший алкоголик.

Она пожала плечиками:

— Я не вижу, чтобы он вылечился. Страшного ничего нет, молодой человек... Скажите его домашним: полный покой денька на два. Бюллетень мы оформим здесь...

Мне показалось, что она сейчас уйдет.

— Подождите... Да не спешите же, девушка! —

сказал я, еле сдерживаясь. — Это не подходит. У него дома никого нет.

— Совсем никого?

Она продолжала:

— Возьмите его к себе вы, ничего страшного. Это ваш долг, в конце концов. Есть же у вас домашние... мама...

— Мама работает, как и я. И она на Урале.

— Что за юмор? — рассердилась она. — Но есть ведь у вас кто-нибудь?!

— Только вы, девушка.

Она вспыхнула.

Она, кажется, ставила мне это в вину.

— То есть только вы можете помочь, — пояснил я поспешно.

Она думала минуту, немного растерялась:

— Никого? И у вас? Странно. Первый раз слышу. Должен же кто-то помочь...

— У вас, наверное, и мама и папа есть?

— Ну и что? — Она как будто испугалась, что я предложу ей взять старика Неслезкина.

— И мама, значит, и папа. Добрые, да? Ласковые? Не ругаются.

— Да, — сказала она сухо.

Мы шли по коридору, ведя Неслезкина в медпункт, где он пробудет денек, как сказала эта девочка-врач. Я молчал, я прикидывал своим немедицинским умишком, что ему тут, в медпункте, будет действительно лучше, чем тащить его до такси или трясти в автобусе.

— Значит, пройдет? Значит, это пройдет... завтра? — спрашивал я.

Я хотел смягчить ее, уступить ей последнее слово, чтобы она не видела врага во мне, чтобы не так строга была к старику.

— Я не бог, — ответила она.

Мы шли по коридору: я, обхватив его, положив, как веревку, его руку к себе на плечо, она — поддерживая его сбоку и вытирая ему слезы платком. Старик начал стонать, он что-то говорил о Георгии, о задаче...

5

— Что-то ты уж очень долго пишешь...

— Проясняю твои темные выкладки, — многозначительно ответил Костя.

Минуту я наблюдал, как ложатся на бумагу его быстрые, ровные буквы. Потом повернулся к окну и стал смотреть туда. Я не мог перестроиться так сразу. Я должен был помолчать, подумать, я любил подходить к своей задаче из тишины, из внутреннего покоя... Я смотрел в окно, и вечер там был тихий, темный. Внизу лежал темный асфальт двора, два-три фонаря... Почти под нашим окном, метрах в двадцати, ходил постовой. Он ходил под желтой шляпкой фонаря взад-вперед, как бабочка, залетевшая на огонь. Он что-то насвистывал. Потом снял автомат, положил на землю, набрал камешков, стал швырять их легонько, словно считая, сколько «блинчиков». И, как от темной реки, от темной глади асфальта отпрыгивали легкие камешки. Автомат лежал, навалясь на свою тень, как короткий уродливый обрубок.

«Только бы не бойня», — думал я. И казалось, что уже не я, а кто-то другой, притихший и насторожившийся, смотрит на солдата, бросающего позвякивающие камешки под желтым призрачным светом фонаря.

Зазвонил телефон, я подошел и разом забыл все, потому что Г. Б., сам Г. Б. спросил:

— Ну как?.. Успели закончить?

— Мы бы успели за сегодня, — сказал я. — Но времени нет: нас вот-вот погонят отсюда.

Он подумал.

— Приезжайте ко мне.

— К вам? Домой?

— Да... Заодно попрощаемся.

Я бросил трубку. Я завопил.

— На такси! — кричал я в восторге; волнуясь и припрыгивая, я бросился к Петру Яккличу. — На такси! Денег займем у сослуживца. Как вы, Петр Якклич, кредитоспособны?..

— Уж лучше мы самого сослуживца захватим, — засмеялся Костя.

Это был намек. И я тут же подхватил, веселясь и крича:

— Петр Якклич! Едемте с нами! Едем, Петр, не валяй дурака! Там Елена Ивановна. Прекрасная, между прочим, женщина... Ты ведь как будто знаком с ней, Петр?

— Нет, Володя, я не поеду, — Петр вздохнул.

Он был в мрачном похмелье и будто разом потерял все свое веселое обаяние. Он начал жаловаться, что вот дружил с женщиной, дарил цветы, ходил в кино, но пришел другой, старший по должности, и... судьба, видно!

— Жаль, что ты не поедешь, — ядовито сказал

Костя. — Такой бы милый вечер получился: она бы тебе обрадовалась. И Георгий Борисыч особенно.

— Петр Якклич... — начал я с жаром.

— Я не поеду. Я не гений, — продолжал Петр, выписывая цифры.

— Петр Якклич. Да послушайте: подымитесь к Михал Михалычу. Он в медпункте. Посидите час-другой с ним...

До Петра доходило медленно, но, когда дошло, он вдруг вскочил, сорвался со стула.

— Конечно! Ведь уже вечер! К Михаилу надо зайти: надо ему хоть пастилы купить! Иду! Где-то здесь гастроном. Пастилы!.. — кричал он.

6

Мы лихо прокатились по вечерней Москве. Розово-желтые краски экономного освещения, яркие двойные фонари, похожие на летящих навстречу огненных ящеров, дома, дома, дома... У Сокольников, резко затормозив, мы чуть не наткнулись на «частника», которого с профессиональной гордостью выругал наш таксист.

— Лихо! — крикнул Костя.

— Что! Вечерок славный провели? — усмехнулся таксист.

Костя, а за ним и я — мы вдруг стали орать песни от странно нахлынувшей радости. Так с песнями мы и прибыли на окраину Москвы, и там, в одной комнатенке, где ютился теперь Г. Б., работали до трех ночи в самом отличном настроении.

Новая жена Г. Б., сорокапятилетняя толстушка, вовсе не красивая, но отменно веселая, тоже не спала ночь и с шуточками жарила всем нам оладьи.

Мы, как два вола, которых присутствие женщины только отвлекает, трудились: я — на персональном «рейне» Г. Б., Костя — на арифмометре, а сам Г. Б. собирал в дорогу вещи.

— ...Что же вы Петра не захватили? — подшучивала Елена Ивановна.

Костя стал рассказывать, как я завлекал Петра Якклича, как уговаривал приехать вместе с нами и как тот отказывался. Костя устроил передышку-импровизацию на полчаса. Костя был неистощим, и мы все хохотали.

Елена Ивановна смеялась:

— Эх ты, рохля! Не привез моего рыцаря!

— Теперь, Елена Ивановна, вам их в другом месте искать придется. Там, где муж — сила, поклонники — гниль! Робки очень!

— Ну не скажи, — возразила она, — не скажи. Там у вас мужчины хоть куда! Там такие полковники ходят — закачаешься! Высокие, прямые, как палки! Палки, да и только!

— Па-алковники?

— Ну да! Фамилий не знаю, а видно — мужчины!..

Мы смеялись. Г. Б. смеялся тоже, но смех его был с некой трещинкой — во всяком случае, он смеялся много сдержаннее, чем мы трое. Он ласково смотрел на нас с Костей. Он сидел в распахнутой пижаме, мохнатая белая грудь клубилась из-под майки. Он увязывал книги.

— Вот, Леночка, каких мальчиков бросаю здесь.

— А пусть едут с нами, — отвечала, ни секунды не думая, Елена Ивановна. — У меня будут три кавалера, и все сорокалетние толстухи полопаются от зависти!

И снова треск «рейна» и стрекотня арифмометра, снова мы считали, обдумывали, проставляли в расчетных уголках: «проверил Белов», «проверил Князеградский» — и как-то не уставали от работы, счета, смеха и оладьев. И так всю ночь.

Часу в двенадцатом ночи я вышел подышать на лестничную клетку. Я прошел мимо телефона-автомата у входной двери, мимо швабры и закрытых мусорных ведер. Я стоял на лестничной клетке, стоял, облокотясь на непрочные деревянные перила, и невидящими глазами смотрел в пролет пятого этажа. Устал.

Припомнился весь этот напряженный, натянутый, как нить, день... Наши... Старик Неслезкин... Петр Якклич...

Утомленность, расслабленность и легкий шум в голове вдруг толкнули меня к телефону и не дали поколебаться, подумать.

Трубку поднял муж.

— Это с работы, — сказал я. — Товарищ с работы. Как ее здоровье? Нельзя ее к телефону?

— Нет, — муж как-то невесело засмеялся, — она... она в ванной. Разве что через полчаса... если это, конечно, важно. А впрочем, не церемоньтесь. Звоните.

Или это шумел эфир, волнуясь от мембраны к мембране, или в самом деле дверь той ванны была слегка приоткрыта — я явственно слышал, как шумит далекая таинственная вода. Я представлял, как она бежит прозрачной струей, и Эмма стоит в ванной, чуть прогнувшись в полной талии, и, придерживая рукой груди, говорит волнуясь: «Кто? Спроси, кто звонит?..»

Через полчаса я позвонил еще.

— Это ты? Ты? — обрадовалась она. — Как хорошо, что ты позвонил...

— Я, Эмма... Я немного беспокоился... Сегодня день тяжелый.

— Ты... Нет, ты не поймешь, как это хорошо, что ты позвонил... Я... Нет... Но как? Как ты догадался? И ведь уже ночь.

Не думая и толком не понимая, что говорю, я сказал:

— Я люблю тебя, Эмма.

С минуту она молчала, я тоже молчал и весь таял.

— Мальчик мой... мальчик... — тихим шепотом проговорила она, голос ее сорвался. Потом раздались гудки.

7

И опять мы считали. Елена Ивановна, стоя сзади, облокотившись на мощную спину Г. Б., говорила:

— О! Завтра побегу по магазинам! Нужно купить хотя бы один приличный чемодан. Мы же с тобой будем выглядеть оборванцами! — И она теребила рукой ухо мужа.

— Лена! Не мешай мне укладывать. Когда это ты стала такой хозяйственной...

А через минуту говорил я:

— Лена. — Я говорил именно так, запросто. — Не мешайте же мне считать.

— Быстренько, быстренько! Мне позарез нужна эта функция, — поторапливал меня Костя.

Так этой темной рабочей ночью был закончен расчет, который мы, как и все остальное, попросту называли задачей. А через несколько дней на далеком полигоне при испытаниях погибли два человека: рабочий-техник Федорков и старшина-сверхсрочник Агуреев. Федорков был веселый малый, отец двух маленьких детей, собиравшийся каждую весну «подзаработать деньжат и бежать в Россию». Агуреев же был из степенных, скуповатых; прижившийся на полигоне, он выписал туда к себе жену, обзавелся скотиной, хозяйством и жил спокойно и правильно.

Испытание даже условно не входило в класс основных испытаний: прибор проверялся на опытной установке, уменьшенной в восемь-десять раз.

В четвертом часу все было кончено. Мы вышли — все трое — покурить, стояли у перил и глядели вниз. Г. Б., волнуясь, зачем-то рассказывал нам и оправдывался за свою Лену, за то слишком бойкое впечатление, которое она могла произвести на нас: «Стала немного развязной. До сорока трех прожить без мужа — вы уже сами все понимаете».

— Да бросьте, Георгий Борисыч! Отличная женщина! — сказал Костя, швыряя в пролет окурок.

Г. Б. охотно и счастливо улыбнулся.

Он вдруг сказал:

— Володя, я собирался тебя подбодрить, да как-то все не случалось. Мне нравится твой ум, твои способности. Я не захваливаю, правда, Костя?

— Правда.

— Тебе, впрочем, больше нужна поддержка изнутри. Из самого себя, понимаешь?

Я покраснел, как девица.

— Спасибо...

Мы стояли трое на лестничной клетке, и курили, и устало переговаривались. Мы не вспоминали только что конченное дело, и каждый смотрел в свое будущее.

ГЛАВА ВОСЬМАЯ

1

Перед обеденным перерывом пришла Эмма. Она появилась в дверях восторженная, сияющая.

— Милые! Милые мои! Я пришла, хотя еще на бюллетене! Оторвитесь же на минутку от дел! — говорила она, хотя все только и делали, что смотрели на нее и восклицали: «Эмма!», «Ну, наконец-то», «О! Эммочка!..»

Она швырнула на стол сумочку, поправила на себе черный свитер.

— Ох, до чего же я рада! А говорят, вы тут перетрусили? А? Сознайтесь!

— Не вспоминай, не надо, — попросила Худякова.

— И правда! Дело прошлое!

Эмма стояла, глядела на нас, улыбалась и гордо говорила:

— Не верю я в страхи! Не верю, что земля, люди, небо, эти облака... не верю, что все это может исчезнуть! Правда, мне не верится и то, что я сама когда-либо исчезну, но все же я правильно рассуждаю? Иначе нельзя рассуждать, а?

— Молодец, Эмма!.. Вот это молодчина! Как нам не хватало ее вчера! — бурно отвечали ей голоса отовсюду.

— А как я по вас соскучилась!

— Что делать, Эмма! Ведь здесь немного твой дом! Верно?

— Да! И вчера я особенно это почувствовала... — И тут она бросила на меня сияющий, переполненный благодарностью взгляд. Она смотрела на меня явно, не скрываясь, она шла ко мне, и все смотрели и видели, и я ждал.

— Ну? А как ты, Володя?

— Жив, Эмма.

Она секунду еще смотрела не отрываясь:

— Знаете, товарищи: он ведь совсем неплохой, он замечательный, честное слово! Не подумайте лишнего, но я как-то совсем по-другому поняла его теперь...

— Да, да! Володя — ого!.. — раздались голоса.

— Если бы ты видела, как они задачу драконили! Ого! И Володя и Костя! Они ведь сделали задачу, Эмма! Свою, первую!

— Правда? Поздравляю! А где...

— Они справились! А Костя... Костя просто гений.

— А где он, кстати, где гений?

— Делает доклад, Эмма. Ни больше, ни меньше!

И опять понеслись дифирамбы со всех сторон, понеслись чистые, радостные, довольные голоса:

— Костя просто гений! Умница! Светлая голова!

Они разговаривали, а я думал о своем. Я вспоминал, как давней ночью я дежурил, «стоял на шухере», а мальцы во главе с Серегой «чистили» погреб директора завода. Ночь была хоть глаз выколи. Мрачная, жуткая. Измотанный голодными ночными набегами, я вздремывал тогда каждую минуту и каждую минуту в испуге просыпался. Маленький, скрюченный, я сидел в мокрой росистой траве, и ноги гудели от холода, и даже с закоченевшими ногами хотелось спать, и было все равно: поймают нас или не поймают...

Эмма со стариком Неслезкиным и другие отправлялись на обед.

И как удар сбоку, когда бьют тебя с размаху, и ты не видишь, и все летит кувырком, пришла опять картина той ночи, когда я караулил, и было темно и жутко, и я мерз... Из-за ограды появился Серега, сказал: «Ну?.. — увидел, что мне холодно, хотел швырнуть мне свой тулуп и, убедившись, что все идет нормально, опять отправиться в погреб. Но тут же он сказал: — Нельзя тулуп. Ведь уснешь, пес. Проморгаешь, а?» — И он все-таки дал, швырнул мне тулуп и ушел неслышными шагами в погреб, и я, конечно, уснул. Я засыпал, угревался, и было тепло, сладко, было лучше всего на свете...

2

Я ходил по нашему прилизанному дворику с кленами и дышал, хватал в себя этот бледный кленовый настой. «Что ж, — подражая широкой Костиной манере, рассуждал я, — вчера наш мир едва не пережил самое сильное потрясение из всех, которые он помнит, а я какая ни на есть, а все-таки нервная клеточка этого мира. И ясно, я тоже должен был что-то пережить».

Я ходил и дышал. И увидел Костю! Это была картина: он прогуливался рядом с полковником, незнакомым мне, прогуливался по аккуратной песчаной дорожке. И такой у него был шаг, такое лицо и такая уверенность в разговоре, в изгибах губ, что я сразу понял: все в порядке! Они чинно и неторопливо разговаривали, как и подобает гуляющим в подстриженной кленовой аллейке. И я сдержался, я сделал легкий жест рукой: дескать, гуляй. Делай дело, Костя...

Неожиданно он бросил полковника и пошел ко мне.

Он был сегодня в красной рубашке и белых брюках, и брюки так и сверкали на солнце.

— Я ненадолго. Провожу тебя немного... Полковник ждет, как видишь!

Резкий тон насторожил меня:

— Как доклад, Костя?

— Нормально. Свои пятнадцать минут я отбарабанил почти блестяще. В кулуарах мне изволили намекнуть, чтобы я перебирался к ним на работу в НИЛ-великолепную. Сказали, что уломают старика Неслезкина. Было даже обронено: «Как можно скорее...»

— Так это ж победа! Я чего-то не понимаю, Костя. Победа?

Он молчал.

— В чем дело, Костя?

Медленно он выговорил:

— Ты опоздал... Твою задачу решили.

— Как? Как это решили?!

— Решили, как обычно решают. Правильно решили, — с грустной насмешливостью выговорил он. — Я начал было им намекать, что перейду к ним не только сам, но с товарищем. Рассказал, что за задачу ты делаешь, хвалил тебя... Она у них уже решена, Володя. Решена в самом общем виде. И сравнительно недавно решена. Потому, видно, наши за нее и не брались — надеялись на мозги НИЛ-великолепной, и, как видишь, не зря надеялись.

Я растерялся. Я слушал и будто не понимал... Как это? Почему?

Я молчал. Удар был неожиданный. Для других и вовсе незаметный.

Костя продолжал:

— Придется тебе, видно, пока оставаться в этой дыре. Слушай главное: я ведь начал было им говорить, что ты способный, что можешь решать любые другие задачи, а они меня как в спину ударили: «А-а... это тот самый Белов?» Понимаешь, Володя, их начлаб наслышался о тебе от Зорич самых потрясающих небылиц: выскочка, несдержан на язык, чуть ли не неврастеник. Словом, характеристика самая скверная — таких людей и не бывает. И потом: у тебя ведь выговорок, помнишь? Они и это знают: «Ну что вы, Константин Петрович? С выговорами мы не берем!»

Костя передразнил интонацию того человека, который заранее был против меня, который легко и небрежно произнес эту фразу, гуляя по аккуратной дорожке, и у которого — это так и чувствовалось! — дел было по горло, и дела эти шли хорошо, и работа кипела, и вдобавок комар не мог подточить носа ни в одном пункте личной жизни.

Мы шагали, и светило солнце. И я как-то ничего не нашелся сказать. Костя замедлил шаг.

— Ну... я пойду.

И так быстро, так радостно он повернулся, отвалился в сторону, как самолет, мгновенно, и пошел к своему полковнику. Я повернул голову. Продолжая быстрый шаг, он махнул рукой издали: «По-ка!..» Он уходил, обволакиваясь июньским солнцем и мельчайшим серебром надасфальтного белого зноя, в котором таяли его белые брюки. Солнце слепило, а он уходил, быстрый, энергичный.

Я нырнул в подъезд и зашагал, разрывая тусклую паутину всех этих коридоров и переходов. Вот и поворот, и замелькали таблички: НИЛ... НИЛ... НИЛ...

3

Я сидел за своим столом и, разложив листки, как при прощанье, смотрел на скромные буквы, осторожные стрелочки и надписи. Я смотрел на свою неоконченную и никому уже не нужную задачу. Потом я ее выбросил. Вокруг тихо работали. Я не думал ни о них, ни о себе, ни даже о своей задаче. Я только так ее положил — нужно же попрощаться.

Он вернулся.

— Костя, как доклад? Задал ты им страху? — спросил Петр.

— Костя, расскажи. Костенька... — понеслось со всех сторон. — Да расскажи же! Мы болели за тебя!.. Расскажи по порядку! Дай душу отвести... Ну? Давай, Костя!

Это как прорвалось. Худякова, Петр Якклич, угрюмый майор — все они, молчавшие и притихшие до этой минуты, теперь тянулись к нему, говорили, спрашивали.

Костя вошел бледный, неэнергичный. Видимо, только сейчас они окончательно договорились с тем полковником. Видимо, речь шла о будущей работе, о тех задачах, которые ему будут предложены... предложены!.. И впереди гора работы, не скрытной, не ночной, не вытащенной украдкой из шкафов, а признанной, законной работы.

Насмешливо глядя на эти призывные лица, слыша просящие голоса, Костя стоял у окна и закатывал получше, покрепче рукава красной полотняной рубашки. Он был красив. Он стоял в косых лучах солнца, падающего из окон, и плавающие крохотные пылинки, белые и серебристые, тянулись на тонких нитках света к нему, к его красной рубашке.

Его упросили. Улыбнувшись, он стал рассказывать о том, как повел его полковник на заседание НИЛ-великолепной, как вел он Костю по темным коридорам, как блестели золотые зубы полковника и как ему, Косте, делалось в темноте страшно... Все были довольны, ах как все были довольны его рассказом, как любили они Костю в эту минуту! Он собирался было выбросить пригласительный листок на только что закончившееся победное заседание, но Худякова аж задрожала. Она перехватила листок.

— Сохрани, Костенька. Как память. Ладно, я сохраню. Вот пройдет год, другой...

— Костя! — закричал Петр Якклич. — А иди-ка ты в великолепную. Попроси их. И никого не слушай, переходи! Человеком будешь!

И все вдруг заговорили, закричали:

— Да, да, Костя! Конечно! Попроси их и переходи! Большому, так сказать, кораблю...

Он даже не успел сообщить им, что его уже пригласили.

Их глаза блестели, и лица были взволнованы

этой чистой любовью, этим самозабвением: ведь они отдавали талантливого, блестящего работника, после его ухода все вновь будут перегружены. Петр Якклич выкрикивал:

— Помни, Костя. Помни, что посоветовал тебе Петр!

В его голосе было много любви и много хороших мыслей об этом великолепно начинающем и совсем молодом парне. Петр передал дальше красный пригласительный листок, и листок пошел по рукам. И все читали и восхищенно рассматривали.

— Да, Костя... Это удача! Молодец, Костя! Вот это, я понимаю, лаборатория! Даже по этой бумажке видно, что за люди там работают!

Я молчал. Зависти не было во мне: я сам видел, что он красив, я сам любовался, слушая его голос, я был не слепой. И уж конечно, лучше, чем кто-либо другой, я знал, что он достоин этой светлой и прямой дороги таланта, я сам много раз говорил: дорогу, дорогу ему! Я часто кричал это в пылу и хвалил его за глаза и нашим майорам, и Худяковой, и Петру Яккличу — всем, и вот теперь они видели сами.

Костя уже сел и что-то быстро писал. Он ничего не сказал мне, и ничего не спросил я.

В лабораторию вошел Неслезкин и сказал, что хочет провести небольшое совещание. Предварительное, перед общим.

После паузы Неслезкин откашлялся и сказал:

— Я... я решил, что некоторые из нас будут заниматься новой темой.

Темой Г. Б., это было ясно.

— Я приглашу к нам Бирюкова, он сейчас в энергетическом преподает. Тоже будет с нами...

— Хорошо. Бирюков — это приятно! — с преувеличенным восторгом провозгласил Петр.

— И еще... мы берем трех человек университетского выпуска этого года. Я хочу... — Неслезкин старательно управлял своим голосом, — хочу, чтобы вы, Петр Якклич, и вы, Иван Силыч, не очень углублялись в то, чем вы сейчас занимаетесь. Через полтора месяца я поговорю с каждым отдельно, и... это не будет приятным разговором, это будет отчет по материалам Георгия...

— Но как же отпуск?! — воскликнул Петр, да и угрюмый майор вскинул глаза.

— Вы... вы оба не идете в отпуск.

— Михал Михалыч, вы меня извините, но я вас буду просить, — вскинулся Петр, обожавший летние южные отпуска и задетый весьма чувствительно.

— Н-нет... нет, Петр Якклич.

Петр уже забыл, о чем он говорил только что, он просил и требовал, а Неслезкин только повторял: «Н-нет... нет» — и теребил рукой свой темно-коричневый галстук. «Н-нет, нет», — повторял он на каждый наскок Петра и теребил конец галстука, очень похожий цветом на медное в черных порошинках лицо Неслезкина.

Я очень старался рассредоточить себя этими наблюдениями и не глядеть в лицо и глаза Кости, которые заявляли не прячась: все это у вас правильно и интересно, но все это меня уже не коснется...

4

Работа кончилась, все расходились. Я сидел, у меня была гора пересчета, набежавшая за эти дни. Вокруг обычный шум сборов, спешки домой и... необычный, какой-то странный диалог Эммы и Зорич. Зорич просила слабым голосом: «Не уходи, Эммочка. Посиди со мной немного. Неважно себя чувствую. Одиноко мне... Домашние мои придут только к десяти вечера, а я... я просто не в состоянии сидеть и ждать их в пустой квартире».

Эмма отвечала:

— Не могу, Валентина Антоновна. Мне нужно домой. У меня муж...

— Хоть бы соседи в квартире были... А может быть, почитаем здесь что-нибудь? Пойдем в кресла к Георгию Борисычу? Посидим и почитаем, а?

Эмма отказалась. И опять слабым голосом просила железная Зорич посидеть с ней до десяти часов. Она весь день сегодня была такая. Все наши уже оправились, уже слушали сегодняшнее радио с юмором и понимали, что, хотя напряжение сохраняется, кризис все же миновал. И только Зорич все мучилась и переживала. Ей казалось, что планета сгорит целиком. «Подожди. Посиди со старухой, Эммочка, а?..» Эмма вновь мягко отказалась и добавила, что сможет, пожалуй, немного проводить Валентину Антоновну; и вот застучали ее высокие каблуки вместе с тихими шаркающими шагами Зорич.

И вновь — разноголосые «до свиданья» и акустически чистые и прозрачные звуки запираемых шкафов.

Подошел Костя.

— Ты остаешься? — Он спешил; он стоял в двух шагах и, сдерживая радость, спешил.

— Поработаю.

— Ну до завтра.

Я остался один. Я занимался пересчетом и думал, что вовсе не такая уж дыра эта лаборатория. Хорошая, в общем, лаборатория, особенно теперь, когда мы вот-вот станем со всеми равноправны. Впрочем, для нашей большой идеи нужен быстрый путь, прямой, кратчайший, и Костя нашел его, и неужели же упрекать... Я старался не думать об этом, но получалось плохо, то есть никак не получалось, и тогда я стал вспоминать те далекие годы.

Я считал, записывал машинально цифры, и мне легко-легко было думать, что в мире нет ничего, кроме той холодной ночи, кроме Серегиного тулупа и блаженного засыпания. Кроме моего случайного друга Левика, кашлявшего поминутно, которого застрелил сторож на бахче: Левик в ночной темноте со страха полез на дерево, а сторож «для страха» выстрелил вверх... Вспомнилось лицо Левика, хрупкого, тоненького мальчика. И его рука, где кто-то выколол: «Он мог быть честным». Вспомнилось следующее утро — я принес маме в больницу огурцы, а ей нельзя было их есть. И как мама все же благодарила со слезами директора завода, который (она поверила мне) подарил ей эти огурцы и обещал завтра арбуз.

Я вспоминал, как был у этого директора на дне рождения и даже танцевал. Мы с Колькой толклись под дверью, заглядывали на голоса и запахи, и кто-то подвыпивший сказал: «Эге! Заходите, хлопчики!» Мы поели. Вокруг пели, потом трое мужчин отплясывали под гармонь, им хлопали, свистели — я жался в угол и не хотел уходить. Я был сыт и был как пьяный. Тепло, уютно, и я был как дома среди этих песен и хриплых голосов. «Вот с кем я станцую. Сеня, вальс!» — И женщина водила меня под мелодийку гармошки, и голова маленького мальчика от еды, тепла и страшной усталости кружилась, кружилась...

Меня уже втянул машинный ритм пересчета, и я решил, что хватит вспоминать: эти воспоминания засасывали и расслабляли. Когда-нибудь... в глубокой старости, когда жизнь уже будет явно позади, бессильный, ни на что не способный, — только тогда, в оставшиеся минуты, я, может быть, и выпущу на свободу свою память. И удивительнейший мираж, не доступный ни падению, ни победе, — мираж моего детства, моих полынных степей, голодных ночей и истошных криков моей мамы, — обступит меня. И не буду я плакать, все давно отплакано. Я просто буду там... буду просить хлеба, и бегать по пригоркам, и рвать тонкие усики чеснока, буду в той стране, куда нет никому возврата...

Я трещал на своем «рейне». Мне нужно работать. Рано или поздно я, разумеется, отделаюсь от этих заскоков памяти. Я как самолет, что взлетел с аэродрома и делает круги, набирая высоту. Он каждый раз будто возвращается, будто вспоминает старое, но ведь высота все больше, выше! И наступит момент, когда он рванется по прямой линии к небу, к солнцу. Так и я однажды навсегда отделаюсь от своих возвращений в прошлое.

5

Вернулся вдруг Костя.
Я сидел в одиночестве.
— Работаешь?
— Работаю.

— Молодец.

Помолчали. Такая настороженная пауза промелькнула. Костя поставил свой раздутый портфель на стол.

— Ты, надеюсь, не в претензии, что я перехожу в НИЛ-великолепную?.. Было бы глупо.

— Нет, конечно.

— Ты бы сделал то же на моем месте?

— Конечно, Костя.

Еще помолчали. Потом он сказал:

— Ты не хотел бы поработать сегодня вечером не у себя, а у нас дома?..

Я понял.

— Не суетись, Костя... ты можешь хоть всю ночь быть со Светланкой в моей конуре. — Я кинул ключ на стол.

— Ну-у?! А ты?

— Благородный герой останется здесь. Благородному герою лень ехать.

— Останешься здесь ночевать?

— Да.

Костя улыбнулся:

— Ничего у тебя настроеньице!

— А что?.. Мы могли и раньше взять это на вооружение. У Г. Б. комфортабельный кабинет, настольная лампа и мягчайший диван! Что еще нужно свободному человеку?

Костя сказал:

— Уж коли ты жертвуешь свою комнату, я жертвую тебе бутылку вина. Купил для Светланки... Только аккуратнее: накроет патруль да еще с вином...

Он поставил на стол бутылку мускaта.

— Угощу их, если накроют.

— Отличное у тебя настроение!

— Хочешь, с тобой разопьем сейчас? Давай?

— Нет. Спешу, Светланка ждет. Пока.

— Пока, Костя.

Он ушел, отстучали его шаги по пустому коридору, и я вдруг едва не заплакал. Я вдруг представил, как буду звонить ему туда, в великолепную НИЛ, все реже и реже. Закон прост: работая в разных местах, рвешь самые крепкие связи. Людям свойственно искать друзей помягче да поближе. Будет, конечно, еще много разговоров с Костей, достаточное число встреч, и только главного — жизни вдвоем, бытия вдвоем — не будет. Это я должен был принять как исходное, и я принял.

Потом я перебрался в кабинет Г. Б., заперся надежно и лег на диван, слыша его вздох. Блаженно улыбаясь, протянул ноги и мгновенно полетел куда-то, полетел легко и свободно.

ГЛАВА ДЕВЯТАЯ

1

Надо было встать пораньше, я же проснулся, только заслышав тяжелые шаги уборщицы, которая ходила по кабинету, вытирала пыль и ворчала. Зато я сладко потянулся, впервые выспавшись и думая: «Брюки-то помятые, ну да черт с ними!»

— Вот я донесу, — говорила уборщица, вытирая подоконник.

В окне уже давно светило солнышко.

— Не донесешь, баба Даша. Я так... срочная работа.

— Еще случится, и донесу! Ишь, ночевать где вздумал.

Она ушла. Я сидел, свесив руки, позевывал. Потом выбрился, умылся, пошлепал платком мокрое освеженное лицо.

Сел за свой стол в лаборатории, закурил. На душе было хорошо и покойно. Как в первый день, когда вдруг чувствуешь, что болезнь миновала. Миновала и оставила после себя тяжелое, но благодатное ощущение. Я был без Кости. Мне не нужно было думать, что мы обсудим с ним сегодня.

Я думал об Алеше, о том, что можно съездить к нему, съездить надолго — можно и поночевать недельку в их общежитии, посмотреть, что и как... Вспомнились ребята, девчонки нашего выпуска, которых сто лет не видел. Я сидел, откинувшись на спинку стула, и дышал голубым дымом сигареты.

Вошли Петр Якклич и лысый майор. Оба со мной поздоровались, заговорили о вчерашней Костиной удаче, и было видно, что для них это наша общая удача. Потом подмигнув мне, Петр спросил лысого майора:

— Так как теперь? Вы не пригласите их теперь в театр?

— Я подумаю, — сказал лысый майор, корректно улыбаясь.

Мы с Петром засмеялись. У лысого майора были две дочери, как все говорили, строгого воспитания. И к тому же красивы: их мать, жена лысого майора, была вторая красавица Москвы (так говорили, и это как-то странно задевало своей формулировкой). Сам лысый майор, отсуетившийся, отволновавшийся, работавший спокойно и без мыслей о карьере, обожал театр и ходил туда с женой и детьми, как он говорил, ради «высокого смеха». Когда Костя и я только поступили на работу и с нами нянькались первые недели, кто-то предложил лысому майору взять нас в театр вместе с дочерьми, меня и Костю, на что лысый майор ответил, что он подумает, и вот уже год, как он думал.

— Может, все-таки теперь рискнете? — шутил Петр Якклич.

Пришли все. Пришел Костя и тут же начал объяснять мне, что на сегодняшнем совещании при распределении задач я непременно должен с бою выпросить и получить свою долю. Он, Костя, мне поможет.

Костя был серьезен, и мне стало смешно. Я знал, что разговор этот ни к чему, знал, что Неслезкин и другие уже вполне готовы прикрепить нас официально к темам и что никакого боя не будет. И я знал, что он тоже это знает.

Несколько раз он пытался расшевелить меня, говорил, что я должен выступить и что я чуть ли не речь должен подготовить. Я же на все отвечал глупостями, вроде «не выспался», «лень», «вот уж после совещания», и в конце концов он даже рассердился на меня. Перед самым совещанием подошел и сердито процедил:

— Вот что: как бы ни был мал твой нынешний энтузиазм, тебе тоже придется выступить.

— Костя, бро-ось! Я устал от всего этого, — заныл я и поскорее включил «рейн».

Припав к холодному телу этой небольшой счетной машины, я слышал ее вечные жалобы на одиночество, ее нервные перебои сердца, и постепенно я словно растворился в ее шуме, и мы стали как одно, и время отступило. И будто я ловил рыбешку на каком-то быстром перекате. Речушка обмелела, я стоял по колено в воде и следил за зеленоватыми стайками пескарей...

2

Было шумно. Пришло человек десять из других лабораторий, близких по тематике, и еще кто-то. Все как обычно. Переговаривались, вносили стулья, устраивались поудобнее. Вопросов предстояло много: подведение итогов, новые темы, уход Г. Б. и вопрос о заместителе и еще всякая всячина. И среди этой всячины, а точнее, во время этой всячины, и должен был произойти бой, последний бой, который Костя давал в честь брошенного Володи, иначе он, Володя, мог вовсе остаться без задач и будущего.

Все знали, что заседать будем долго, курить будем много, и раз уж так, начнем-ка сразу, вовсю! И дым стлался тонкими, свежими, только что нарезанными пластами.

Неслезкин докладывал, и среди многих фраз были названы и наши с Костей фамилии. Неслезкин хвалил нас, это были первые ласточки, и Костя уже внимательно следил за каждым словом и каждой репликой. Старался «чувствовать ноту», или, как он там это называет, «вжиться в струю собрания», или «слышать пульс».

Мне было все равно. Может быть, он действительно старается ради меня, а может быть, про запас оставляет: вдруг его все-таки не возьмут в великолепную НИЛ? Все это было мне уже безразлично. Я сидел, курил со всеми, слушал. Я уже привык. Я не сомневался, что сегодня вечером у Алеши я уже буду фактически без Кости, хотя мы придем, как и обещали, вдвоем. «Посмотрю, пригляжусь, — думал я. — Как там Алеша, другие? Девчонки наши?..»

Костя вдруг сказал, трогая меня за локоть:

— Слушай. Тебе, кажется, здорово повезло... Еще не повезло, но повезет!

— Не понял...

— Я не об этом, — сказал он досадливо и тут же понизил голос до шепота. — Я сейчас такой взгляд на тебя перехватил. Это безошибочно. Такой женский взгляд! До дна глаз, понимаешь?

Я слегка покраснел:

— Ты разглядел в таком дыму?

— Так же, как и краску на твоей физиономии.

Тут сквозь пелену дыма появилось ее лицо. Лицо было красиво в этих пепельных клубах никотина, и я смотрел как на появившееся чудо.

— Володя. Идем подышим! — сказал Эммин голос. — Я должна хоть немного отдышаться. Я думала — это люди. Это паровозы...

Мы постарались выскользнуть незаметно. Я пошел первым — она за мной, у самых дверей я вдруг схватил ее за руку и выпустил, только когда мы уже вышли в коридор, в детском восторге от побега.

— А шахматы? Шахматы-то там! Володя! — возбужденно проговорила она.

Я быстро вернулся.

В лаборатории было море дыма и разговоров. Какой-то военный кому-то возражал хриплым голосом, не вставая даже с места, и Петр Якклич, маяча впереди, доказывал ему громко:

— Утверждаю и уверен! Уверен, что задачи нужно решать параллельно...

А я, присев на корточки, тихо открывал шкаф и на ощупь доставал шахматы... Стараясь той же рукой прихватить и часы, я выронил доску, и фигурки — там, в шкафу, покатились. Я быстро собирал их, и руки мои дрожали. Вокруг был шум голосов и стелющийся дым: я сидел на корточках и с пола, снизу, видел пелену дыма.

Часа два или больше мы сидели с ней в кабинете Неслезкина.

Эмма все благодарила меня за тот ночной звонок и все спрашивала, как это я догадался позвонить. В эту ночь они с мужем сидели вдвоем в своей квартире. Она не стала объяснять, почему так важен и нужен ей был тот звонок. Она не сказала. Не хотела... По-видимому, и впрямь я как-то помог и поднял ей настроение, сам того не ведая, как поднимает настроение иногда дождь, а иногда погожий теплый вечер.

Может быть, ей просто хотелось выговориться после болезни и квартирного одиночества, и через несколько дней она будет глядеть куда проще на мой звонок и мое участие. Но Эмма все благодарила и благодарила меня, и что-то явно большее было в ее глазах, когда она благодарила, и я не мог не вспомнить Костиного «до самого дна глаз» и еще одно, знаменитое, выражение Петра Якклича о «раздвоенной честности современных жен». Знаем, мол, мы эту предварительную откровенность. И не могла не скользнуть мыслишка о том, что Эмма, может быть, решила, что я уже повзрослел и что теперь, наконец, я умею держать себя в руках и помалкивать... Мне не хотелось неясности, и я не сдержался и спросил ее. Я знал, что сегодня вечером еду к Алеше, и все же спросил:

— Хочешь, пойдем сегодня в кино?

— Нет, нет. Что ты! — Она смотрела испуганно.

Я вздохнул с некоторым даже облегчением. Заученно и тупо мы передвигали фигуры. Шуршали тяжелые ладьи, налитые свинцом, и сбоку тикали шахматные часы, показывая на двух циферблатах какое-то бессмысленное и очень разное время.

Вошел Неслезкин. Он не обратил на нас ни малейшего внимания и прошагал к своему столу. Вынул какие-то бумаги и вышел. Эмма вдруг заплакала. Впрочем, она тут же вытерла слезы.

— Что с тобой?

— Я так... Пойдем. Дозаседаем, — сказала она.

Я стоял, складывая шахматы. Эмма вдруг порывисто протянула руки, коснулась моих щек и, привстав на цыпочки, поцеловала. Я и опомниться не успел — она уже стояла в стороне, в двух шагах, и все застилала голубизна ее неожиданно приблизившихся глаз.

— Это так, это тебе... Просто так, — сказала она.

Мы уже шли по коридору, и она весело смеялась.

Совещание как раз кончилось. Эмма и я, как сговорившись, разошлись в разные концы комнаты, в разные концы суматохи и голосов. Я быстро убирал бумаги в стол. Около меня Зорич говорила полковнику:

— Нет, Федор Игнатьевич. Вы и представить не

можете, что это за человек. Он хитер, как бес, а сам все в Деточку играет...

Я прислушался.

— Знаете, это какая-то мистика. У меня ощущение, что все беды у нас из-за него.

Они рассмеялись. Полковник сказал:

— Мне даже любопытно...

— О-о, внешне он обычный. А с заседания, между прочим, ушел специально, чтобы дать все сказать Косте. Да разве ж я голосовала бы против? Разве ж мне жалко? Да будь у нас двое таких, как Костя, мы бы давно дали им задачи и все, что угодно! Но этому... этому гаденышу...

Она едва не задохнулась от подступившей ненависти, и полковник заговорил:

— Ну что вы, Валентина Антоновна. Зачем же... — И потом шепотом спросил, разглядывая впереди себя шумную нашу толпу: — Покажите мне все-таки его.

Они обернулись: я стоял в двух шагах от них. Полковник догадался, что это я, и быстро отвел глаза: я стоял слишком близко. Первой моей мыслью было то, что Зорич обрела свою обычную боевую форму и что Косте пришлось повоевать за меня сегодня.

Костя подошел.

— Вот и победа, — бросил он мне жестко.

3

Но молчать, как чужие, и шагать рядом мы пока не могли. Тем более что мы шли к Алеше, к своим! Было приятно, что встретимся с нашими сокурсниками и что можно будет повспоминать, попеть и попить.

Вечер был теплый, мы распахнули пиджаки, расстегнули рубашки чуть не до пояса. Уже темнело, и было то странное ощущение летней ночи, когда и тепло и темно. Мы шли меж домами, где-то очень внизу всех этих одинаковых высоких домов в районе метро «Университет». Мы шли, огибали углы во тьме, а дома дремали где-то там, на своих высотах.

Он заговорил первый:

— Знаешь, мы со Светланкой поругались.

— Да?

— Я ей говорю, что только женщина, которая выше всех предрассудков, будет со мной. И еще многое в том же духе. А она на своем: «Я же тебя люблю. А это здесь ни при чем. Это, — говорит, — чтобы детей рожать...»

Я засмеялся.

— Молодец девчонка.

— Молодец, конечно. Я ей говорю: «Давно тебе это мама сообщила?..» А она: «Я сама это знаю! И давно знаю!» Еще и обиделась.

— Коса на камень.

Теплый воздух овевал наши щеки, и звучали шаги в темноте. Метрах в двадцати от нас у аккуратного забора подвыпивший мужчина поднимал с земли своего пьяного сраженного собрата. Вот они трудно зашагали. Тот, которого подняли, запел неожиданно, захрипел, тыча кулаком в худую свою грудь: «Это стонет, это стонет Тихий о-кеа-ан...»

— Я и для себя выбил на совещании задачу. Ты понял? — спросил Костя.

— Как будто.

— Она перейдет к тебе, когда я уйду.

— А-а...

— Только не отбрыкивайся сразу от моего пересчета. Пусть задачи прочно станут твоими.

— Пожалуй.

— Да, да, — произнес он. — Так что все в порядке. Между прочим, на совещании тебя мощно поддержал лысый майор. Знать тебе это полезно. Ну и Петр, конечно. Петр стал к тебе явно неравнодушен.

Мы шагали. Я вспомнил, как прощался со мной Алеша год назад. Алеша подошел, кинулся ко мне на распределении, заговорил, засуетился, а уже все бумажки были подписаны.

В воздухе появилась прохлада; мы дышали полной грудью. В темноте мимо нас шмыгнули две девочки, прижимая к груди белые батоны.

— Мы поплыли в разных морях. Две быстрые светлые рыбы, — тихо сказал Костя.

— Первая строчка?

— Ага...

— Хорошо... Две быстрые в разных морях. Поплыли светлые рыбы.

— Не так.

— Так тоже хорошо.

Он попросил сигарету. Он обдумывал, хотя что ему было обдумывать? Родители уехали на курорт. И эту «дрянь Нельку» захватили с собой. У него свободная квартира. С ванной. У него лето впереди! Свобода! Он пригласил Свету на эту встречу, а оттуда они пойдут к Косте домой. И там сколько хотят будут вдвоем пить и танцевать. Сколько хотят и как хотят будут заводить музыку. И пройдет чудное лето со Светланой, и будущий год он начнет в великолепной НИЛ.

Мы шли и не торопились. Все было так, будто ничего не изменилось, и Костя рассказывал:

— Ты сейчас ее увидишь. Ты не представляешь, как она похорошела!

Мы шли к метро, чтобы там у выхода встретить Светлану и отправиться в общежитие научных сотрудников.

4

В общежитии у Алеши было уже шумно и бойко. Все тут были старые-престарые знакомые, мальчишки и девчонки, пришедшие и повзрослевшие, кто в одиночку, кто парами.

— Вы нас совсем забыли, черти! Мы уж рукой махнули на вас: думали, что не придете, — встретила нас черненькая хорошенькая Наташа, в которую я был здорово влюблен на первом курсе, а Костя, кажется, на третьем.

И понеслось: — Здравствуй, Володя!.. Здравствуй, свет мой Наташенька!.. — А-а, Костя! Салют княжеской крови! Здорово, орлы! — Володя, что нынче грустненький? Вы вместе с Костей с ума сходите? — Мы теперь делимся: вечер он, вечер я! На одного больше выходит. — Лучше бы мы на этот вечер деньги собрали! — Что поделаешь? Человек человеку — друг, товарищ и брат. И брат, понимаешь? Брат и у Христа был! — Опять Христос? Братцы, ведь не семинар по диалектике! Прошу вас! — Нет. Я все думаю, что же было у Христа за пазухой? — Можешь не думать: была такая девчонка, как у Кости. — Да! Вот ведь оторвал, скотина! — Братцы! Ах, некрасиво!..

С первых же шагов мы окунулись в то легкое, светлое состояние, в котором можно незаметно провести и день, и три, и всю жизнь, и даже больше — в состояние котят на выглянувшем солнышке. Все были счастливы. Костя с места в карьер начал щипать хозяина:

— А-а... его преподобие Алексей. Чему он учит вас, дети?

— Молчи, шут гороховый, — бросил в ответ Алеша. Он сидел среди девушек и, кажется, говорил о чем-то серьезном. При свете вечерней лампы черная борода особенно оттеняла его смуглое лицо.

— Все мы шутим, однако по-разному, — отвечал Костя. — Помнишь, Володя, как наш Алеша шутил на первом курсе? Он подходил к девушкам прямо на улице, брал за руки и, глядя в глаза, говорил, что жизнь — это сказка... Но с ним в ответ тоже пошутили — ты помнишь? — вместо того чтобы попасть в психушку, он попал в вытрезвитель, кричал там, объяснял что-то, и несчастные перебинтованные пьяницы орали ему хором: «Не мешай спать!»

Все хохотали. Особенно девчонки.

— Что ж, первый курс. Болезнь роста, — выговорил порозовевший Алеша, которому как-то не случалось соврать или отказаться. — Чего не бывало на первом курсе!

— Да, да, — кивнул Костя. — Грациозны были его шутки и на четвертом... Помнишь, Володя? Он научился абсолютно все объяснять.

И, выждав паузу, Костя добавил:

— Человек не должен объяснять, Алеша. За человеком должно стоять нечто. Самим своим существованием, своей жизнью он должен нести что-то... Девочки, случалось ли когда, чтобы он танцевал с вами и не объяснял? Хоть раз он чихнул, чтобы не сказать, в какой подворотне он вчера простыл?

Алеша так и не выбрался из полосы хохота: обстановка была не в его пользу — все радовались и смеялись уже от одного того, что снова видели друг друга, вспоминали прежние стычки и прежние привязанности. А Алеша оправдывался:

— Не так все... Володя! Ведь не так это все. Не так...

Костя оставил его, разбитого наголову давнего своего противника по «словесам», и прохаживался со Светланой — молодой, сильный мужчина. Светлана немного растерялась в этой шумной компании, и всем улыбалась, и была очень хороша в своей смущенности. С такой девушкой, не глядевшей на других ребят, Костя вполне чувствовал себя вновь «сыном князя».

Я подсел к Алеше на сдвинутую к стене койку.

— И как ты можешь? С этим скоморохом? Ты не боишься поглупеть? Ведь, Володя... — заволновался он и даже заикаться стал от волнения, — ведь он поверхностен, а? Ты когда-нибудь, хоть когда-нибудь слышал от него умное?

Алеша был очень расстроен и не умел не показывать этого. Сам знал, что наговаривает на Костю, а успокоиться не мог. Он, должно быть, о многом хотел поговорить со мной сегодня, может быть, надеялся, что я один приду, а тут мы оба, да еще он, Алеша, попал под этот глупый смех, а «скоморох» прохаживается как ни в чем не бывало с красивой девушкой... Алеша не понимал и не поверил бы, что Костя подшучивал просто так, для разгона, и совсем беззлобно. Он на обычную шутку, на смех обиделся; он не понимал, как это кто-то посторонний вторгся в его состояние, вторгся, растрепал его чистый мир; он не подозревал, какую школу контрударов и первых нападений прошли мы с Костей за этот год — школу ругани и споров, собранности и вспыльчивости, школу всего того, о чем и понятия не имел трогательный Алеша... Грустно слушал я его сетования.

Потом танцевали. Для засидевшегося человека это то самое, что нужно, и я долго танцевал. Музыка гремела; я сказал, что пластинка мне понравилась, и Алеша побежал ставить ее еще раз, включил на полную мощность. Он стоял у радиолы и смотрел на танцующих. Вокруг смеялись, разговаривали, вспоминали. Пара напротив целовалась. Один скромный мальчик с нашего курса говорил. «Любимая, моя любимая», — говорил и плакал, сидя в уголке дивана около Леночки Лескиной.

Музыка заполнила всю комнату до выбоинки, до каждой трещинки. Мужественная горькая мелодия, одна из жемчужин затерявшихся в полосато-волнистом море пластинок, вырвалась кое-как на свободу. Вырвалась и орала хрипом о себе, о своем горе, о гордой своей свободе.

Я танцевал. Я чувствовал, что касаюсь нежной и гладкой щеки девушки, музыка захлестнула, накрыла меня с головой, и оторвала от дна, и болтала, качала где-то... Я думал о великом Косте, об Алеше, о себе, о первом курсе, когда я любил, о втором, когда я тоже любил, о третьем, об Эмме, которую я не понимаю и едва ли когда-нибудь пойму.

Кто-то провозглашал с рюмкой: «О университет! О наша колыбель!..» А вокруг танцевали. Помахал рукой Костя, но я не подошел. Он смеялся и говорил что-то насмешливое Светлане, потом чье-то лицо закрыло их, и я был один, и была только музыка.

5

С этой встречи я поехал к себе домой с девушкой, с которой танцевал и которую любил весной первого курса. Она жила под Серпуховом, и ко мне ей было ехать много ближе.

Я лег на раскладушке, на которой обычно спал Костя; ее устроил на своей кровати. В темноте, в моей маленькой комнате, мы лежали, и это было очень близко. Мы вспоминали, конечно, первый курс, потом я протянул руку и встретил ее руку, полную, нежную, у самого локтя. Я сжал ее, притянул к себе, я только и успел подумать, что было бы подло потерять голову. Я ведь знал, что она дружила с парнем, тем самым, что блестяще отбил ее у меня на первом курсе; они поругались оттого, что он никак не решался на ней жениться: то ли родители были против, то ли он сам не созрел, то ли что-то еще.

Она плакала, она так обрадовалась мне, моей ласке. Она вспоминала еще и еще, как дружили мы с ней, целовались в углах.

— Мы ведь никогда не ссорились? Да, Володя?..

— Да, Наташа.

Губы ее дрожали. Она, видимо, натерпелась за

эту их ссору, так радовалась теплу, участию, ласке. Мы часто просыпались среди ночи, просыпались одновременно, и радовались, и удивлялись этому. И страсть тоже была тихая, нежная, неторопливая.

Я был вполне счастлив, просыпаясь и находя ее рядом. Я вспоминал, как сильно любил ее и как не забывал все это время. Среди ночи она вдруг разрыдалась и, захлебываясь слезами, сказала, что любит того парня... «Мы никому не расскажем, — говорила она плача. — Просто у нас с тобой будет в памяти... будет чистое, наше общее, да? Ты не думаешь обо мне плохо? Не думаешь?» Она плакала и целовала меня. «Что ты, Наташа?! Что ты!» — говорил я, а сам затаил дыхание, будто только что ударили в грудь резким ударом.

И снова она уснула. Чернели углы комнаты. Хотелось разбудить, растолкать ее и объяснить на студенческий манер, что надо более достойно любить своего парня. «А то она сама не знает! А то она глупее тебя!» — одергивал я себя. И, конечно, не будил ее. И тут же опять представлял, что когда-нибудь и моя любимая будет со мной в ссоре и уйдет вот на такую же милую ночь — я ведь и знать не буду. И было больно, больнее, чем въявь. Я мучился, все хотел разбудить ее и хоть что-то сказать. И тут же тоска по женщине, по человеку, который рядом. Щемящая тоска... Только в пять утра, когда я проснулся из вдруг нашедшего на меня сна, я увидел, как Наташа, стройненькая, в рубашке, стоит у окна и, глядя, как восходит солнце, протягивает руки, говорит: «Как хорошо! Как хорошо жить на белом свете!..» — и голос ее радостный, живой, облегченный, — только тогда и на меня брызнула легкость утра.

В седьмом часу я проснулся, повинуясь будильнику. Наташа в общей нашей квартирной ванне достирывала мою рубашку. Я обнял ее, улыбаясь:

— Послушай, Наташа... У меня ведь нет других рубашек. Вторую тоже пора в стирку. Что ж я надену?

— А вот есть, — сказала она. — Я поискала и нашла в тумбочке свежую рубашку!

— Ната-аша, — протянул я укоризненно. — Что же ты наделала! Я хожу только в этих. Я не хожу на работу в ковбойках.

— Ну и напрасно. Она тебе пойдет. А мыло я взяла у твоей соседки, присоседилась! Она тебя уважает: сама хотела постирать. Говорит, все равно стирка на носу.

Я притянул Наташу к себе. И она, смеясь, расставила руки в легком мыльном серебре. «Вот оно», — подумал я.

ГЛАВА ДЕСЯТАЯ

1

Был обеденный перерыв.

Я подошел к телефону. Я набирал номер и думал: «Она меня полюбит. Я буду с ней как можно чаще. Право же, она должна меня полюбить. Тот парень начисто выветрится у нее из головы».

Наташа мило поздоровалась, но, как я и ожидал, на приглашение ответила смущенным отказом: сегодня она не может. Нет, завтра она тоже не может. Может быть, на той неделе.

— Хорошо. На той неделе, — сказал я наигранно-бодрым тоном и положил трубку.

Со мной происходило что-то непонятное. У меня были задачи, у меня было время, а мне не хотелось ничего делать, ничего начинать без Кости. Как вагон, оторвавшийся на полном ходу от слишком быстрого экспресса, я еще продолжал мысленно катиться по прежним рельсам, теряя скорость.

Пустая лаборатория была похожа на тихий сад; томясь, я вышел в коридор. Перед тем как уйти, я задержался у стола, посмотрел на свои долгожданные, полученные вчера задачи. Мне совсем не хотелось спешно решать их. Они были аккуратно переписаны моей рукой.

Из глубины коридора я увидел, как возвращались наши с обеда.

Они прошли шумные, возбужденные, и Костя был тоже в этой торопливой толпе. Они о чем-то говорили, но слов я не разбирал. Я поплелся за ними в лабораторию, недоумевая.

Худякова причитала слабым и добрым своим голосом. Остальные толпились вокруг нее.

— Ой, боже мой, как же нам не везет! Как не везет нам!..

— Может быть, еще не точно?

— Как не точно? Как еще может быть точнее?.. Установка взорвалась! Человек погиб! Сгорел. Даже, кажется, двое. — Худякова сжимала виски и приговаривала: — Ой, боже мой!

— Да-а. Будут дела. Дождались несчастья, — заговорили вокруг. — И без Г. Б., самое скверное — без Г. Б.! Может, напутала?..

— Я? Я напутала? О, боже мой...

— А что еще? Расскажи подробнее, — попросила Зорич.

Худякова опустила руки. И то сжимала виски, то опять безвольно опускала руки.

— Я зашла ведь случайно... к секретарше. Стренин как раз вышел, узнал меня: «А вот и из этой НИЛ». И начал, и начал! А какие-то полковники... эти сбоку поддакивали: «А, дескать, эта НИЛ!.. Ну там всегда так: они могли и десяток на тот свет отправить!..»

— Что там могло не сработать? Макет, дело нехитрое, и, вероятно, не поставили на самоконтроль, — начал было вдумываться лысый майор, но Петр тут же перебил его:

— Заткнись! Разве теперь это важно? У администраторов всегда и все просто. Я не знал ни одного из них, чтобы что-то...

— С легким сердцем отдадут под суд.

— Еще бы: виновные найдутся!

— Им лишь бы найти кого-то!..

Раздался суховатый голос Зорич. Ее била мелкая дрожь, но могучей волей она взяла себя в руки:

— Товарищи. Прошу без эмоций, без паники... Примем все как есть. Несчастье есть несчастье.

— А суд есть суд? — спросил Петр.

Зорич отчеканила, глядя ему в глаза:

— А суд, Петр Якклич, есть суд.

Все притихли, смолкли.

Зорич звонила Стренину. Она набирала номер. Подошел ближе Неслезкин, и все, будто вспомнив о нем, расступились. Он смотрел, как Зорич набирает номер; он не сказал еще ни слова. Он только смотрел не отрываясь на черный ком телефона, будто прислушивался к тарахтящему в тишине диску.

Ответили, что Стренин занят. Зорич еще раз спросила, и женский голос раздраженно повторил:

— Я же сказала... Занят!

Зорич положила трубку и поправила шнур.

— Ну что ж. Мы ведь и сами все помним, — весомо и значительно выдавила она, оглядывая всех. И добавила: — Помним... Михал Михалыч, вы наш начальник.

2

Среди этих голосов, мельканья встревоженных лиц и выкриков я чувствовал, что чего-то я не понимаю. Я понимал, что случилось несчастье, случилось по нашей вине. Но почему испуг? Ну виноваты, ну пойдем под суд. Но не осудят же всю лабораторию разом? Никогда такого не слышал. Да и не суда же боятся Петр, лысый майор?

Я подошел к Косте.

— Подожди, — сухо сказал он. Он сидел, обхватив руками голову, и глядел прямо перед собой в чистый лист бумаги. Особенно был бледен и бел высокий его лоб: Костя думал, Костя тоже что-то понимал. Я подождал, но он так и не поднял головы.

В лабораторию вошел выглянувший было на шум угрюмый майор.

— Генерал!.. Стренин... Стренин идет! И полковники! Все!

— Да не метушись ты! — рванулся к нему Петр.

— Я?.. А?.. Генерал идет!

— К нам? — спросила Зорич.

— Не знаю. Наверное... Куда же еще?

Зорич быстрым движением поправила шаль, огляделась, как перед сражением.

— Михал Михалыч... вы будете говорить? Или как?

Неслезкин молчал. Все смотрели на него и на Зорич, все знали, что лучше бы довериться ей, знали, как плохо изъясняется старик Неслезкин, а тем более с генералом, который с непривычки может вообще его не понять. Неслезкин молчал, и по его маскообразному лицу было совершенно непонятно, о чем он сейчас так напряженно думает.

— Будете вы говорить с ним, Михал Михалыч? — спросила в нетерпении Зорич.

Шаги, звуки шагов приближались. Все замерли. Ближе... совсем близко. Группа людей прошла мимо нас.

Зорич подошла к Неслезкину и что-то тихо объясняла.

Угрюмый майор опять выглянул из дверей:

— Стоят!.. Около соседней НИЛ.

— Может, он прошел? Не заметил?

Петр крикнул:

— Прошел, так позовем! Нас ожидание не устраивает!

— Верно, — сказал лысый майор.

— Ой, боже мой. Пусть уж в конце концов все скажут.

— Конечно. Надо привести его!

— Ну, товарищи? Кто пойдет?

Говорили все, но все чего-то недоговаривали. Я слушал и никак не мог понять.

— Валентина Антоновна...

Зорич сказала:

— Тише... Михал Михалыч, если вы не против, я, конечно, пойду и поговорю. Ждать ведь нечего: все ясно.

Неслезкин молчал. Я вдруг глянул на него, на Зорич, опять на него, и от услышанного «все ясно» меня кольнуло: Зорич как-то быстро скользнула по мне глазами.

— Ну так как же, Михал Михалыч?

Неслезкин, не ответив, медленно пошел к двери.

И Зорич и другие растерялись от его тихой решимости. Они как бы замерли. А я пошел следом: я хотел слышать, я хотел понимать.

Едва я вышел, стало ясно, что слышать и понимать будут все, не только я. Генерал, окруженный свитой в пять-шесть полковников, стоял совсем близко от наших дверей, а дверь приоткрыли. Я видел генерала и раньше: невысокого человека, с брюшком, с красным энергичным лицом, с красными лампасами на брюках.

Стренин был недоволен, раздражен, и, может быть, не стоило обращаться к нему именно сейчас. Он резко отвечал высокому полковнику, который в чем-то оправдывался. В коридоре было прохладно.

Маленький толстенький Неслезкин подошел к этой группе. Он заговорил, и сначала я не слышал их слов.

— ...Вот я и спрашиваю вас: кто виноват? Кто?! Я вас спрашиваю или мы в молчанку играем? — резко вдруг повысил голос Стренин.

— Это непросто... так сказать...

Генерал закричал:

— Все непросто! Все в мире непросто! На то вы и начальник, чтобы знать! Вы начальник лаборатории или вы тряпка? Я с вас требую так же, как требуют с меня. Кто виноват? Причины?.. Почему произошла авария? Почему погибли люди? Ведь не бочки сгорели!..

Генерал был взбешен, не глядел по сторонам, не думал о проходящих и слышащих, он был хозяин, и к тому же все словно сговорились сегодня раздражать его: что он, этот Неслезкин, разве он слова сказать не может?

— Это ведь не бочки, не две фишки сгорели! — повторил Стренин, почувствовав хорошее выражение. Он говорил и не глядел на полковников, на свою свиту, он и так отлично знал, что все они — рядом, видят, слышат, думают, как он.

— Все так. Хорошо... Но как же нам-то... — начал Неслезкин.

— Как то есть хорошо? — сорвался на фальцет генерал и тут же оглянулся на полковников, призывая удивиться и, может быть, возмутиться этим человеком. — Как то есть хорошо?! — крикнул он так грозно, что у любого из наших, затаивших дыхание там, у приоткрытых дверей, дрогнула бы душа.

Но у Неслезкина, дрожал он или не дрожал, был только холодный и равнодушный голос, давно им приобретенный.

— Да-да... нехорошо... оговорился...

— Так кто же виновен? Разве вы не знаете? — торопливо и в помощь, обгоняя генерала, спросил один из полковников.

— Знаете... они такие молодые, — сказал Неслезкин.

— Кто? Кто все-таки?

— Совсем молодые...

— Кто? Конкретно?.. Фамилии? — любезно помогал полковник косноязычному начальнику лаборатории.

— Их двое... молодые ребята, — продолжал свое Неслезкин. Он будто не понимал, он будто жаловался и призывал этих людей посочувствовать ему: уж очень они молоды, просто беда как молоды! Вот, дескать, принимай на работу таких юнцов... Когда он сказал «двое», я почувствовал, что сигарета прилипла, присохла к моим губам: вспомнилась разом та ночь, вспомнились цифры и смех, оладьи и подписи «Белов», «Князеградский» в нижних углах расчетных листов.

— Надо выяснить! Давно надо было взять и выяснить! — раздраженно, хотя и стараясь сбавить голос, сказал Стренин.

— Я знаете, думал... я тоже думал: покричу, и все станет ясно.

У Стренина сжались челюсти. Два полковника переглянулись.

А Неслезкин продолжал бесстрастно, монотонно:

— Я тоже думал... но ведь расчет не у нас. Нет его...

— Выясняйте! — обрезал его Стренин с той энергичной краткостью, которая появляется у начальников, когда они принимают радикальное решение. По тону чувствовалось, что он, Стренин, в деле разобрался и что ни минуты больше он этому делу не уделит.

— Выясняйте! Дело подсудное, нешуточное. Вы должны были уже утром выяснить.

И хотя Неслезкин и мы все узнали о несчастье благодаря случайному визиту Худяковой, хотя Неслезкин подошел к генералу сам, а не наоборот, все равно полковники и генерал чувствовали, что Неслезкин не прав, по крайней мере нерасторопен.

— Чтобы сегодня же было все выяснено! Пошлите кого-нибудь из этих путаников на полигон за материалами. Командируем... Там на них посмотрят как надо! Больше не будут ни путаниками, ни очень молодыми!

Стренин уже не кричал, а только оставался сердитым и давал советы, как человек, которому легче решать с высоты положения.

Он хотел было уйти, но вдруг опять обернулся:

— А-а... вы ведь Неслезкин. Я как-то упустил из виду. За Георгия Борисыча, значит. Ну ясно, ясно. — Стренин, видимо что-то вспомнив, резко повернулся к полковникам, призывая понять, оценить и простить: — Это, товарищи, новый начальник лаборатории. Так что некоторые неясности неизбежны.

Полковники закивали.

Неслезкин сказал:

— Я временный... начальник.

Стренин уже совсем доброжелательно поправил:

— Да нет. Вы теперь постоянный. Георгий Борисыч ходатайствовал перед отъездом... Разве вы не ожидали? Георгий Борисыч сказал, что полностью ввел вас в курс дела.

— Он говорил, — сказал Неслезкин.

— Так что впрягайтесь в хозяйство. До свиданья.

Плохо и невесело начинать с подсудного дела, но уж так... так пришлось. Виновных нужно наказывать.

Генерал двинулся по коридору, окруженный могучей порослью полковников. Он шел неторопливо. Красные лампасы гнулись медленно, ломались при каждом шаге.

Неслезкин стоял и смотрел им вслед. Георгий, когда уходил, предупреждал, что Стренин любит покричать, Георгий рассказывал, что Стренин прекрасный руководитель и вообще милый человек, но только он считает, что лучше перекричать, чем недокричать. Он, Неслезкин, забыл это. Он, кажется, что-то не так сказал генералу...

Неслезкин стоял и смотрел перед собой невидящими глазами.

Я подошел к нему:

— Михал Михалыч.

Старик не отвечал. Он глядел на меня почти в упор. И все-таки не видел. И кругом тишина коридоров. Без шагов, без голоса. «Да, да, да», — выговорил старик, и какая-то странная улыбка на секунду мелькнула на его лице: он вспомнил, подумал о ком-то... И страх вдруг охватил меня.

И когда из лаборатории вышли разговаривающие сосредоточенные Костя и Петр Якклич, мое маленькое «я» забеспокоилось, задрожало и рванулось к ним.

— Костя! Костя!.. Как же теперь? Как же?

Костя поморщился, увидев мое состояние.

— Давай без паники хотя бы, — сказал он и продолжал говорить Петру: — Так вот, Петр Якклич. Нужно использовать все возможности. Мы пойдем сейчас...

— Костя. Нет!.. Костя! — перебил я, хватая его за руку. — А я, Костя? Подождите!

Костя сам нервничал и, видимо, представил на секунду, что вдруг ему придется разделить со мной мое состояние. Его даже передернуло.

— Брось, Володя, — сказал укоризненно и Петр.

Они собирались куда-то идти, и я тоже хотел, и цеплялся, и мешал им:

— Костя, Костя...

— Да отстань ты! — резко сказал он. — Смотреть противно! Что ты как баба!..

Они пошли, они уходили все дальше. И тогда я побежал за ними.

— Костя! Костя-а-а! — Я бежал и, казалось, кричал на весь коридор, и жутким эхом отдавался в ушах тоннельный крик наших узких коридоров. Я бежал, бежал все быстрее... Они скрылись за поворотом, но я мог бы еще догнать. Я стоял и жалобно, беззвучно повторял: «Костя, Костя», еле слышно, а в ушах гремело и гремело умолкающее эхо коридора, и казалось, что я бегу, бегу легко и быстро... бегу и догоняю его.

Но это было прежнее «я». Оно могло бежать за Костей, могло просить помощи. А я глядел в лицо Неслезкина и понимал всю неизбежность случившегося. Я стоял спокойно. Ошибся. Значит, все-таки я ошибся. И далеким всплеском мелькнуло на секунду разбитое в кровь лицо мальчишки восьми лет, которого «поймали» на воровстве. Плачущий, в изжеванной фуражке с огромным козырьком, мальчик сплевывал и сплевывал кровь сквозь зубы и ишарпанные махоркой десны.

Я стоял, глядя на тихую улыбку Неслезкина, и, когда Костя и Петр Якклич вышли из лаборатории,

150

я не побежал за Костей. Я и подумал об этом лишь на секунду. И спокойно пропустил их мимо себя.

— Ты в самом деле надеешься что-то выяснить? — говорил Петр Косте.

— Надо испробовать, по крайней мере, — отвечал Костя.

3

Не было уже первой растерянности. В лаборатории стояла неловкая тишина, в которой нужно было назвать виновного.

Все молчали, Зорич нервничала и торопила события:

— Нужно решать. Все всё слышали, и нужно решать. Все помнят настойчивое желание нашего обожаемого генерала, — иронически скривила она губы, прохаживаясь этакой натянутой струной между столами.

Угрюмый майор что-то тихо сказал Петру. «А что мы можем?» — ответил Петр Якклич тихо. Худякова... Ее испуганные глаза. Хаскел, приготовившийся к самому худшему. Лицо Эммы. И опять лицо угрюмого майора, лицо готового к неравному бою солдата.

Я один понял и принял случившееся. Понял, что ошибся в счете, что меня «поймали», поймали, как того мальчишку. Я как будто давно ждал этого. Как будто все эти годы ждал, что разлетятся временные иллюзии, и я опять буду там, в своем детстве.

Мне стало легче, когда прошел испуг, прошло ощущение маленького «я», ощущение лягушонка, на которого рухнул трехэтажный дом. Мне стало легче, когда пришла ясность. И авария, и гибель людей, и суд, и наверняка признание и подтверждение моей ошибки в счете. И моя старенькая мама, которая примчится, если не умрет по дороге, — все было отчетливо и просто, как в тишине шаги Зорич... «Им» в суде этого не понять. Теперь для них уже все просто и конкретно: виновен. Можно, конечно, поплакаться, рассказать, как я крал лепешки у старого конюха. Многое можно рассказать. Как я забрался через трубу и как конюх вдруг вернулся. Как я тихо-тихо сидел у лошадей, у их мускулистых ног, и делил тринадцать лепешек на две части, чтобы одну часть оставить здесь, на случай, если поймают. Чтобы не убил он меня, чтобы пожалел он, конюх, который не подозревал о краже и насвистывал сейчас. Он грелся. Стоял у печурки; руки мои дрожали, я все складывал и делил лепешки, и тринадцать все не делилось на два, и я думал, что ошибся в счете. Лошади фыркали, они не умели позвать или не хотели, и правая от меня, вороная, тянулась доброй мордой к лепешкам, к этому счастью, печенному из картофельного гнилья... Можно, конечно, рассказать. Толку-то? Война для всех война, а жалостных историй и без меня хватает. Большой город слезам не верит.

Вокруг молчали, всё еще не решались указать, ткнуть пальцем на нас с Костей. Все помнили, как, и в какой день, и в какую ночь взялись мы за эту несчастную задачу. Они старались не смотреть на нас, а Зорич все расхаживала и расхаживала — как совесть, как долг.

Костя сидел невеселый, уголки губ книзу. Бедный Костя. Ему-то и вовсе не за что: конечно, выяснится, что виновен я, но какой удар по репутации! Прощай, НИЛ-великолепная!

Такой талант, только-только вырвавшийся на широкую дорогу! Большой математик в самом бли-

жайшем времени, любимец и надежда семьи...
И отец, и мать, и Неля, и бездна соседей и родственников не сомневались, что его ждет известность, слава. Всегда в любой компании все, не сговариваясь, чувствовали, что имеют дело с ярким, талантливым человеком. А в счете Костя никогда не ошибался, никогда. Я вспомнил вдруг его откровенные слова. «Знаешь, — говорил он, — меня это даже тревожит. Говорят, талант безразличен к мелочам, а я как-то невольно, как скряга, слежу за каждой цифрой. Даже любуюсь, честное слово. Только ты не болтай об этом, хорошо?..»

И все расхаживала Зорич, и молчали остальные. И Костя молчал. Он знал, что не мог ошибиться, но молчал. Зорич подошла к Неслезкину:

— Нужно решать, Михал Михалыч. Генерал ждет.

Неслезкин молчал.

— Михал Михалыч, поймите. Дело срочное, Стренин это подтвердил. У меня лично сомнений нет. Вы, конечно, начальник, но если вы будете продолжать покрывать...

— Я... думаю, — выговорил Неслезкин.

И опять та же тишина и шаги Зорич.

Петр Якклич сказал негромко:

— Д-да. Свалилась на нас беда-бедуха. Каждый мог попасть под такое.

— Мы предупреждали. Иван Силыч как их предупреждал. Просил!.. Уверен, мы бы легко справились на следующий день, уверен, — заговорил лысый майор.

— Переста-ань, — мрачно процедил Петр. — Перестань. Никто не застрахован от такого. Случись это с тобой или со мной, я бы бровью не дрогнул. Но они же пацаны!

Худякова встрепенулась:

— Я бы умерла, если бы я... Умерла бы!

— Товарищи! Нужно решать! — громко отчеканила Зорич.

И мне стало вдруг приятно, что я — а не они и не Костя, — я виноват. Я уйду, а они останутся. Уйду как последыш войны, ненужный, мешающий людям. Это не мистика. Я давно знал это... И чтобы не выслушивать Зорич, которая сейчас будет говорить правду о том, что Белов всегда был таким, — она, единственная из всех, учуявшая и угадавшая эту правду с первого дня, ведомая матерой своей интуицией... и чтобы прервать ее логику, логику и страсть охотника, загнавшего наконец-то зверя в угол, я встал.

— Что же тут решать, Валентина Антоновна. Все знают, что виноват я.

Я сказал это просто. Я сказал это с ясным сознанием их правоты и, чтобы не красоваться в позе жертвы, чтобы дать им сказать все, не стесняясь, без меня, вышел.

4

Прошло больше часа.

Я увидел, как из лаборатории вышли Зорич и Неслезкин. За ними шагах в двух шел Костя. Он шел медленно. Головы всех троих — две седые и светловолосая — чуть белели в полутьме коридора.

Свернули, вошли в кабинет Г. Б. Оформлять, понял я, и неторопливо зашагал туда же. Дверь была открыта. Я стоял в дверях и видел их хорошо: они стояли у стола — у большого стола Г. Б. Я слышал, как пророкотала Зорич:

— Вся лаборатория считает так. Костя не мог ошибиться. Почему же не записать это? Удивляюсь вам, Михал Михалыч.

Неслезкин молчал.

— Это решение лаборатории, а не пустяк!

Неслезкин молчал. Костя тоже молчал. Они стояли ко мне спиной.

— Может быть, вы хотите, чтобы мы прямо написали, что виноват Белов?! Может быть, я не так вас понимаю?

Опять молчание. И наконец холодный голос старика:

— Нет... нехорошо... Пусть привезут расчет.

— Ладно, пусть привезут, пусть! Но то, что Костя не виноват, мы просто обязаны отметить. Это общее решение. Итак, мы официально заявим, что виновного можно найти только после командировки туда и проверки... и недвусмысленно отдельно напишем мнение лаборатории о Косте, о том, что он не ошибался, был безупречен и все остальное. Это будет справедливо!

На чистом листе зеленоватой официальной бумаги уже лежала голубая авторучка, похожая на плывущую акулу. Зорич начала писать: «...приняла решение, что младший научный сотрудник Князеградский...»

— Тут, Костя, вставишь год рождения и прочее... Тут указано.

Костя стоял молча. Он не глядел, что она там пишет, он как бы отвернулся от этой кухни. Он как бы договорился сам с собой, что не скажет ни слова.

Не отрываясь от письма, Зорич говорила:

— Мы сделали совершенно необходимое: вдруг с Беловым случится что-то? Вдруг он выкинет вы-

данные ему там бумаги и скажет, что потерял? Вы
его плохо знаете, Михал Михалыч. Это страшный
тип, издерганный, нервный, он в первой уборной
выкинет бумаги! И доказать его виновность будет
невозможно. А потеря бумаг ему сойдет: молодой,
первый год на работе и тому подобное... А он должен ответить за все! — Голос Зорич дрожал, и руки ее тряслись.

Она спешила, гнала строку за строкой, и носи-
лось над бумагой срезанное акулье рыло голубой
авторучки.

Потом поставила точку. И еще раз предложила
пойти с этой бумажкой «прямо к генералу», и Неслезкин сказал: «Нет, нет». Он повторял «нет, нет»
и опять мял галстук, опять словно нащупывал что-
то в этом темно-ржавом лоскутке у своего темно-
ржавого лица. Он повторил это раз шесть или
семь, пока Зорич не надавила как следует, сломив
наконец мягкую нотку его власти.

— Ну что ж... — вздохнул Неслезкин.

И подписал.

Я отошел от двери: им было бы неловко видеть меня. Я зашагал по коридору. «Что ж ты и слова за меня не сказал, Костя? Ни слова... Ты, конечно, прав:
хоть один из нас да уцелеет, тем более что мне все
равно не дали бы такой вот реабилитирующей бумаги. Да мне и не нужно ее. Я, конечно, напутал в расчете, но чего не бывает в жизни, Костя? Вдруг не я?»

Я видел, как он вышел из кабинета. Это была
твердая походка. Он не опустил глаз, не оглянулся:
видел ли я? знаю ли я? Он был прав. Он не стыдил-
ся. Как можно, чтобы в его блестящей, предназна-
ченной для великого жизни стряслось, случилось
что-то опрокидывающее, несправедливое?

Я ушел на этаж выше, чтобы никого не встретить, но, когда остановился у пролета и закурил, увидел внизу другую группу.

Если предыдущая троица воплощала логику и разум, то внизу, этажом ниже, у пролета бушевали страсти.

— Я готов за них растолкать всех, кто будет у его дверей! Это же дети, дети! — кричал Петр Якклич. Он кричал, рвался, а лысый майор цепко держал его за руки.

— Поэтому вам и не стоит идти, Петр Якклич. Иван Силыч прав: нужно идти одному. Генерал не любит групповых приходов, да и кто их любит?

Петр вырвался и взмахнул рукой:

— Вы будете целый час решать! Иван Силыч обожает Стренина, а я готов на все, если будет надо!..

— Я пойду. Парни честно работали, — прозвучал тихий голос. — Я пойду, — повторил угрюмый майор.

Он стоял как раз подо мной у перил, в двух шагах от взрывающейся шевелюры Петра и блестящей головы лысого майора. Он сказал это тихо, но твердо, и стоящие рядом подчинились. Подчинились его признанной репутации безукоризненного работника: лучшую кандидатуру трудно было найти.

— Я пойду, — повторил угрюмый майор. — Генерал иногда заговаривал со мной, болтал по-приятельски...

Он зашагал вниз по винтовой нашей лестнице. Затянутый в мундир, гордо подняв голову, он четко шагал, спускаясь и кружа вокруг пролета, и сверху казалось, что он несет генералу Стренину свои нелегкие годы и нелегкие свои погоны.

Петр и лысый майор, все еще споря, ушли. Я стоял и глядел в пролет. Примерно через полчаса угрюмый майор поднялся вверх по той же самой лестнице.

5

Когда я вернулся в лабораторию, начались какие-то неловкие разговоры. Сначала просто говорили о дороге, о поездках. О погоде, какая стоит сейчас в районе испытаний.

Около Кости остановился лысый майор и долго смотрел, как Костя пишет.

— Работаешь? — спросил он. — Ну ничего, работай. Работай.

Худякова тихо заговорила:

— Не очень-то волнуйся, Костенька. Уж мы постоим. За вас обоих... Мы-то знаем.

— Ты свою задачу готовишь? Оформляешь? — все суетился лысый майор. — Для НИЛ-великолепной? Они ведь собирались публиковать, да? Это большое дело. Задачу свою готовишь, да, Костя?

— Да, — резко сказал Костя и поморщился.

Лысый майор перешел ко мне:

— Ты тоже, Володя, не волнуйся. У тебя же есть задачи. Как свободное время, так и порешай немного. И в дороге можно решать...

Мне стало тоскливо от этой деликатности.

— Д-да. Дорога не шутка, — говорил кто-то.

Лысый майор смущенно улыбался:

— Ерунда. Нужно только чувствовать себя хозяином в поезде... Даже весело бывает.

И Петр, глотая комок в горле, заторопился:

— Еще как весело! С одной женщиной я как познакомился? Упал на нее с вагонной полки... Шел, слышишь, Володя, встречный и дал гудок во всю мощь. Я, сонный, так и грохнулся вниз. Там не то в карты жульничали, не то курицу ели. А какая женщина оказалась! Ты, Володя, конечно, любишь рыжих женщин?..

— Еще бы, — стараясь улыбаться, отвечал я. Я смотрел на угрюмого майора. Иван Силыч молчал. Ему сейчас было нелегко: его даже не пустили в приемную генерала. Сказали, что некогда.

— Да... Дорога — дело долгое, — сказал лысый майор и потрепал вдруг меня по плечу.

Я понял. Ехать туда, где еще не похоронили... Где их семьи, их дети.

Я сказал негромко:

— Значит, я должен ехать? Суток трое туда? Так, кажется?

И опять все заговорили про поезда. Только про поезда.

Я повторил:

— Значит, я?

— Да, Володя... — сказал Неслезкин. Он подошел ко мне: — Привезешь расчеты. Мы... посмотрим.

Ему трудно было говорить. Как всегда.

— Да, да, — заговорили все. — Съездишь и привезешь расчеты. Через неделю будешь здесь. Что же делать, если Стренин уперся? А через неделю будешь здесь.

— И не унывай, Володя. Может быть, все обойдется. Мы здесь будем начеку. В обиду не дадим.

— Михал Михалыч в обиду не даст.

Что-то такое спешил сказать каждый, будто они боялись, что я упаду в обморок. Они говорили, улыбались, и было ясно: если ты и окажешься виноватым и если все это будет доказано, все равно, Володя... уж мы постараемся. Но ехать надо, сам понимаешь: уж так получилось, Володя. Не вини, брат, нас очень...

Жизнь есть жизнь, и под конец, когда стали расходиться, они невольно почувствовали некоторое облегчение: все стало ясно, все стало на свои места. Белов не скандалил, Белов привезет расчеты, найдут ошибку, и... видно будет. Может, обойдется. У каждого были родные, знакомые, дом, и все торопились.

Все торопились. Костя ушел первым, сразу после звонка, ушел, ни с кем не попрощавшись.

6

Я остался один. Пустая лаборатория. Прибранные столы, потертые чехлы на угрюмых заночевавших «рейнах»... Я так и не встал со стула: зачем мне ехать домой? Стоя, трястись в автобусах, и ради чего? Я и здесь заночую, и здесь не будет более одиноко, чем там. Какая теперь разница.

Не повезло мне. Почему? Почему, мама?.. Ладно я, но неужели ты, старенькая, приедешь, примчишься сюда в Москву и будешь искать меня, толкаться среди людей и спрашивать, где и что?..

Ты ведь на меня надеялась, учила. В тот год, лежа на больничной кровати, не в силах подняться, просила поднять свои слабые руки и положить мне на голову... и говорила: «Учись, сынок... учись». И после гордилась перед соседями, что сынок окончил университет, стал работать «на хорошей работе». Старенькая, дряхлая моя. Что ж не научила ты меня, чтобы мне везло?.. Теперь, разумеется, остается плакать и повторять соседям, что это плохие товарищи испортили твоего сына. Я слышу голос:

«Плохие друзья... знаете, в компанию попал... втянули его... вино, карты... а потом открутились, вывернулись. А он ведь у меня вспыльчивый... он, как голубок, чистый — все ведь его знали...» И соседки будут согласно кивать тебе...

Я услышал сухое характерное покашливание. «А-а... учитель жизни», — подумал я, криво улыбаясь. Это там, за стеной, в кабинете Г. Б., стоя у раскрытого окна, кашлянула Зорич. Наверное, опять не захотела возвращаться рано в пустую свою квартиру.

Зорич была одна. Она не стояла — она сидела в кресле у окна и слушала радио. Репродуктор бубнил. Я слышал уже утром отчеканенные медным баритоном заявления правительств о том, что глобальной войны не будет. Они сказали... Теперь же комментатор обычным голосом разжевывал, объяснял. Зорич внимательно слушала.

Я переступил с ноги на ногу.

— Можно, Валентина Антоновна? Я на несколько минут... Я хочу поговорить с вами, — робко произнес я.

Я подал голос только тогда, когда комментатор смолк и Зорич, медленно подняв руку, выключила репродуктор. Откинувшись в кресле, старуха смотрела в окно, в какую-то далекую точку. Зорич подняла голову на голос: она не удивлялась, как многие постаревшие люди. Она глядела на меня, потом увидела меня, и лицо ее было чуть мягче обычного.

— Садись, — сказала она.

Дрогнувшим голосом я заговорил:

— Вот и все, Валентина Антоновна... Все кончено. Конец. Хочу только, чтобы вы поговорили со мной, посоветовали. Вы ведь правы оказались: я ведь маленький человек и должен был сидеть смирно и не высовываться. — Сглотнув комок, я тихо продолжал: — Вы и в другом были правы: я с детства такой. Меня отравил этот анчар.

— Анчар?

— Ну да. Древо яда.

— Война, что ли?

— Война. Для кого-то она кончилась, а для кого-то нет. Я этот яд ношу в себе с детства. Ношу и, кстати сказать, добываю тоже, такая профессия... А теперь вот конец. Сработало. Простите за высокопарность, но... помните у Пушкина... «Принес — и ослабел, и лег», и дальше — главное. Вы помните, как там дальше?

Она сказала:

— Я помню.

— Помните?.. Вы, значит, не будете судить меня строго?.. Да, я маленький человек, нервный, озленный, отравленный... Но вы... умная женщина... скажите же, посоветуйте, как жить маленькому человеку? Как жить, когда могут опять повториться те дни?

Зорич пристально смотрела на меня. Что-то переменилось в ее лице, смягчилось, а глаза смотрели еще зорче, еще пристальнее.

— Это хорошо, что ты стал такой, — сухо сказала она наконец.

— Помогите мне, — просил я. — Вы ведь поживший, умудренный человек. Вы много видели. Как мне жить, зная, что над головой висит эта глыба?..

— Не только над тобой. Люди верят...

— Я понимаю, я не спорю. Значит, верить? Только верить, что кто-то спасет, кто-то придумает? Народы мира... — Голос мой упал до предела. — Так и жить, да?

Я говорил; кроткая иконоподобная мама стояла перед моими глазами, будто и за нее я говорил тоже.

— Я не знаю, Володя, — сказала Зорич. — Я думаю, ты честно говоришь, и я... честно тебе отвечаю: не знаю. Мне самой тяжело.

Щеки ее всколыхнулись: она заплакала. Это было неожиданно. Две крошечные, как ртутные, слезинки блеснули и покатились по иссохшему лицу. С замиранием я спросил:

— Как же жить мне? Я убил людей, даже имен их не узнав. Вы все-таки прожили уже жизнь... Тяжелую, но для вас дорогую, близкую. А я?

— Не знаю, дружок, — сказала она.

Мы молчали. Она вытирала слезы и глядела в окно, ничего не видя. Висела над нами тишина кабинета. Тикали стенные часы.

— Не знаете... — Я вздохнул. — А зачем же учили меня жить?

Она испуганно глянула на меня. Белый платок замер у дымчатой шали.

— Зачем же вы пытались учить меня? Как жить, не знаете, а учите. Ведь это нехорошо. Это бесчеловечно. Вы ведь, в сущности, не учили: вы хотели, чтобы я, другой и третий... чтобы миллионы стали ровными обструганными пешками? Вы ведь этого хотели?.. А вы правда хотели, чтобы я стал лучше? Хотели ли вы этого?..

Лицо ее, трясущееся, бледное, собралось в сплошные морщины.

— Ты... ты смеяться пришел надо мной?

Она встала. Она пошатнулась и рукой, белым своим платком оперлась о стол.

— Ты... ты пришел смеяться над старым человеком! — Щеки ее прыгали, глаза метались. — Ты издевался, паясничал! Я знаю тебя. Я не ошиблась в тебе! Ты пришел издеваться, смеяться...

— Не кричите, — холодно выговорил я. — Я пришел, чтобы помочь вам досидеть до десяти часов. Чтобы вам не было так одиноко.

У нее даже голос перехватило.

Я вышел и молча смотрел, как зашагала, поплелась она домой расслабленной походкой. Я смотрел на сделанное зло, и не было во мне раскаяния.

«Шагай, — думал я, — шагай!..» Я помнил других учителей. Что бы мне сейчас о них ни наговорили, что бы я ни узнал о них, для меня они навечно такие, какими их помню. Я помнил завуча школы, который приглашал меня, оборванного мальчишку с бандитским нравом, к себе домой играть в шахматы и всегда кормил. Шахматы были поводом — он так и не научился прилично играть, а я так безжалостно громил его раз за разом. И я ведь видел, что ему наплевать на шахматы... В белой рубашке, стоя над доской, он курил и просил детей своих помолчать, чтобы «Володя не спешил и обдумал ход как следует». Потом он говорил: «Лида! Дай-ка нам перекусить после трудов!» И сейчас я помнил его именно таким, в белой рубашке, доброго и, по моим понятиям, святого, хотя он не был святым.

Я сидел на своем рабочем месте, на котором сидел год. Один год... Солнце где-то садилось, а здесь темнели стекла. Я смотрел на свой «рейнметалл», на свои бумаги. Я уже не ждал, что вернется Костя. Я просто сидел.

7

Уже темнело, когда вошла Эмма.

— Еле пропустили, — сказала она. Придвинула стул, села напротив. — Тебе нравится моя новая прическа? — спросила она хитро и ласково. Она достала маленькое зеркальце из сумочки и заглядывала в него немного сбоку, стараясь поймать прядь у левого виска. — Ну скажи... нравится или не очень? — переспросила она чуть капризно мягким грудным голосом. — Я ведь только вчера подправила. Самую чуть. Кто говорит — хорошо, кто — не очень, ты так вообще не заметил. Когда разные мнения, очень хочется узнать наконец, как оно на самом деле...

Она говорила, сосредоточенно поглядывая в зеркальце, она шутила, а я сидел, молчал как истукан. Она начала хлопотать, вынимать из сумочки бутерброды с ветчиной, какие-то булочки. Она раскладывала все это на моем столе, сдвинув и потом совсем убрав бумаги. Она расставляла все это аккуратно, красиво, как ей казалось. Она будто накрывала большой стол и следила за каждым местом. Она неторопливо говорила, что сегодня толком не ела, что с мужем поссорилась из-за пустяка, что он псих и она просто не знает, что с ним делать, и что она все-таки очень любит его... Она говорила, хлопотала вокруг стола, вокруг молчащего мужчины. Она заставила меня жевать, глотать, заставила открыть бутылку воды. И я вспомнил другой вечер, когда мы узнали, что отца больше нет на свете, и вот так же мама или кто-то из соседок хлопотали вокруг стола, покропленного смертью, и я помнил голос: «Это ничего... нужно жить. Возьми-ка вот этот кусочек колбаски».

Эмма прибирала.

— Хорошо, когда все чисто, когда нет крошек... Может быть, это мелочно, но ты согласен? — Она прибирала в полумраке, не зажигая света. — Надо все-таки убрать... что же ты молчишь.

Я кивнул головой: надо...

Она прибирала со стола, говорила, что приятно же, когда чисто, и что ей было бы неловко, если бы она знала, что даже в соседней, к примеру, комнате кто-то оставил крошки на столе.

Она старалась говорить о пустяках, старалась меня отвлечь, чтобы сейчас, глядя в ночь, я не думал о том, что мне предстоит. Постепенно до меня дошло это. Ах да. Я же герой события, о котором будут рассказывать друг другу из НИЛ в НИЛ, по всей организации. Виновник, на которого свалилось все... И как же женщине не прийти к такому человеку? Не успокоить? В эту минуту я не доверял ей.

— Иди домой, Эмма, — сказал я. — Скоро будет поздно, и тебя не выпустят.

Она даже обрадовалась:

— Я уже опоздала. И я не хочу, чтобы ты ночью был один. Боюсь...

— Иди, иди. Что скажет муж? Ты же его так любишь.

— Это мое дело, — сказала она.

Потом мы сидели в кабинете Г. Б., запершись и включив настольную лампу.

Мы сидели рядом на мягком диване. Я по ее просьбе переводил ей с английского какую-то статью. Мне было все равно, что делать. Статья лежала на наших коленях, на красной юбке Эммы, особенно красной в бледном свете настольной лампы, и дальше были на два пальца приоткрытые ее колени. Эмма стала говорить: она уверена, что это не я ошибся. Что вот я поеду на полигон, и все выяснится. Я тупо глядел в английский текст и отвечал безвольно: «Да... поеду. Посмотрю... Да. Выяснится, конечно... Да, чтобы осудить, нужно будет доказать».

Совсем близко затопали в коридоре сапоги: шли караульные. Я подступил к настольной лампе и держал руки под ее глазком. Шаги раздавались гулко. Эмма не выдержала, она пыталась помочь, беспокоясь за мои обжигающиеся руки, а не за эту слабенькую ленточку света под дверьми, которую не должны были увидеть караульные. «Я... я подержу...» — шептала она. Эмма стояла затаив дыхание, и я слышал, как торопятся крохотные Эммины часики.

Стихло.

— Давай-ка ложиться спать.

— А статья? Разве мы не будем заниматься?

— Спать, спать, — сказала она. Она разом стянула через голову черный свитер, не стесняясь, не сказав ни слова. Она сняла его усталым движением красивой женщины и тем же движением легонько кинула его на близкий стул: — Погаси лампу и не смотри... Я раздеваюсь. Иди к своим креслам.

Я молчал. Эмма устраивалась в темноте, шуршала простыней там, у дивана.

— Ложись, Володя. Тебе удобно будет на креслах? — Из далекого далека слабо-слабо доносился ее голос. И еще что-то она говорила...

А меня уже не было здесь. Мы с Левиком, которого Серега бил еще чаще, чем меня, лезли на бахчу. Ночь была жуткая. Мрачный черный плетень, с проделанным лазом. «Левик, потерпи, пожалуйста... Потерпи, Левик», — просил я. И потом мы разулись оба. Суетясь в темноте, связали драные, грязные носки, и он обмотал горло. «Потерпи, Левик. Не кашляй, нельзя кашлять. Я сейчас вернусь...»

— Ты будешь спать? Ложись, — донесся слабый голос Эммы.

А я уже полз, чувствуя землю телом. Мялась трава, крапива. Я приостановился, замер, вытянув шею. Прислушался. Пахла земля. Рыхлая, кучная... И, забегая вперед, я уже знал, что притаился сторож, и знал, что сейчас он начнет кричать, и боязливый Левик со страху полезет на дерево, и выстрел, и я бегу, обдираясь грудью о ветки... Я полз в сырой запах земли и паслена.

— Ты будешь ложиться? Что с тобой?

Эмма не выдержала. Ей вдруг показалось, что я сошел с ума или что-то в этом роде. Она подбежала.

— Володя! Володя! Что с тобой сделалось? — говорила она. — Мальчик мой! — Она обхватила руками мою голову. Ладонями, пальцами. — Володя!.. — Она трясла меня сколько могла и сжимала лицо в ладонях. Потом села на стул. Закутавшись в белую чистую простыню, так и не понадобившуюся умчавшемуся Г. Б., она сидела рядом со мной, плакала и все теребила меня. — Я ведь люблю тебя. Люблю, — говорила она. Луна в окне была слабая, белесая, расплывшаяся за стеклом. — И когда над тобой смеялись, я любила тебя. Как только ты у нас появился... В тебе было что-то необычное. Это потом ты стал другим. Зачем ты погнался за Костей?.. — Она торопилась говорить, ее голос настаивал. Луна в окне, уже не бледная, а желтая, смотрела как немая. — Костя-то выплывет. Умен! А ты? Куда уж тебе! В начале года я думала, что вот и мы пойдем с тобой в кино. Или на лодке позовешь покататься. — Эмма вытерла слезы уголком простыни. — Зачем ты связался с ним? Зачем вы схватились за ту клятую задачу? Схватились очертя голову, одни! К у д а вы спешили?! — вдруг выкрикнула она, словно почувствовав что-то своим женским чутьем. — Я ведь любила тебя, — повторяла она, лгала, конечно, выдумывала и тут же верила в то, что говорила. Она видела перед собой мальчишку, которому нужно помочь, который разбит, слаб и не видит проблеска.

Я резко встал, чтобы уйти, и луна в окне желтой и жирной линией пронеслась куда-то за плечо. Я сбросил сандалеты, и пошел босыми ногами к креслам, и слышал тихий Эммин голос, и вдруг не выдержал, и побежал, и уткнулся лицом ей в грудь, как к матери, и ничего мне больше было не нужно. Только вот так лежать и чувствовать тепло... Она уже успокоилась и повторяла:

— Глупенький мальчик... глупенький.

Я был в состоянии полной отрешенности; выбитый из колеи, я теперь спал и не мог заснуть.

Она понимала, что, если сразу, юнец может захлебнуться от счастья. Понимала и готовила свое приношение постепенно. Я просыпался. И она лукаво говорила, чтобы я спал, спал, спал — но не давала мне уснуть сразу. Она знала, что делать.

Утро следующего субботнего дня прошло тихо.

Билет был куплен, документы оформлены. Перед тем как отбыть, я заехал к себе домой. Марья Трофимовна, встретив меня, спросила, не болен ли. Не раздеваясь, я полежал в кровати оставшееся время, посмотрел фотографии. Они у меня хранились, точнее валялись, в чемодане: полчемодана фотографий, и больше там ничего не было. Мне стоило только выдвинуть его из-под кровати, и я лежа мог достаточно далеко летать на этих легких глянцевых крылышках... Я с удочкой; в ведерке (я это знал) пескари... мама, сравнительно молодая... вот родной дядька: он был сфотографирован на фоне одного из, несомненно, первых паровозов, откуда высовывался чумазый машинист... дядька был подвыпивши и делал рукой жест: гей, славяне!

На вокзале, на перроне, я бессознательно вспоминал несколько раз залихватскую дядькину улыбку.

ГЛАВА ОДИННАДЦАТАЯ

1

Была ночь, и вокруг была бесконечная ровная степь.

Я сидел на земле, на подмятой полыни, вбирая истрепавшимися брюками легкую ядовитую желтизну. Стемнело быстро. Я сидел, обхватив колени руками; глаза отсутствовали, растаяли, погрузившись в беспредельно черное поле. В правую щеку тянуло степной сушью. Теплым полынным настоем.

Я сидел, как дремал... Сзади за моей спиной была большая арка полигона с постовым, который не пустил меня внутрь; он только взял у меня документы и отдал кому-то, и теперь их проверяли, а я сидел и видел перед собой — без конца и без края степь. Арка была шагах в пятнадцати сзади меня.

Когда постовой брал документы, он все шевелил автоматом на уставшей шее и зевал: дело, видно, было привычное, поднадоевшее. «Ты зачем сюда? — полюбопытствовал он. — По контролю или врач?..» Он видел, что я молод, и спрашивал не церемонясь. Я сказал что-то сбивчивое, невнятное и ушел сидеть, ждать и глядеть в степь. И потом в темнеющей пустоте еще раз раздался его голос: «Ты звони им. Надоедай!» И он выразительно добавил про «них», чтобы мне, как ему думалось, стало легче. Не отходя от телефона, мы закурили; он угостил меня, жаловался на скуку и потом сказал, чтобы я отошел на свои пятнадцать метров.

И опять было тихо, одни цикады. Степь погружалась на глазах в густо-синюю, потом черную, потом черно-чернильную ночь. В трескотню цикад, в дрему... Я сидел, обхватив колени. Уже прошли первые быстрые мысли о старшине сверхсрочной службы, которого уже не было на земле, о его семье, детях, которые будут смотреть на меня. Уже прошло то состояние, когда невмоготу было ждать, когда хотелось пить или вдруг остро хотелось есть. Я хотел теперь одного: чтобы все это случилось скорее... я уже мог идти к ним после трех дней беспрерывного стука колес, трех дней тоски, одиночества, бесконечного укачивания и диких ночных вскриков паровоза.

Прошла и жуткая мысль, что я сделал большую ошибку. Глупый малый. Мне ли было тревожиться за всех, спешить, испытывать себя на прочность? Только сейчас я понял, оценил всю нашу с Костей детскую болтовню. Эмма права. Мне нужно было спокойно трудиться, спокойно любить, идти рядышком с другими где-нибудь в середине колонны. Идти, посматривать в небо, посматривать на соседей, может быть, напевать песенку и не думать и забыть о том, что кто-то прокладывает дорогу.

Пусть их прокладывают. Им легче. Когда детство у человека светлое, все неудачи кажутся ему временными: вот, дескать, пройдет еще немного времени, и опять все станет светло, как раньше! А если из детства и вспомнить нечего, то все равно, даже когда тебе везет, даже когда ты сам стоишь этого везенья, — все равно нет веры, а удачи кажутся случайными, недолгими. И именно здесь, в степи, где ветру лишь час какой-то лету до нашей степи, до нашей полыни, до моего детства, именно здесь вернулась ко мне, подстерегла меня неудача. Здесь все кончилось, где началось когда-то... «Где встанешь, там и ляжешь». Есть такая пословица. Жуткая, страшная, выбивающая землю из-под ног тех, кто начинал, как я.

Все было. Была и себялюбивая мысль, что я все-таки хотел жить как живой, а не как инвалид. Что я все еще держусь... И ведь сам не хотел тихо жить. Я, может, сам не хотел тихой любви Эммы, как не хотел тихой дружбы с милым Алешей. Я рвался вперед, за Костей, увлеченный гениальными прозрениями этого зеленого мальчишки. Я верил в него, я хотел помочь людям. И эта мысль, гордая и скрашивающая мое тоскливое сидение на полигоне, тоже прошла. Какие там для тебя прозрения?! Сейчас даже подумать об этом смешно.

И эта мысль о смехотворности наших прозрений тоже прошла, и я уже не думал о ней. Я вообще не думал. Я закрыл глаза, примирясь со степью, с этой полынной моей родиной, и со всем тем, что произошло. Минут пять я почти дремал. Я видел себя одним из половцев, хозяев этой степи... Половцы ехали, кто-то тянул бесконечную песню... Заутро нужно было встретить русских. Я ехал вместе со всеми, опустив поводья, понурив голову. Вокруг только ночь и мерное качание в седле... Потом я был русский дружинник из челяди князя. Мы сидели у костра и смотрели на огонь. На угли... И тоже пели. Заутро был бой, и я был молодой русский и сидел, не снимая шлема. И было хорошо оттого, что я такой же, как все, оттого, что мне не надо ни о чем самому думать и что завтра утром я всего лишь выполню свой долг, как выполнят все. И я не волновался уже и только глядел на угли. Щит мой лежал под боком, и я уже пригрел его. Песня затихла, и шлем был тяжел и тянул голову книзу.

— Белов! — крикнул постовой полнокровным голосом здорового солдата.

Я встал, чувствуя, как ударили снизу, тычком, мое сердце.

2

Специально пришедший человек провел меня внутрь, и мы зашагали по такой же черной степи. Земля была непривычна для моих ног, качалась буграми, выемками. И я вспомнил самый первый день моей памяти. Я шел тогда по комнате, я еще плохо ходил, переболев чем-то. Я шел, покачиваясь, к маленькой тумбочке, я лавировал по-детски, и комната качалась. Я подошел и сказал, тыча пальцем, деловито и важно, и мама должна была слышать: «Здесь... был... пряник!» Я выговорил эти слова и требовательно, с детской важностью глядел на маму. Мама вынула из шкафа пряник и дала его мне. «Больше пряников не будет. Вчера началась война...» Я очень обрадовался и, поговорив с ней об этом, пошел, осторожно ступая по лестнице, на улицу...

— Левее держи, — пред-
ложил шедший со мной бок о бок солдат.

Я уже привык к ночи, к бугристой толкающей
земле. И машинально пошел левее, мягко ставя ноги.

Мысли ушли на минуту к тем, к далеким. К ним.
Я знал, например, что все еще добивается приема у
Стренина угрюмый майор. Что он упрямо ходит и
ходит к нему под насмешечками секретарш. Я знал,
что делает Зорич. Я знал, что и как говорит сейчас
Худякова. Но еще лучше я знал Костю. До мело-
чей.

Он, конечно, тоже в эту ночь думал о своих бедах... Светлана плескалась в ванне, ей очень нравилось это, она каждый вечер плескалась. Костя слышал всплески воды, слышал, как она напевает, и
сидел в большой пустой квартире один.

Звонили родители, была прекрасная слыши-
мость. — Как жизнь, Костя? Как работа? — Хорошо, все в порядке. Все блестяще! — Смотри не за-
веди грязь. Чтобы к нашему возвращению не пришлось ее вывозить! Ха-ха-ха!.. — Я уже нанимаю
для вывоза машину! — Неля тебя целует много-
много раз. Она так загорела!..

Костя все еще слышал свой неестественно бод-
рый голос. Хорошо еще, что в его голосе достаточно мужества. Мужества-то хватит. Денег нет. Они
уезжали, и он сказал: «Конечно, проживу!» А деньги
вдруг потекли водой. Вчера четыре рубля в театр, в
тот день опять театр... Светланка совсем ошалела
от радости, и ему совестно и не хочется ее урезо-
нивать: она обычная в этом смысле девочка из при-
города — обычная, тянувшаяся за ломакой Аделью, — даже в своей наивной страсти за один год

посетить все театры и концерты, все то, о чем она так любила говорить. Теперь она оживилась, заторопилась, стала еще красивее; у нее вдруг прорезалось очень верное природное чутье ко всему красивому. Она как ребенок, обрадовавшийся незнакомым игрушкам, и просто преступно сейчас, в эти дни ее пробуждения, в их первые общие дни, ограничивать ее, сказать, например, что он, Костя, живет на свою невеликую зарплату, и еще припомнить ей, что, дескать, проигрыватель купили... Нет уж! У Петра пятерка, у майора занято двадцать... Светланка первая заметит, если он, Костя, продаст часы. Нет денег. А бегут и бегут последние счастливые дни. Ждет и приближается, надвигается главное. Приедет с расчетами Володя, и они оба мило пойдут под суд... Не знают родители, не подозревает Светлана.

Светлана позвала его. Он заглянул в ванную и увидел ее... Ах, хороша! Она закричала на него, и он тут же прикрыл дверь.

Она побранилась немного, сказала, что он некрасиво поступает, потом заговорила:

— Костя, давай купим вина! Именно вина. И потанцуем, а? Я так давно не танцевала. У нас дома пьют водку, а я ее ненавижу. Хорошо?

— Отлично придумано.

— Ты бы сходил, пока я поплескаюсь. Только купи, пожалуйста, легкого, хорошего-хорошего вина! И надо обязательно запомнить название. Не отдирай наклейки: ты ведь любишь отдирать! Ну, Костя. Ну, пожалуйста.

Костя одевался, слыша из ванной звонкий детский голос. Я знал даже оттенки его мыслей. «Две бутылки, — думал сейчас Костя, ощупывая в кармане мелочь. — Две. Хорош я буду, если принесу одну-единственную, как выздоравливающему».

3

Ее я обманывал больше других. Я тогда шел в школу, Шел первый раз, и было яркое сверкающее утро. Мама болела. И она попросила соседа, уже полного идиота, свихнувшегося, когда у него умерла жена, — мама попросила, чтобы он проводил меня в школу: ведь надо переходить железную дорогу!

Я был мальчик, с соседом мы подходили к насыпи, к полотну... Вдали показался товарный поезд. И этот сосед, взрослый, по моим понятиям, человек, сказал то ли в шутку, то ли всерьез: «Володя, давай, брат, ляжем под поезд. Гадкая жизнь, куда ни плюнь. Не стоит, брат, жить на этом свете! И ведь не больно...» Мы подходили все ближе. Поезд мчался, тяжелая черная махина летела на нас. Сердечко мое сжалось, мне было семь лет. А он крепко держал меня за руку. «Все равно умирать, — говорил он. — А тут раз — и готово. И не больно, Володя...» Я ни разу не пытался вырваться: со мной был старший! И потом, когда поезд с грохотом пронесся, и после, после первого дня в школе я все думал, все колебался: говорить ли маме?.. Тогда и обманул впервые.

А кругом был голод, дети умирали как мухи. И еще раз я испугался смерти, застряв в трубе, когда лазил в овощехранилище воровать гнилую картошку. Только там, застряв в печной трубе и боясь подать голос, задыхаясь в диком испуге тьмы и одиночества, я еще раз испугался и колебался опять: сказать ли маме?

Мама уже легла в больницу, я еще не жил у Ирины Васильевны; я знал все погреба, все сараи и наизусть помнил расположение удобных и неудобных базарных рядов.

Мы шагали по темной степи. Солдат шел не торопясь, загибал к длинной нитке фонарей. Фонари тянулись достаточно далеко, и около них угадывались домики.

Костя возвращался с вином. Он подумал о соседях, о ранних утрах, когда Светланка с такой осторожностью уходит отсюда: на площадке, где жили Костя и родители, были еще две квартиры. Интересно, высмотрели они Светланку или нет? Соседи у них хороший народ...

— Кто эта девушка, Костя?

— Смотри, напишем маме!

— Хоть бы познакомил нас. Мы ведь не чужие!

Они накинулись на него возле дверей, когда он входил с вином в руках. Все знают, все видели. Наверняка специально подкараулили.

— Это моя жена, — сказал Костя спокойно.

Он не колебался в такие минуты. Я знал, как смело и талантливо сумеет он сказать, если это нужно. Они даже глаза выкатили. Да?! Как же это им мама не сообщила, что Костя женился?! «Все равно поверите: деться вам некуда», — думал он.

— Жена? А... а мама? Как мама на это посмотрит? Надо же все-таки посоветоваться...

— Неужели жена? Уже три дня жена?

Костя спокоен:

— Мать знает. Торопилась на юг, не успела вам сообщить. Вы же видели, как они торопились.

Поверят. Не вполне, конечно; но приумолкнут, это точно. Хороший народ соседи, только денег взаймы не дают.

— Костя, когда выйдет работа?.. Костя! Отец говорил, что ты задачу решил. Говорил, крупную! Когда уж мы услышим прославленной твою фамилию?

— На днях.

Он закрыл за собой дверь.

Конечно же, они тоже в эту ночь не заснули. Сидели на диване, в квартире был мягкий полумрак. Светлана все ластилась к нему, и он целовал ее в глаза, все думая и думая. Она была притихшая, хотя ни о чем не подозревала. Он глядел на далекое бледное пятно зеркала, отчаяние не коснулось его. Он, Костя, такой. Он видит все как есть. Ему немного жаль своих планов, но это и все...

Ночь за окном, тяжелая, темная. Такая же ночь в степи, там, куда сейчас доехал, добрался Володя. Этот слабенький Володя. Для него, Кости, Володя давно уже был обузой; Костя все жалел друга и вот дожалелся, влип из-за него. Конечно, он любил Володю, но и презирал за слабость. Володя способен расслабить и размягчить кого угодно. Как дитя, любовался задачей, когда нужно было быстро ее решать. А как жалко он выглядел, когда Костя сообщил, что уходит в великолепную НИЛ. Да, не того он выбрал себе в попутчики... Сейчас, конечно, все это в прошлом, сейчас все перевернулось, но и сейчас Костя отчасти сожалел о том, что так долго нянькался с сентиментальным своим другом. И ведь эта напичканная чувствительностью натура приедет и будет обижаться. Попрекать... И, презирая его в эту минуту больше, чем когда-либо, Костя полез в карман. Медленно освободившись от прильнувшей Светланы, он вынул из нагрудного кармана зеленую официальную бумажку, в которую он должен был вписать год рождения и прочие свои достоинства (бумага могла ему помочь, бумага была справедлива), и порвал ее.

— Что это? — спросила Светлана, пробуждаясь.

— Так поступали мужчины нашего племени, — сказал с усмешкой Костя.

Он не боялся ничего. Плевать он хотел на эту бумажку.

Он вдруг вспомнил планы спасения мира и понял; и вырвалось разом:

— Как все это было глупо, как все это было по-детски!

И удивительно: он, единственный из всей лаборатории человек, не поддавшийся панике, единственный, понявший, что нужна жертва и что, сколько ни кричи и ни требуй он, Костя, все равно они пошлют того, кто слабее, кто им удобнее в своей слабости, единственный несюсюкавший и понявший сразу, что Белов должен искать силы только в самом себе, единственный трезвый — он, Костя, не мог никак заснуть.

Светлана встрепенулась, моргая глазенками.

— Володю ругаешь?.. Это того, у которого мы тогда были?

— Да, — сказал он. — Того самого.

4

Был у меня Бобик, паршивая, но любимая собака. Как раз приехал на неделю отец, раненый, и ругал меня за собаку: не до собак, мол. Он вообще ежечасно ругал меня и давал поучения оттого, что никак не мог отвыкнуть от окопов и привычных ста граммов, оттого, что сидел целый день со мной в комнате... Бобик, к счастью, был нетребователен, и какое же наслаждение было, идя из школы в группе ребят, крикнуть перед сараем: «Бобба!..» Перед сараем был огромный сугроб, и через этот сугроб, через белую махину, весь заснеженный, искрящийся, вылетал с лаем мой пес...

Солдат ускорил шаги, и я тоже машинально прибавил шагу. Мы подходили.

Филатовы решили наказать Бобика, грозились. У них было много детей, три курицы и больше ничего, и Бобик по глупости помял одну из них. Мне бы его отпустить, и пусть ловят, а я, замирая, запер его в сарае... И я побежал, опередил их и стоял перед дверью. Они легко отстранили, откинули меня, вошли, и Бобик лизал им руки. Они повесили его тут же, в сарае, где я кормил его, спал с ним. Я побежал, помчался домой: ведь отец приехал, я еще мог успеть!.. Дом был заперт. Ничего не видя, кроме этой запертой двери, я выбежал, и упал в снег, и стал биться головой. Отец подбежал: «Володя!» Первой моей мыслью было, что он будет бить меня: он мне запрещал садиться на снег. Я закричал, я все бился, а он держал меня на руках, прижимая к себе всей силой, не давая мне биться.

И потом сбивчиво рассказывал, что видел где-то

Бобика, что пес вырвался и убежал. Он утешал меня перед отъездом, после того как мы зашли к маме в больницу; он утешал, наспех и плохо придумав. Он не знал, что мы видимся в последний раз.

Отец уехал, меня занесло под Краснодар к Ирине Васильевне, к ее детворе. Они хорошо встретили меня...

Мы вошли в ярко освещенный двухэтажный дом.

— Сюда, — сказал солдат, указывая на дверь. — В эту толкайся. Да толкайся же сильнее!.. — И он ушел, как только дверь под моей рукой скрипнула и подалась.

Это был кабинет, хороший кабинет с диванами, с дневным освещением. Одна из ламп журчала, как тихий нудный ручеек, и я не сразу привык к ней.

За столом сидел человек в форме полковника, большеголовый, черноволосый.

Минуту он смотрел на меня молча, оценивающе, не приглашая сесть. И вдруг спросил с неожиданным участием и теплотой в голосе:

— Волнуешься? Значит, это ты Белов! Садись, садись.

Он оживился, стал говорлив, стал совсем не похож на того человека, который так пристально и настороженно смотрел на меня, когда я вошел.

— Да садись же! Они там тыкают-мыкают. Один туда, другой сюда... Я им говорю: да ведите же его прямо ко мне! Долго ждал?

— Да... кажется.

— Вот видишь! А у меня все равно ночь пропала. Значит, ты Белов? Скажи, дорогой... Зачем вам эти

Владимир Маканин

расчеты снова? Я просмотрел все, что вы хотите: глупость какая-то... я могу, конечно, выдать эти бумаги, но объясни мне по-человечески: Стренин кого-то наказать хочет? Упечь?

Он говорил бурно, торопливо и непрестанно улыбался.

— Не знаю... Ведь люди погибли, — сказал я, не очень понимая, что он говорит. — Ошибку найти надо. За этим вот я...

— Да подожди! — Он рассмеялся, он был оживлен, глаза его, переборовшие сон, блестели под смоляными бровями. И очень чувствовалось, что он хочет успокоить меня, что я, мол, еще ничего не понимаю в этих делах и не скоро, по его мнению, пойму. — Значит, ты Белов? Сколько же тебе лет? Двадцать?

— Двадцать три, — сказал я отрешенно и так же отрешенно поправился: — Скоро двадцать три.

Он повторил задумчиво:

— Д-да. Двадцать три!.. — И опять смотрел на меня с удивлением, жалостью и, как мне виделось, с явной мыслью: неудивительно, что у нас, мол, произошло несчастье. Тут же он просматривал бумаги, просматривал и опять поглядывал на меня.

Я молчал. Мне вдруг таким мелким показалось и то, в каком месте сделана ошибка, и вся его мышиная возня, и сам этот полковник, считающий себя большим человеком и старающийся успокоить. Я смотрел, как он возится в наших бумагах, я знал их, знакомые росписи в уголках, почерк Кости... Голос доносился ко мне, как будто этот полковник был за далекой стеной.

— Ты слышишь? Или нет? — сказал он наконец требовательно. — Я не дам вам эти бумаги! Все!

Я отозвался:

— Как же так... нам ведь нужно.

— Мало ли что вам нужно... А вот я не дам! И езжай завтра с богом! — Он хитро оглядел меня. — А ты знаешь, что это тебя собираются наказывать? Тут только твоя фамилия встречается. Твоя и еще одна... Знаешь ты это?

— Знаю.

— Так вот: у вас все правильно. А бумаги я не выдам. Вот так.

Я почувствовал — нужно говорить, нужно оторваться от тех далеких выхлопов детства, без которых сейчас я был ничто. Напрягшись, я сказал:

— Стренин все равно потребует.

— Что мне Стренин? — сказал этот человек бодрым голосом. — Пока я здесь начальник, этих бумаг он не получит! Понял?

— Понял... — сказал я и добавил: — Дайте бумаги... я прошу вас.

Он рассердился:

— Переночуй и езжай. Завтра же. Самолетом! Слышал?.. У вас все правильно в расчете! Я не успокаиваю тебя, и пусть совесть не тревожит и не трепыхается! Ты в нервное отделение захотел? Жаль их, конечно. Жаль старшину. Веселый, хоть и бестолковый был человек... — сорвался он неожиданно на иную ноту. И тут же встал, давая понять, что разговор окончен: — Ваши расчеты здесь ни при чем. Все, юноша! Все!

Я тоже встал.

— И завтра же. Самолетом! Нечего тебе здесь

толкаться! — крикнул он раздраженно и в каком-то озлоблении мне вдогонку. — Ты поглядись в зеркало, на кого ты похож. Черный весь!

Я вышел: солдат, что привел меня, стоял у выхода, я как-то машинально отметил, что солдат, оказывается, здесь, и вышел на улицу. Кругом была темная терпкая полынная ночь.

Я шел долго, шел в темноту, туда, где было мрачно и черно-сине, я шел, не думая, куда, зачем, шел, не разбирая дороги. Я наткнулся во тьме на какого-то старичка и, не удивившись, шел дальше. Старичок засмеялся с перепугу, и в ушах у меня минуты две висел его боязливый смех. Кругом была тьма, полынь, ночь.

Я шел. Разве это обо мне? Какое мне дело до их цифр, до тех, кто там, в Москве, ждал меня, если здесь моя родина, моя степь, мое детство? Если здесь я бегал, прося хлеба, если здесь меня били? Если здесь жили мои деды и прадеды, затерянные сейчас в сровнявшихся уже с землей бугорках?.. Разве кому-нибудь из ожидавших меня в НИЛ интересно, как я крал лепешки у старого конюха? А какое тогда мне, извините, дело до них?.. Я шел как слепой, наобум, разрывая этот терпкий полынный настой, эту ночь, упираясь и шершавя ногами землю.

Я почувствовал выжженность ногой и на запах. Я пошел быстрее, заспешил, я побежал в этот мрак и в ночь от невероятного, непереносимого ощущения, и когда казалось, вот-вот я упаду, я сам грохнулся на землю и полз, набирая горстями, сжимал эту горелую пахучую землю... Я ссыпал, набирал ее снова, ища себя и тех двоих, распавшихся в этих горстях жженой земли. И забытья не было, и слезы не шли, и я двинулся назад медленно и тупо. Пошел от не принявшей меня земли, которая не облегчила, не дала даже поплакать затерянному в этой ночи, в темноте, в слабых сонных цикадах.

...У домика меня встретил полковник. Он был беспокоен и оглядывал меня со всех сторон.

— Ты даже не спросил, где тебе ночевать. Куда ты ушел? Куда ходил? Что ты там делал, я весь изнервничался, — быстро говорил он. — Послушай в конце концов! Мне надоело за тебя переживать. У меня и без тебя дел хватает.

Я глядел под ноги.

— Ты ведь ни в чем не виноват! От ошибок реже — от халатности горим! — вдруг выкрикнул он. — Неужели ты думаешь, что, если бы вы... ваша лаборатория была виновна, тебя бы послали?! Давно бы уже была назначена экспертиза, и давно бы уже дали вам как следует! И не тебе, конечно, никак не тебе!.. — Он стоял и кричал. Я так и не поднял глаз. — Идем, идем! — схватил он меня за руку. — Ты сам посмотришь свой расчет и выводы! Сам убедишься, если не веришь!..

И вот он стоял над столом и тыкал пальцами в наши бумаги, исслеженные красным карандашом.

— Я не хотел тебе говорить, да уж ладно, это я... я был раздражен и наорал по телефону на вашего Стренина. Он ничего толком не мог сказать, вот я и наорал на него: он, мол, должен лучше следить за своей работой, — безотносительно, понимаешь?.. В листах с твоей фамилией ошибки тоже попадаются... Я все думал, какой он, этот Белов? Мы же, милый, проверяем ваши расчеты. Проверяем! Ошибки были обнаружены и устранены... Слышишь! Видишь, видишь! — тыкал он пальцем. Он хорошо лгал. Я стоял, морщась от его криков.

Он наконец успокоился:

— Однажды и экспертизы понаехало, и врачей, а выяснять-то нечего: забрался, понимаешь, один отдохнуть в колодец, а там, видно, газ просачивался. Покурил, поговорил сам с собой, и уже никто не знает, о чем он там говорил. Вот так. Бестолковый у нас еще народ... Я напишу тебе бумажку, что выдать материал не могу... И помни, — говорил он. — В худшем случае тебя выгонят с работы. И только... И только, странный ты юноша. Меня одиннадцать раз выгоняли с работы! — крикнул он, когда я уже подымался по лестнице. — Одиннадцать!.. И пять из них с нечеловеческой характеристикой! И знаешь, что я говорил? Я говорил на новом месте, что я оказался талантливей начальника. Два медведя, дескать, в одной берлоге, ха-ха... Может, и не верили, но на работу брали. Спокойной ночи, юноша!

Я шел по лестнице. Этот безумный человек кричит ничуть не хуже Стренина. Я был от него далеко: мы сидели у Ирины Васильевны вечером. Вместе со всеми ее детьми сидел и я. Она сказала: «Вот... я вам выкроила по полстаканчика молока».

Там было меньше, чем полстакана, и это было вкусно. И я, как равный среди всех ее ребят и как самый храбрый, сказал важно: «А вы нам еще не выкроите... по полстаканчика?» Все ждали, все смотрели. Ирина Васильевна сказала только: «А что останется больному братику?» И мы примолкли.

Братик, ее младший сынишка Сашенька, таял на глазах. Я помню дни, когда вокруг перестали верить врачам, лекарствам. Дом наполнился соседками, которые гадали и истолковывали сны. Я быстро понял, какие сны лучше, и вот уже сам предлагал каждое утро один сон за другим. Я тонко преподносил их, и все ожидали «перелома» со дня на день, а Ирина Васильевна особенно нежно глядела на меня.

Ночью мы все вдруг проснулись... Рядом была койка Сашеньки. Ирина Васильевна, непричесанная, страшная. Муж ее, рослый мужчина, кричал разрывающим сердце голосом: «Дети, смотрите! Ваш брат умирает! Смотрите, дети!.. Смотрите!»

Я глядел во все глаза и спросонья видел только, как Сашенька подымал голову, будто вздыхая, и тут же опускал ее. Он делал вдох, не набирающий и горстки воздуха, потом шли долгие-долгие секунды, и все мы пристально смотрели на Сашеньку. И опять был вдох, и опять он откидывал головку. Потом, прибранный, спокойный и очень тихий, Сашенька лежал на столе. И соседи пеняли и ругали мужа Ирины Васильевны: «Вы же мужчина. Разве можно так плакать? Вон у вас их сколько!..» И кто-то сказал: «Разве он у вас был лучший?» А я глядел на Сашеньку и видел, что он не хотел быть лучшим, он тихо и скромно лежал. А отцу все объясняли: «Вам об остальных думать надо. Эти тоже дети! Так что не убивайтесь и думайте о них...»

С этого дня «усильте питание» стало основной фразой в доме. Они продавали все. Дом пустел, и я удивлялся: кто же все это покупает? Я еще не продавал сам, это пришло позже, когда Ирина Васильевна со всеми детьми переехала с этой земли, истоптанной сапогами, куда-то в Сибирь, где было легче, как говорили, усилить питание. И началось новое: я пошел по домам, по разным людям, и везде был голод, нищета, смерть, и, забегая к маме в больницу, я уже не сдерживался: я ничего не рассказывал, я только плакал. Я приносил ей кусок хлеба, и она брала, и однажды я узнал свой сухарь, который она мне как-то после дала. И я легко обманул себя, сказав, что если это тот самый кусок, то, значит, мама достала еще — ей виднее. И я съел, смял не жуя, не успев и додумать всего этого; я поскорее съел его, пока не отняли, как вчера, две опухшие до ужаса женщины.

5

Я не помнил, как я приехал в аэропорт, как сел в самолет и почувствовал дрожь моторов.

И вдруг увидел солнце. Мы делали круги, набирая высоту, круг за кругом — выше, выше... и облака исчезли, остались позади, и я вдруг вспомнил все разом. Я опять увидел солнце и прямую линию, на которую уже выходил наш самолет. Вот оно солнце, оранжевое, слепящее, ближе, еще ближе. Я почувствовал, как потянуло под сердцем, и какой-то тяжелейший толчок, и самолет спокойно летел, а у меня вдруг все исчезло... как металл... на прочность... на разрыв.

Больше он ничего не мог бы рассказать.

Некоторые пассажиры в самолете видели, как вдруг откинул голову назад, на сиденье, этот молодой человек. Он был мертв. Детское выражение мальчика было на его лице. Он сидел, откинув голову. И только после тело, понемногу остывая, стало съезжать с сиденья, склоняться влево, к окну.

ГЛАВА ДВЕНАДЦАТАЯ

— Товарищи, — сказал Петр Якклич, — может, схожу за вином? Деньги на стол, товарищи. Кто со мной?

— Идем! Все идем! — ответили радостные голоса.

Только что позвонил полковник с полигона. По прямому проводу он переговорил со Стрениным, а потом трубку передали Неслезкину. Полковник с полигона бодро и энергично заявил, что он подтверждает полную невиновность НИЛ, подтверждает также, что не выдал дела и бумаги командированному В. И. Белову за нецелесообразностью. И добавил: «Этот молодой человек произвел на нас самое выгодное впечатление. Он прекрасно разбирается в сути поставленных задач. Мы довольны, что сотрудничаем с такими работниками. До свидания. Всего хорошего».

И в лаборатории уже знали, что все обошлось и что их Володя летит в самолете.

— Верно! За вином! А может быть, выпьем, когда он прибудет?

— Когда прибудет, еще выпьем! Само собой. Володя молодчина!..

Весело и шумно ушел за вином Петр Якклич. Его пошли сопровождать, некоторые на радостях отправились домой. Кто куда. В лаборатории остались двое.

Старик Неслезкин был счастлив: все обошлось.

К тому же прибыла телеграмма обеспокоенного событиями Г. Б.: «Деле Федоркова и Агуреева лаборатория не виновна. Не та степень ответственности. Скоро буду. Ваш...» Все обошлось, и он, Неслезкин, увидит Георгия, который специально летит сюда сам на два дня. Все-таки он, Неслезкин, пока еще чувствует себя неважным начальником. Георгий прав, нужно было пойти и выяснить у Стренина до конца: как и что? Кто обвиняет? Какова степень ответственности? Ведь лаборатория участвует лишь в первой стадии работы... Ну да теперь дело прошлое.

Эмма, сидя за рабочим столом, тоже думала о своем. Она думала о том, что прилетит этот мальчик, прилетит улыбающийся, веселый. «Мы еще поболтаем с ним», — думала она. Она мечтала, а время прибытия самолета приближалось, как и положено приближаться времени. Самая пора была мечтать.

— Что-то я волнуюсь, Михал Михалыч, — сказала Эмма.

— Ничего, — сказал тихо Неслезкин. Он смотрел в окно. Вот и еще один год прошел. Ведь фактически год кончается летом...

1965

СТОЛ, ПОКРЫТЫЙ СУКНОМ И С ГРАФИНОМ ПОСЕРЕДИНЕ

Повесть

1

Он — простоват. Из всех сидящих за столом он замечается первым и сразу: возможно, потому, что все это время он тебя ждал. («Ага. Вот ты...» — выстреливают его глаза, как только ты входишь.) Он худой, он невысокого роста; пролетарий (самое большее, техник), постоянно чувствующий себя обманутым в жизни, обделенным.

Грубо разбуженное социальное нутро (когда-то, ходом истории) в таких, как он, все еще ярится, пылает, и потому я мысленно называю его *Социально яростным*. В быту он добр, носит фамилию Аникеев, обычен, немножко угрюм. Его толстая жена каждый год уезжает на далекий курорт и немедленно находит себе там мужичка точь-в-точь такого, как он, и даже непонятно, зачем это ей (разве что для сохранения привычек). Он догадывается, но мало-помалу принимает как данность жизни. Грозит, что убьет, впадает в гнев, но потом сам же себя уверяет, что ему почудилось и что он просто взревновал. Главное же — так мало благ! У всех в жизни что-то есть, схватили, хапнули, поимели. Даже торгаши, такие же темные, как он, а вот ведь процветают. Тем более ухватили свое интеллигенты. А почему? А ведь должно быть так, чтобы люди у нас имели поровну. Или нет? — и, спрашивая, он поскрипывает зубами.

Простоватый и пьяноватый, он улыбается (на лице неуверенно плавающее добродушие). Нет, он не пьян, он и грамма не взял в рот сегодня. Но вчера или позавчера он выпил крепко. Так что время от времени поверх его улыбки (или как бы изнутри улыбки) возникает мутный позавчерашний взор, агрессивное чувство, схожее с вдруг обретенной злобой, потому что пил он вчера и позавчера, но врага-то, в сущности, найти может только сегодня, сейчас... Нет, нет, он порядки знает и потому не ощерится на тебя, не взъярится криком: он сдержан. Он ничем пока не даст знать о своем открытии, обнаружении, он лишь гоняет медленно желваки и, вбивая в тебя встречающий взгляд, произносит в мыслях, пока никому не слышно:

— С-сука!..

Он в дешевеньком, но неплохом свитере, у горла воротничок чистой рубашки. Он ведь пришел и сел за судный стол не просто так — ведь дело, притом разбираться надо, выяснять, и чтоб честно... и он косит глазом туда, где рядом с ним, чуть левее, если смотреть с его точки зрения (и чуть правее — с твоей), сидит мужчина, который обычно задает вопросы.

Тот, кто с вопросами сидит почти в центре стола, и он тоже один из замечаемых сразу. Задавая вопросы, он как бы дергает тебя несильно из стороны в сторону, уйти не дает и наводит на твои следы других, он *наводящий* (когда тебя спрашивают, ты же еще не знаешь, в какую сторону побежишь, — по кругу бегут преследуемые животные, но как и куда в растерянности бегут люди?) — он не добирается вопросами до глубины, это не его дело, это дело общее, но он ведет гон.

Вдруг возникающие его вопросы (стремительные, мелкие) создают как ощущение преследования, так и ощущение того, что ты от преследователей прячешься. «А почему вы сами не могли позвонить нам хотя бы вечером и сообщить, что больны? что, кстати, вы делаете вечерами — телевизор? футбол? или друзья?..» И ответа тут нет, потому что и вопроса как такового нет, но ведь ты молчишь и не успеваешь. Не сбили, но ты сам неизвестно отчего поплыл, поплыл, поплыл, и твоя по-человечески понятная растерянность дает простор новым вопросам, и вот оно, пространство его охоты. «И вы никому решительно не можете позвонить вечером и поговорить по душам? Так всегда и живете?» — спрашивает он с улыбкой недоверия, и снова вкрадчивый вопрос без ответа (и снова наплывает, мол, что же за человек такой, если за всю жизнь не нашел дружка-товарища, чтобы поговорить вечером по душам?). Не успев вновь ответить, отмечаешь свой неприятный душевный сбой.

И сидящие за столом твой сбой отмечают. И только он, задавший вопрос и наведший на первый след, ничего как бы не видит и продолжает — теперь он уже забегает, слегка скользя, совсем с другой стороны: «Ну а женщину как человека вы хотя бы цените? уважаете, вероятно?» — и снова: мол, каков тип? и как это он свою жизнь, такую долгую, жил?! — повисает в воздухе без ответа, чтобы когда-то и чем-то аукнуться (утраченная отзывчивость не может не аукнуться).

Тот, кто с вопросами — интеллигент. Он темноволос, гладкие черные волосы и строгая, хорошая линия головы, подчеркнутая поворотом шеи. Его руки — на столе, длинные красивые пальцы переплетены без нервности или, пожалуй, с некоторой вялой нервностью, ничуть не высвечивая темперамент. Речь скора. Вопросы. Нет, он не настаивает на улыбке. Но улыбается. Вероятно, среднеоплачиваемый инженер в НИИ, вероятно, иногда сам проверяет итоговые расчеты, склонив голову, все с той же хорошей линией, подчеркнутой в повороте шеи. Молчалив. Зато здесь, за судным столом, он оживлен и напорист, стараясь не для себя, а для людей, для общества. «Что ты за человек?» — вопрос без ответа, и все же вопрос заданный и неснятый: та дверца, в которую первым толкнется всегда он.

Рядом с ним — *Секретарствующий*, мужчина как бы всегда моложе средних лет, неуловимо моложавый возраст. Он сидит в точном центре стола — напротив тебя. Графин на столе разделяет вас, и кажется, что *Секретарствующий* должен выглянуть из-за графина справа или слева, чтобы увидеть тебя, задавая вопрос. Он так и делает. (Но спрашивает редко.) Большую часть времени он пишет, ставит на листке значки, отметочки, авторучка в руках. Если чей-то вопрос оказался для тебя (и для него) внезапен, он, ожидая ответа, смотрит на тебя не сбоку, а поверх графина. Графин невысок.

Стаканы на столе расставлены вдоль и объединяют сидящих и всю картину в целое — иногда над стаканами нависают бутылки с минеральной водой, но графин не отменяется: графин все равно будет стоять и как бы цементировать людей и предметы вокруг. Наличие геометрического центра придает столу единство, а словам и вопросам сидящих силу спроса. Именно атрибутика, как ни проста, делает спрашивающих — спрашивающими, заставляя тебя их признать и испытывать волнение. И перед приходом сюда, за стол, себя настраивать: храбриться, скажем, или глотать валерьянку (спиртное нельзя).

Все взаимосвязано — они могут своими расспросами вызнать, что полгода назад ты вновь уволился с работы (ну и что?), могут узнать, что твой сын вот уже в третий раз женился и разводился (ну и что?), могут припомнить, что ты сам добывал для своего нелепого сына фиктивные больничные листы, устраивал прописку на жилплощадь, прописку, а потом и перепрописку (ну и что?..). Оттого и опасность, что не суд, а, так сказать, спрос по всем пунктам и именно с целью зацепить за что-либо и тебя ухватить, а уж ухватив, они сумеют припереть к стене. (И смолкнешь. И покаянно свесишь голову. И почувствуешь вину уже за то, что живешь: за то, что ешь, что пьешь, что опорожняешься в туалете.)

Есть личное: у каждого найдутся обиды на жизнь и грешки вслед этим обидам. Есть еще и сложные шероховатости души и просто мелочовка отношений; есть скользкие места внутреннего роста и есть бытовые козявки (всякого рода); наконец, и бельишко, в детстве, когда ты писал и какал в штаны, — вот именно: у каждого имеются эти порванные рубашонки, закаканные штанцы, шелуха, сор, козявки и запятые быта, все они (как ни удивительно) взаимосвязаны, и все как бы разом приходят в движение под перекрестным прицелом сравнительно безобидных вопросов. И, словно придавленный этой взаимосвязью и торопливой сплетенностью жизни, ты тоже тороплив, когда отвечаешь. На один-другой-третий-пятый-десятый вопрос. И ведь всегда со страстью, с придыханием и с нарастающим желанием давать ответ на каждый из них все точнее и убедительнее. (И даже правдивее, чем колеблемая правдивость самих фактов, которые вдруг выныривают из твоей жизни, из твоего житейского замусоренного бытия только для того, чтобы попасть в твое же, оправдывающее их сознание... кажется невыносимым! однако же ты с удивительной терпимостью выносишь, и отвечаешь, отвечаешь, отвечаешь.)

Конечно, бывает, что входишь к ним смел, держишь голову высоко, а огрызаешься и кстати, и весело. Но красивая твоя представительность, увы, ненадолго, и с каждой минутой их расспросов боевой дух уходит, вытекая, как теплый воздух из воздушного шарика, в котором дырка. (Не от их наскоков, а сама по себе дырка, сама отыскалась, и сам по себе улетучивается через нее твой теплый воздух. Ты проколот изнутри. И твое лицо способно лишь прикрыть, но не скрыть.) Так что им только и надо растянуть свой какой-никакой суд подольше, чтобы минута за минутой и чтобы слово за словом. Ты пустеешь, легчаешь, и вот уже съежившаяся тряпица воздушного шарика, пустенькая, стыдливая, ничего кроме.

STOL, ПОКРЫТЫЙ СУКНОМ И С ГРАФИНОМ ПОСЕРЕДИНЕ

Более того: тебя подтачивает теперь дополнительный стыд за ту отвагу (за наглость), с которой ты сюда вошел, — взрослые ведь люди, собрались вместе, сидят, тратят время, а ты к ним пришел и, едва поздоровавшись, валяешь ваньку.

«Его спрашивают, а он сидит нога на ногу...» Или чуть иначе: «С ним говорят, а он карандашик в руках вертит. Карандашиком не наигрался дома!» — их голоса вдруг с разных сторон (ты им уже ясен). Они не смели такое сказать, когда я боевито вошел, зато теперь голоса их отовсюду, так что я не успеваю ни про себя, ни про карандашик в пальцах, и только перевожу глаза с одного лица на другое, и наконец крик: «Вста-аааать!» — или: «Вста-аа-ань, когда с тобой говорят!» — крикнет кто-нибудь из них, забывшись. И ведь встанешь. Не успев понять, встанешь, никуда не денешься. (Как условный код этот крик и голос.) Встав, возможно, ты тут же и опомнишься и ответишь резко, хлестко, и даже, возможно, ты сам на них закричишь, срываясь в гневный крик, как в истерику, возможно, но... Но ведь ты уже встал. В том-то и дело, что ты уже встал. Ты уже стоишь, и твой нервный крик, прыгающие губы — это ты.

— Но бывает же, что вы сидите с приятелями и болтаете за полночь. Водочка, конечно. Шутите с ними, смеетесь?

(Спрашивающему хотелось, чтобы я жил полнокровной жизнью.)

— Сейчас редко, — ответил я.

— У вас хорошая квартира, и ведь, наверное, вам иногда хочется созвать друзей-приятелей. Расскажите. Нам это интересно. Здесь все хотят узнать вас получше...

Он улыбался. И все они улыбались. Хотели знать, как, каким образом я живу (если живу) такой вот своей полнокровной жизнью. Они считают это первым наваром своего спроса — ни за что (то есть задарма) узнать, как крутится, как суетится обычный человек: мысленно пожить с ним рядом.

— У вас такой голос, что похоже — вы поете. В кругу друзей — да?

— Я не пою.

Они разочарованы:

— Ну-ну. Вы наверняка поете. И наверняка в большом кругу друзей и родни.

Я покачал головой — нет.

И потянулась пустая пауза. (И вот тут без причины я потерял лицо.) Я спросил, уже тускнея:

— Это что — плохо?

Они закивали — ну да, в общем-то плохо, что вы так живете. Это плохо. (А чувство вины уже стало захватывать меня.) И, помню, подумал: чего я дергаюсь, ведь они правы, а я виноват, это же заранее известно: *я виноват, даже если бы в кругу родни я каждый вечер пел хором...*

Если говорить строго, заранее известна только половина, то есть только то, что они правы. (Это не значит так сразу, что я виноват.)

Всякий человек — человек живой, что и заставляет опасаться, что жизненные промахи, начиная с задранных в детстве штанишек и кончая каплями пота на моем лбу в ту минуту, когда спрашивают (а почему вы, собственно, испугались?), — что промахи эти каким-то образом выглянут, засветятся, хотя никак с их вопросами не связаны. (Но ведь все связано, мы знаем.) Виноват не в смысле признания вины, а в смысле ее самоощущения.

— ...Все люди заняты, — сказал мне (по телефону, вечером) недовольный голос. — Не вы один. В конце концов, это нужно вам, а не нам — вам нужна характеристика, справка о зарплате, а также справка, почему и как вы уволились. Я уж не говорю, что лет через пять все эти бумаги вам будут просто необходимы для пенсии. (Еще бы!.. Это они особенно знают.) Потому мы и ждем вас.

— Я понимаю...

— Посидим вместе. Поговорим. Надо разобраться.

— Хорошо, хорошо. Я приду.

Сказал — и понял, не надо мне было соглашаться! (Как-нибудь бы уладилось.) С моими нервами и перебойным сердцем нельзя мне сидеть перед тем столом, нельзя, чтобы меня спрашивали — я же себя знаю. (Давление уже сейчас под двести, а вся ночь впереди.)

«Хорошо, хорошо — приду!» — и еще ведь швырнул трубку, мол, знай наших, мол, плевать хотел. Какой молодец!.. А между тем, сколько себя помню, ничего иного от этих сидений *перед* столом не получал — только унижение. Только ощущение раздавленности (в этом, разумеется, сам и виноват).

Не хочу. Не пойду, — говорю я себе, хотя конечно же пойду, если не с первого их приглашения, так с третьего, с пятого. Мне от них никуда не деться. (Штука в том, что эти люди за столом уже как свои — часть моей жизни, они отлично меня знают, как и я их. Они омолаживаются, сменяя свой состав год от года, а я один и тот же, так что наши долгие отношения могут кончиться только моим физическим отсутствием, смертью — а чем еще?)

— Успокойся, — говорит жена.

— Угу.

— Будешь ужинать?.. Есть каша овсяная. Да, опять. Да, кашу лучше с утра, но молоко старое, надо было использовать.

Садимся ужинать. Зовем дочь. Мне не хочется признать (совестно), что мои нервы и мой испуг — в связи с завтрашним вызовом, и вот я что-то придумываю, плету насчет усложнившейся работы.

— Ну, и ладно. Ну, и успокойся... — повторяет жена.

Но разговор все равно переходит на завтрашний вызов, и я нехотя рассказываю, что завтра мне будет несладко — вздорные и копающиеся в моем нутре люди! Возможно, отделаюсь от них, но в душу наплюют. «Стерпи», — говорит жена. Мы ужинаем. (Соберется комиссия: просто поговорить и выяснить. Вот именно... выяснить, хороший ли ты человек. И заодно, хороший ли ты семьянин, хороший ли жилец в своем подъезде... что еще за комиссия?! — думаешь. Предполагаешь то и другое и пятое-десятое. А затем приходишь к ним и видишь, что ты эту комиссию (словцо идиотов) знаешь с незапамятных времен, с самого нежного и юного возраста. Да, да, сменяя друг друга, они всю твою жизнь только и выясняют, хороший ли ты человек. И все еще не выяснили!..)

— Перестань ворчать, — просит дочь.

Молчу. И они молчат. Мы мерно погружаем наши ложки в тарелки с кашей.

Скрывая волнение, я, видимо, его усугубил. Такое бывает. Следовало выпить побольше валерьянки (предварять надо, предварять! — говорил возившийся со мной в свое время врач), — следовало выпить валерьянки и расслабиться, а я сказал домашним, что утомлен и — скорей, скорей! — хочу лечь спать. День был нелегкий, так что домашние поддержали, и мы легли спать в одиннадцать (без чего-то одиннадцать). А в двенадцать случился приступ: глотание запоздалых лекарств, двукратное измерение давления и ссора: вызывать или не вызывать «Скорую помощь»?.. «Это опасно. Ты не представляешь себе, насколько это опасно!» — кричала дочь и даже грозила пальцем. Я тоже кричал. Жену трясло, она бегала от телефона ко мне и обратно, от меня к телефону — она, кажется, хотела звонить сыну (он живет отдельно). А сердце продолжало болеть: давило, потом вдруг предательски ослабевало. В глазах поплыли лица жены и дочери, за ними плыли стены и далекое окно со шторами. «Не дать бы дуба», — подумал я; смерть предстала не пугающе, а в такой прозаической простоте, что я перестал спорить. Притих.

Я просто лежал. Прикрыл глаза. И негромко сказал своим:

— Ложитесь... Давайте спать.

И простота голоса их убедила. Они легли. И через какое-то время уснули. Сначала дочь. Потом жена.

Я лежал в прострации; теперь мне особенно не хотелось признаться себе (не говоря уж о родных), отчего вся эта боль в сердце, и общая озабоченность, и суета ночи.

Я даже подремал. Когда перевалило за час ночи, слыша вновь подступающее волнение и через два на третий экстрасистолу в сердце, я поднялся. Я посидел на своем диванчике, свесив босые ноги. (Предварить приступ?..)

Сунув ноги в тапки, я вышел в наш небольшой коридор и прошагал неслышно на кухню. Темно. Тихо. За окном (я глянул) тоже темь — спящие дома, крыши и пустые темные балконы... *надо бы сварить валерьянку...* До сознания (вдруг) доходит, что жизнь как жизнь и что таких вызовов на завтрашний разговор было сто, двести, если не больше. Тянулся через годы долгий мелкий спрос; мелкий, но, в точности как и сегодня, вгонявший тебя в волнение, в непокой и в раздрызг. Вдруг понимаешь главное — повод (для спрашивающих) был неважен. И всегда был он им неважен. Им важно было совсем иное. Поняв это, ты садишься на стул (на кухне, среди ночи) и, смирясь уже и не ругая себя, не кляня, подпираешь голову рукой и ноешь от подкравшейся внутренней боли.

— Н-нны-ы. Н-нны-ыыы... — несколько раз.

А ночь идет.

Когда я брожу по ночному коридору, от комнаты до кухни и затем обратно (иногда на кухне я сяду на стул, посижу), мне кажется, что, совпадая с шагами, мое сердце делается защищеннее. В ритме шагов — ритм покоя.

Я не хочу еще одних ее (жены) ночных хлопот, не хочу ее тревоги. Я тихо брожу, кутаясь в какой-то старый плащ (не ношу халатов, у меня нет халата) — кутаясь, потому что мне зябко.

Страха как такового нет, но это ведь как взаимное соглашение: страх точно так же не глядит мне в лицо, как я не гляжу в его. (Зато он накатывает изнутри, выходя на поверхность где-то у середины моего позвоночника. А я воспринимаю как зябкость.) Я хожу: я честно стараюсь занять ночное время. Я подготавливаю таблетку на случай подскока давления; нитроглицерин, конечно, тоже. Не спеша завариваю на кухне валерьяновый корень (капель в продаже нет, в аптеках в эти дни ничего нет). Я, в общем, сам по себе; мне без сочувствия проще. Если жена встанет, она увидит со сна бродящее, в шлепанцах на босу ногу и в плаще, некое существо — постаревшее, согнутое бессонницей и тревожными мыслями, сменяющими одна другую. Существо, похожее на больное животное, вдруг блеснет из темноты коридора на нее глазами (и только тут она узнает, признает меня). Конечно, она станет жалеть и успокаивать (я этого не хочу, это меня еще больше сгибает), но, прежде чем успокаивать и жалеть, будет этот краткий ночной миг удивления, это недоумение, когда она вдруг увидела идущее по коридору со стороны кухни сникшее тело, в старом плаще, перекосившемся на плечах (плащ давно без пуговиц), и поняла, что это существо — ее муж.

Помню совсем уж мелкий (и почти забывшийся) случай. Год назад, когда очереди были огромны, в одной из них случилась драка. Я стоял слишком близко от кричащих и затем сцепившихся друг с другом людей: уже пошли в ход кулаки, хватанье за грудки. Милиция подоспела, как всегда, вовремя, но, как всегда, не с той стороны — они замели сразу человек десять, меня в том числе (как водится, брали всех подряд). Потом отделение милиции, руки за спину — разберемся! разберемся! «Отпустим, отпустим, вот только документы ваши посмотрим, как это нет с собой документов?!» — но сами решать милиционеры почему-то не стали: попросту и с ленцой они отфутболили весь улов в сторону общественности: «Всех — в комнату с таким-то номером! (Кажется, номер 27.) Всех, мать вашу, в двадцать седьмую!..»

И когда под шум и разноголосые крики я вошел в комнату номер такую-то, то увидел дубовый стол и сидящих людей — и сразу же — знакомый мне тип немилицейского мужичка, довольно простого, как бы из работяг, как бы *Социально яростного*, с лицом, еще не перекошенным злобой (но готовым перекоситься); оглядывая меня, он приговаривал пока спокойно:

— А-а. Входи... — как старому знакомому.

За ним я увидел и других, там сидящих. Они уже успели собраться. (С делом управились за полчаса, и не помню, называли ли они себя — комиссия.)

Один из них, разумеется, был *Секретарствующий*.

— Садитесь, — сказал он.

Возможно, память подводит, возможно, что милиционеры сами запротоколировали и только потом сказали, что им недосуг заниматься драками в очереди и всяким вздором. Мол, дело, скорее всего, ограничится штрафом, но... поговорить надо. (И тут же направили в другое здание — в комнату с дубовым столом и сидящими там гражданскими людьми.)

Так что уже на другой улице и в другом помещении я увидел этот здоровенный дубовый стол, где сразу же бросилось в глаза лицо знакомого мне *Социально яростного*, и он — он тоже меня как бы узнал — сказал:

— А-а. Входи...

И я вошел. И увидел остальных. Это были те же самые люди.

2

Старик сидит в самом торце стола — с правой стороны. Крупноголовый, седой, он значителен, и, конечно, он добр, и потому-то положительные чувства (и часть надежд) в моих расчетах связаны прежде всего с ним — *Старик* все знает. (Он вникает в суть; он не сводит счеты и не мельтешит.) Он будет спрашивать, не мелочась в словах и не роясь в поступках: ему не надо ни давить, ни сбивать тебя с толку, набирая очки на твоей растерянности, — он хочет истины: он *Старик*.

И когда тебя спрашивают, и дергают, и тычут, не давая успеть оправдаться, ты помнишь (все время помнишь) — *Старик* среди них, он-то видит, как спешат они с осуждением, как не дают слова сказать и как нарабатывают себе удовольствие, с легкостью искажая твою вину (есть вина, я знаю, но она не столь вульгарна!), — он видит и знает; он мудр. Время от времени ты ведешь глазами в его сторону, мол, он здесь, он присутствует, хотя и молчит. (Молчащий умный *Старик* — это тебя задевает. Это больно, и это обидно. Но надежда есть.) Соседствуя с ним, сидит *Седая в очках*, пожилая седая женщина с несколько восточным лицом, и на ее слова и ее поддержку у меня также определенные надежды. (Я пожил; я понимаю людей.)

Далее (сдвигаясь к центру) мои ожидания сильно слабеют — там обычно сидит *Красивая* женщина, раздраженная уже тем, что тратит на копанье в чьих-то судьбах свое время (свое золотое время; уходящее время). Она капризна, и надежд моих здесь нет. Еще далее, про двух сидящих там сравнительно молодых мужчин и вовсе говорить нечего. И надеяться нет смысла: волки.

Я пришел в тот день на свое бывшее место работы (уволился оттуда со сложностями) — я еще только собирался прийти, я позвонил и уже по телефону (по их ответам) почувствовал, как страстно они там оживились: ведь они теперь будут решать, *от них я завишу!..* В назначенный день я увидел длинный-длинный дубовый стол, и все они там сидят, знакомые мне по прежней работе и незнакомые (но все равно знакомые) люди — я вглядывался в стершиеся за десять лет лица, в морщины, в лысины (можно ли вглядываться в лысину? — можно), я видел раздавшиеся тела, седины, и здесь же был человек, незнакомый и молодой, который даже привстал в предвкушении, потирая руки. «Ну, начнем судилище?» — бросил он, улыбаясь, с красивым и, пожалуй, породистым оскалом. (Отличный, конечно, парень. Крепкий. Свой.) Я тогда впервые услышал это пренебрежительно-домашнее словцо «судилище» и тут же увидел его зубы — молодые, белые, полный рот. Волк, подумал я почти с восхищением.

Рядом с ним сидел тоже молодой — такой же. (Их двое.) А уже за ними, в центре стола, всегдашний *Секретарствующий*. Судилище — это прежде всего стол, за которым человек десять-двенадцать, и все они с одной стороны стола (двое в самых торцах, сидят, замыкая фланги). А другая сторона стола свободна — она твоя. И один-единственный стул посередине, на котором с этой, свободной стороны сидишь ты. Так что их вопросы или вдруг окрики налетают довольно широким фронтом. И ты в ответ только поворачиваешь голову — налево или направо.

Именно *Молодой волк* в один из прошлых спросов подловил меня на моем брате, болеющем душевной болезнью. В ровном течении всякой жизни (моей тоже) обязательно есть несколько *бяк*, как их называл один работник собеса, или *запятых* — как их называю я. Эти-то запятые и бяки вызывают, как правило, особенно пристальный интерес при всяком расспрашивании, а зацепив за неприметный краешек такой бяки, за остренький кончик запятой, умеющие люди, вслед за ней, выволакивают мало-помалу и всю твою душу, вываживая ее, как вываживают рыбу из глубокой воды. (Они не спеша будут подтаскивать на совсем небольшом крючке, но на прочной леске. Они будут подтягивать все ближе. А ты будешь метаться, чтобы душа сорвалась и сошла с крючка, уйдя в темные глубины — там ее жизнь.) *Волк* сразу углядел больного брата:

— Вот вы ездили за границу два года назад и ничего о брате не написали.

Я ответил: такого вопроса в анкете не было.

— Но ведь был вопрос — где ваши родственники работают? А вы скрыли. И с умом скрыли. Написали какую-то приблизительную чушь про завод...

— Он работал на заводе.

— Вы прекрасно знали, что на заводе он лишь прикреплен и притом временно. Он нетрудоспособен — зачем вы это скрыли?

Тут я запнулся. Конечно, следовало на той бумаге писать правду (но ведь брат и правда первое время работал), я мог бы это вполне приемлемо им объяснить, не скрывая. Но там были менявшиеся от времени и уже забытые подробности... я запнулся. Случилась пауза — и они тотчас подсекли и начали подтаскивать рыбу ближе.

— Что у него за болезнь?

— М-м, — я опять (и уже по инерции) запнулся. — Я точно не знаю.

— Вы не интересуетесь жизнью брата? Это родной ваш брат?

— Да.

— Вы его не навещаете, не ездите в гости? Вам ведь не все равно, что с ним и как с ним?

Пауза. (Не дают ответить. Прессуют одно к одному.)

— Неужели вы не знаете, как диагностируется его болезнь?

Пауза.

Я хотел ответить, что, конечно, я знаю, но знаю

приблизительно, я же не медик, и невнятная терминология нетипичного шизофренического заболевания для меня сложна. Но я уже не успел. Краска бросилась мне в лицо. Я мялся, мямлил. *Даже не знает, чем болен его родной брат,* вот что висело в воздухе, вот где они подцепили, водя теперь на крючке мою заметавшуюся душу.

— А какие у вас отношения с родителями? Родители старенькие?.. Они живы?

Полезли внутрь. (Я отвечал им, уже сбитый с толку.)

— Когда вы к ним ездили в последний раз?

Ответил.

— А точнее?.. Вы не помните числа, когда вы ездили к матери?

И сбоку, с правой половины стола, *Женщина, что с обычной внешностью,* спрашивает с чуть слышным надрывом:

— Сколько лет вашей маме?

Растерянность была такова, что даже тут я запнулся. Сбился. Сказал, конечно, какого мама года рождения, но зачем-то после этого начал считать годы вслух.

В таких случаях, если уж отвечать, надо просто и быстро сказать: с такого-то года, — и тут же умолкнуть. (Мамины годы вовсе не их дело. Зачем им они?) Но расставляющая все по местам мысль приходит, увы, позже. Впрочем, она приходит и загодя (зачастую ночью) — это и есть ночные наши заготовки, продуманные до мельчайших оттенков ночные ответы, которые уже по-иному устраивают и организуют диалог, готовя тебя к завтрашнему спросу. (Мой брат — всего лишь бяка. И вот уже включается вся твоя психика, чтобы заранее возвести защиту и как бы стеной окружить сложные моменты твоей жизни.) *Вид шизофрении* — вот весь ответ, вот как следовало. «Пошли, мол, вы...» — и ни слова им, ни звука больше. И чтоб резко. И чтоб в выражении лица та злая распахнувшаяся открытость, когда уже и самый изощренный не станет слишком допытываться, когда заболел твой брат и чем конкретно. В злом лаконизме первого твоего ответа исключение последующих подробных расспросов. *Моя мама стара, и не надо вам о ней.*

Ночные мысли не только осторожны (предусмотрительны к завтрашним вопросам), но и проникновенны; в том смысле, что проникают подчас туда, куда ходу нет, — в их подкорку. Подкорковый слой начинается с ночного узнавания того, как бы они, мои судьи и допрашиватели, повели себя, если бы высшие силы вдруг раскрепостили их, открыв их желаниям возможности напрямую. («Снять покровы» — это когда все позволено. Делай, что тебе хочется, и прямо сейчас же. Никто и никогда не узнает.)

Социально яростный в этом плане наименее интересен: для него здесь только навар. (Нечто конкретное, что, пользуясь случаем, можно поиметь с меня, бедного.) Не алчный, он вполне удовлетворится, если я принесу ему копченой рыбки или вяленого леща. Так что, если раскрепостить, он, пожалуй, прямо сейчас поспешит ко мне домой, чтобы бегать там из дальней комнаты на кухню и обратно (у меня два холодильника, как и у многих в эти тяжелые времена, когда надо запасать продукты, не надеясь на магазин) — бегать, хлопать дверцами моих холодильников, двигать там банки и искать леща. Нравственный навар для него уже в том, что я выказал слабину, предложив рыбу и дружбу.

Другое дело *Старик;* даже в ночных и по-особому чутких мыслях я не могу предположить, чего ему хочется — ему нужен трагизм. Ему нужно, чтобы я понял, что жизнь нелегка. (Мотив старости.) Ему нужно, чтобы меня не просто задергали вопросами и унизили, но чтобы еще и засекли, пытали, растягивали на примитивной дыбе где-нибудь в подвале, а он бы *после этого* меня, может быть, оправдал и пожалел. (Никакого преувеличения. Речь ведь о скрытой движущей пружине его психики: о тайном и сокровенном желании, которого он и сам, скорее всего, за собой не знает. Но чуткая ночь знает все. Или почти все.) Он слишком стар и мудр, и ему жалость не в жалость, если меня не засекли в кровь, не поломали мне кости в подвале и не вытянули жилы на высокой дыбе. Он бы снял с дыбы. Он бы сам снял меня с дыбы и носил на руках, сильный, жалостливый старик — он бы носил на руках, чуть покачиваясь при шаге, и чуть слышно бы пел песню, как старая нянька. Он бы жалел.

Конечно, стол связан с подвалом. Это одно из естественных свойств стола, такое же, как крепость его дубовых ножек или его длина (ведь он должен быть довольно длинным, чтобы все они уселись по одну сторону). Связь стола и подвала субстанциональна, вечна и уходит в самую глубину времени. Скажем, во времена Византии. (И Рима, конечно, тоже, тут у меня нет иллюзий.) Как бы интеллигентно или артистично (вразброс) ни были поставлены на нем бутылки с нарзаном, стол всегда держался подвалом, подпирался им, и это одно из свойств и одновременно таинств стола. И следует счесть лишь случайностью, если их связь вдруг обнажается напрямую, как при Малюте или, скажем, в подвалах 37-го года, — в слишком, я бы сказал, хвастливой и откровенной (очевидной) форме.

Оттого-то, уходя с самого простенького обсуждения-судилища (все равно какого, пустячного!), ты невольно веселеешь и приободряешься духом. А заодно (где-то в подсознании) чувствуешь, что ты не миновал, а всего лишь на этот раз проскочил. И что непременно будет следующий раз. И что некий главный *стол с сукном и графином и с людьми по одну сторону* еще впереди. (Этот стол еще только готовится.) Вполне возможно, что для тебя опять обойдется. И все же не слишком-то веселись, выскочив сейчас из воды сухим.

Бывший многоразовый зэк дядя Володя говорил (неясно, по какому поводу) — будучи сильно пьян, внедрял всякому проходящему мимо:

— Радуешься?.. Погоди. Мы еще намочим в штаны.

Была в его голосе убежденность в неумолимости некоего (для всех нас) предстоящего спроса. Но бывший зэк скоро скисал, переставал пророчествовать. Сидя на дворовой скамейке и свесив голову, он говорил теперь о своих многочисленных женщинах (они его забыли, уже забыли!), — на улице тихо; только слышен его сбивающийся смех, бормотанье:

— Ха-ха-ха-ха-ха... Сисястая... Луизка... Раком... Вьетнамский ковер...

И так отстраненно (нестрашно) наплывает из прошлого подвал, куда тебя привели — доставили так или иначе под некие сырые (может быть, и не сырые, а теплые) своды, где будут бить. Подвал оказался большой и широкой комнатой, но с низким потолком — огромная низкая комнатища, где ты застаешь бытовиков-палачей несколько врасплох. Один из них встал и с неудовольствием смотрит на входящую охрану и на тебя, приведенного для побоев, — в руках его кружка с чаем, металлическая кружка былых лет (он грызет кусок сахара, не рафинадный рассыпчатый параллелепипед, а именно кусок, бесформенный кусок тех же былых лет). Он пьет сейчас чай вприкуску — он из тех, кто бьет ременным кнутом, кто засекает до полусмерти, рослый, с умным взглядом и красиво очерченным высоким лбом. (Он пьет чай, держа кружку, и смотрит на тебя.) Второй палач рядом — коренастый, простодушно-дебильного вида — тот, кто бьет кулаком, увесистым своим железным кулаком. Зол. Бьет не только по необходимости и не только когда велят. (Оба они без малейшей подсказки напоминают двоих, что сидят — или сидели — или будут сидеть — за дубовым столом рядом: того, *Кто с вопросами*, и простягу *С социальной яростью*. Это они же.) Подвал — тот же стол с некоторой трансформацией, понижающей образ в сторону бытовщины... И тогда третий, что из глубины подвала движется навстречу, — кто он? Навстречу тебе (и тем, кто тебя приволок) из глубины подвала сделал несколько шагов заспанный молодой палач;

он только встал с постели. Тут у них кровати, сон; подсобка, чайники, чай — вид потертой, обжитой общаги, и только правая передняя часть подвала, где, вероятно, бьют и засекают, где много крови и соплей, выложена плиткой, так как вытирать с плитняка много удобнее, чем с обыкновенного пола.

Молодой встал с постели, идет с нацеленным и, несомненно, волчьим любопытством, со смешком: «Гы-гы-гы-гы...» — предвкушает попавшую в руки жертву. Он гол по пояс. На плече витиевато гнется жирно выколотая роза, пониже предплечья еще одна татуировка: могильный крест над холмиком и подпись (прочесть невозможно, бугор мышц движется, смещая и смазывая строки в пятно). Четвертый... этот и вовсе сидит на постели и что-то зашивает, кажется рубашку. Опрятность и игла в руках наводят на мысль, что за дубовым столом, сам себя трансформируя, палач сделался бы женщиной, быть может, со следами красоты, и, как всякая *Красивая* женщина, он бы (она бы) раздражался на пустую трату времени: мол, сколько же можно человека допрашивать?..

Других пока не видно. Они в глубине комнаты. (Ты видишь лишь часть подвала у самого входа, через который тебя привели.)

Подвал как *продолжение* стола и стол как апофеоз подвала; в этой паре дневная мысль увидит не столько сопряжение времен (былого и нынешнего), сколько сопряжение вечно дополняющих образов: стол с красным сукном и сверкающим графином как Дон Кихот, с его достоинством и красотой старости, подвал — соответственно — Санчо, не стыдящийся своего бытового вида; почесывающий пузо, скорее всего, татуированное и грязное.

Помнят ли люди, сидящие за столом, свою незримую связь с подвалами? — вопрос почти риторический, и трудно ответить *да,* но трудно наверняка ответить и *нет.* Не столь уж и важно. Зато вместо них (вместо сидящих) помнит сам стол. *Стол помнит,* вот открытие, которое я делаю этой ночью, вышагивая по коридору взад-вперед и помалу успокаиваясь.

Старый стол стоит себе среди ночи и все помнит (он и сейчас стоит где-то). Вспомнив, стол хочет в ночной тишине пообщаться с подвалом (полюбопытствовать, как там и что) — он начинает двигаться через скрипучие двери. Косячком, торцом стол протискивается и проталкивается наконец в ночной подвал. Как бы входит в него. Он хочет на миг совпасть, совместиться — такое вот движение образа в образ.

Старик. (Он ведь тоже может помнить.) Я доволен, что почти угадал старика: долгое время его мудрость, ум, гигантский опыт и его бесконечные годы (как туманы) — скрывали его от меня. Но теперь, кажется, я знаю, что сделает или чего не сделает принципиальный русский старик в свободном проявлении воли. Вовсе не мудрость, а своеобразная глубинная жалость — пружина *Старика.* Подвал обнажил его суть. Движения древней души стали ощутимее. В спросе за столом ему не нужны подробности, не нужно и лукавое многословье: без долгих разговоров он отдал

215

бы меня в подвал к мастерам заплечного дела, зачем тянуть, оттягивать? — и, когда засекут, замучат, вот тогда он возьмет на руки, как ребенка, и будет жалеть. Он будет сострадать. Замучат, унизят, а он возьмет на руки и станет говорить: «Ты много перенес, сынок. Было необходимо, сынок. Я не мог поступить иначе...»

Он будет искренне меня жалеть. Он увидит, что конец, что смерть уже рядом, и станет думать о скорбности всякого жизненного пути. Да, он молчал. Он молчал все время, пока меня расспрашивали за столом и пока мучили в подвале. Он все видел, все понимал и молчал. «Но теперь могу сказать тебе, что любил тебя как своего сына. И как сына отдал тебя в руки этим скотам. Так надо. Так надо...» И, держа на руках тело, он будет ходить взад-вперед до самого утра. Мудрый и жалостливый старик.

(Он ходит взад-вперед, и я слышу его шаги, поступь старых и тяжело натруженных ног.) И сам хожу — ночь вокруг, какая долгая ночь. Спит жена. Спит дочь. Спит весь дом...

Хуже всего, если захватывает дыхание: в легкие с каждым недостаточным вдохом поступает все меньше воздуха. Задышка. На лице, на лбу липкая испарина страха. (Опять сердце...) Мысль лихорадочно ищет — как? что?.. какое из уже много раз опробованных принять лекарство? или, может быть, напротив — не принимать ничего, лечь, закрыть глаза?.. Сижу перед столом, ящик выдвинут, и я быстро перебираю знакомые коробочки, бутылочки с таблетками, конвалюты, лекарства, лекарства, лекарства — я (с учащенным дыханием) прочитываю их названия, повторяя одними губами, шепотом. Откладываю, беру новые — все это быстрыми, мелкими движениями пальцев. Я ищу. Подспудно же тем самым отвлекаю себя от страха. Перебираю, читаю названия: в сущности, работа аптекаря. И как всякая работа, успокаивает.

Еще когда укладывались спать и расходились по комнатам, дочь заметила мое скрываемое волнение. Скрыть от дочери труднее, чем от жены. (Потому что я все еще забываю, что она взрослая.) Сказала:

— Не настраивай себя. (То есть не настраивай себя на ночь плохими мыслями.)

— Что? О чем ты? — Я сделал вид, что не понимаю.

Тогда дочь сказала жестче:

— Ты хочешь, как Прокофьич, умереть среди ночи? (Это о нашем соседе.)

— Вовсе нет.

Она продолжала:

— То-то завтра ОНИ порадуются: и спрашивать с тебя теперь ничего не надо. И наказание свое товарищ уже получил. (Это если умру ночью.)

Я засмеялся. Она с юморком. Но про себя подумал — нет, нет, она молода, она пока еще их не понимает. Им вовсе не хочется меня наказывать, им хочется — вот именно! — спрашивать с меня, спрашивать как бы бесконечно, спрашивать сегодня, завтра, всегда. Выяснять подробности. Копаться в душе. И каждый раз напоминать (не мне и не самим себе, а тому столу, за которым они сидят, его деревянным крепким ножкам) — напоминать о непрерывающемся отчете всякой человеческой жизни. И не для наказания, а исключительно для предметности урока им нужна конкретная чья-то жизнь. (В завтрашнем случае моя.) Место расспросов — узкое место. И если ты его проскочил, им ведь наказывать тебя уже не хочется, пусть его живет, понял, и ладно. Они не хотят твоего наказания, тем более они не хотят твоей смерти — они хотят твоей жизни, теплой, живой, с бяками, с заблуждениями, с ошибками и непременно с признанием вины.

Жена спит. Когда-то мы спали вместе и наша постель была заметно узка. Потом постель стала широкой, и мы все еще спали вместе, и, если кто-то из нас вставал среди ночи или рано утром, другой тотчас чувствовал отсутствие. (Начинало вдруг сбоку тянуть холодком. Чего-то не хватало.) Теперь мы спим отдельно, и даже в отдельных комнатах. И мне вполне хватает моего диванчика: мне всего достает. К этому надо быть готовым. *В конце* ты опять один. Как *в начале.*

Слышу ее дыхание за дверью комнаты, где она спит. Прохожу, стараясь быть тихим...

В том, что ночью столь сильно разыгрываются нервы перед всяким вызовом и разговором (нелепый тотальный страх), мне никак не хочется признаться жене. Вероятно, я скрыл (от себя и от нее) момент, когда этот набегающий страх пришел ко мне впервые. Я не признался — и теперь каждый раз мне приходится скрывать слабину. Я все еще держусь мужчиной, петушком. (И как теперь быть?.. а никак! вот так и выхаживать свой одинокий страх ночью.) Но очень может быть, что она знает и просто щадит мое самолюбие. Сама она всю жизнь боялась таких общественных разбирательств и судилищ куда больше меня, но не скрывала. И — привыкла. Но страх, как ни прячь, оказался итогом и моей жизни. (Мой личный итог.)

О чем бы ни спрашивали, они сумеют перейти к тому, как твои дела на работе. (Пробный камень. А уж после они чутко находят огибающую справа торную тропку. Умеют.)

Объясняю: так совпало — таково сейчас состояние дел. Они говорят — а как же ранимость? а как же ваша человеческая ранимость и совестливость? И прежде всего вы должны были дать знать, что работа в отделе идет к развалу...

Я вспыхиваю:

— Оставьте в покое мою работу! Хватит!.. вы же не понимаете в ней!

Они могли бы тут же поставить меня на место — мол, среди них есть и квалифицированный инженер, есть и научный работник. (Могли бы придавить степенями и званиями.) Но они поступают умнее — давят меня долгой паузой; молчат. И мой нервный выкрик проявляется в подчеркнутой ими тишине как вздор.

А затем полноватый, солидный мужчина, которого я для себя (для простоты) называю *Бывшим партийцем*, говорит:

— И все-таки вопрос: почему вы не дали знать о развале работы заранее?

Владимир Маканин

— Кому?
— Что ж тут думать — кому?.. Разумеется, любому человеку из высшего эшелона.
— Я так запросто с ними не болтаю. (Нервничаю.)
— У вас же есть телефон.
— Я так запросто не звоню начальству по телефону.
— Вы все делаете из начальства пугало. А ведь такие же, по сути, сотрудники, как и вы!.. к чему эта тень на плетень?

И опять я вспыхиваю:
— Да не звоню я по начальству!
— Пусть так. Но вы могли прийти на прием. Вы могли, наконец, просто столкнуться с человеком в коридоре — мол, так и так обстоят дела. Мол, в двух словах.
— Когда работа целого отдела давным-давно идет под откос, когда катятся в тартарары, — в таких случаях не говорят в двух словах.
— Ах, даже под откос! в тартарары?!. Значит, вы вполне представляли себе масштабы отставания?
— Но...
— Не виляйте. Отвечайте.
— Но я хотел...
— Не виляйте же: представляли вы себе масштабы отставания? или нет?.. Да или нет?

И в упор:
— Да или нет?

То, что я скажу «да», вероятно, уже видно на моем лице — «да» уже проступило и проявилось, как на фотобумаге (хотя я еще держусь). В согласованно-перекрестном спросе непременно отыщется среди них кто-то (для данной минуты) всезнаю-

220

щий, чьи слова с вдохновением загоняют тебя в угол. И не потому вовсе, что тебе нечего ответить, а потому что они многолики, а где разнообразие, там и широта. Ты и ОНИ — это разная широта. Если наскок не удался, их многоразовое нападение прокручивается снова и снова, с другой и с третьей стороны, хоть пять раз, хоть десять, без ограничений, а вот если они приперли тебя, все уже как бы кончено — занавес задергивается. Никаких повторов. Теперь только отвечать с обрядовой жалкостью «да» и свесить голову.

— Да, — говорю я.

Бывший партиец вальяжен.

— Совсем и не спорит, — говорит он. (Обо мне.) И обращаясь ко всем:

— Ума не приложу, как он выкручивался в молодости! Я имею в виду, когда он был горяч, когда каждая деваха уверяла, что теперь он обязан на ней жениться. (Шутка.)

Смеются.

Партиец не обязательно был членом партии. Он сидит с левой стороны стола, в торце, — объемный мужчина, так что ему там хорошо, свободно; ноги вытянуты. Локти, если утомился, он выложит на стол, не задевая соседей. Иногда — от чувства превосходства (я раньше принимал это за чувство относительной свободы) — он негромко насвистывает мелодию, что, в общем, не идет к его образу и облику. Но иногда. Редко.

Раньше он мог прикрикнуть, грозя райкомом («Вами займется райком!») или даже вмешательством в твое дело людей из госбезопасности. Разумеется, он только прикрикивал, брал на испуг. (Крик его приоткрывал: при властном вскрике распахивался просторный, полноватый пиджак, а галстук сбивался в сторону. Он знал, что в гневе его галстук сбивается, ему это нравилось (он поправлял не сразу). Но, увидев в этом порыве его глаза, напрягшиеся и как бы выкатившиеся вперед из рамки уверенного лица, ты понимал, что у этого сытого человека свои (и куда большие, чем у тебя) проблемы с точки зрения борьбы за выживание. Светло-серый костюм. Наметившийся животик. И болезненная суета, чудовищный напряг в достаточно жестокой жизни партийно-аппаратных джунглей.) Прикрикнув, он принимал прежний вид — сыто-холеный и спокойный. Больное сердце запрятывалось в складки жира, в покой. Он замолкал.

Уже в брежневское время (в конце эры) он начал терять влияние — другие люди умели, сидя за столом, и спросить лучше, и точнее, чем он, определить вину. Но он продолжал сидящих за столом считать фигурками. (Которыми он двигает в ходе судилища.) «Гм-м. Гм-м. Все правильно», — говорит он сам себе в легком самообмане (хотя отнюдь не он, а как раз другие жесткие люди тебя расспрашивают, уже припирая к стене). Мол, дело ведут. Мол, неплохо. Молодцы... Если же вдруг случается недожим, он вступает сам. На миг вновь мелькает в его лице что-то искаженное, глубоко запрятанное. Он произносит:

— Друзья! — он любит так обращаться. Нет, не перебирая в подлинном смысле произнесенного слова, а именно что бегло и просто — друзья?..

мол, что это за неожиданная заминка в нашей столь отлаженной машине? (Машине доверительного разговора.)

— Давайте-ка спросим, друзья, его откровенно. Мы же не судьи — мы хотим *помочь*... Мы хотим, — и он, помедлив, придавив взглядом, обращается теперь к тебе, — мы хотим узнать *ход ваших мыслей*, возможно, это важнее, чем ваши поступки.

Держит паузу. И затем добавляет с нажимом и властно:

— Рассказывайте!

И удивительно, что ты поддаешься его властной магии: ты вдруг впадаешь в доверие к этому открытому лицу с авторитарной улыбкой (и с несомненно завышенным чувством собственного достоинства). Слова твои как раз такие, какие он ждет, — искренние слова в их простой, непричудливой последовательности. Как и чем он их в тебе (из тебя) вызвал — трудно сказать. Но вызвал. Сумел. В нужную минуту он поруководил, направил, и теперь вновь расспросы движутся в русле, своим ходом.

Он *призванный*, он делится мудростью спроса не от себя: от лица людей. Ему даже несколько лень их всех (за столом) слушать. Если мысленно обнажить суть этого человека, дать ему в эту минуту себя проявить полностью, то у него возникнет, пожалуй, лишь одно прямое желание: парить, как птица, в полусне над общим разговором (иногда сверху корректируя спрос). Главное в этом тихом номенклатурном полете — немного дремать; забыться. Другое его прямое желание — встать из-за стола и, подойдя ко мне, дать мне ногой в живот, в пах, чтобы я согнулся и в течение десяти минут корчился, не в силах набрать воздуху в грудь. Вот как, мой друг, с тобой надо! — для начала только так. А уж затем, пожалуй, и впрямь он может оторваться ввысь, как отрывается крупная птица от воробьев, и, распластав крылья, парить высоко в воздухе над продолжающимся на земле спросом и разговором.

Спокойный и неущербный человек в светло-сером костюме, он, чуть щуря глаза, слушает, как тебя расспрашивают (Как они все кричат! наскакивают... спорят... перебивают!), — он не торопится. Не торопится, потому что ценит свое мнение и не хочет, чтобы его (как всякого) одернули каким-нибудь вздорным криком. В брежневские времена его уже стали перебивать, если он говорил много. И потому он не спешит сказать: он выступает, когда все по той или иной причине смолкают. Редкая, но его минута. Он не выносит возражений: не хочет делиться иллюзией полной власти.

Он боится неуважения, даже самого малого, — вот его нынешняя слабинка. Как перенести, если он скажет свое слово, а его не услышат. (И в общем шуме даже не заметят, что он что-то сказал.)

3

Сразу за двумя энергичными парнями на правой стороне стола сидит женщина, которую можно означить, назвав *Красивой*. Говоря точнее, она *Почти красива*: интересная, статная и среди сидящих за столом в этом смысле вне конкуренции (одна такая). Ее не интересуют ни мои прегрешения, ни я сам. Ей, в общем, привычно, что кого-то терзают, будут терзать и завтра и послезавтра, и пусть! Уж так случилось, что этот

человек превратился в некую мишень, на которой
собравшиеся оттачивают свой ум и пытливую зло-
бу. (Мужчины бывают так вдохновенны в нападках
на ближнего.)

Она капризна, раздражена. (Она тут сидит, а сын
как раз пришел из школы. Муж... что за еду он там
разогрел?) Ей сегодня томительно: мужчины скучны,
вялы, терзают этого ссутулившегося и тянут из него
душу, — сам он тоже противный, гнали бы его отсюда скорее!.. Не совсем впопад (истинная женщина)
она вдруг бросает: «Как можно такому человеку верить? Как можно тратить на него столько слов! Вы
сами себя не слышите!» — (неясно, кем она недо-
вольна — ими? или мной?) «Вы хотите что-то предложить, Наташа?» — спрашивает *Секретарствующий*.
«Нет!» — отрезает она и, чуть нагнув голову, вертит
кольцо на пальце, плевать ей — как хотите!

Но тут же она с недовольством подымает глаза
на *Того, кто задает вопросы* (разговорился дорогой
товарищ, теперь его не унять!.. а время идет). *Молодой волк*, который сидит рядом, шепчет что-то ей на
ухо, но она отмахивается и не слушает: ей не до него. (Ухаживания и шепотки ей осточертели.)

Но *Тот, кто с вопросами*, конечно, спрашивает.
Он не потерял нить.

— Вы сказали, что очередь не состоит из людей.

— Я?.. (Я сказал только то, что сам я никого в
очереди не ударил.)

— Вы сказали, что в очереди за продуктами уже
не люди, а толпа. И если кого-то избили, то виноватых нет...

— Разве я это говорил? (Он меня втягивает. Он
куда-то меня подталкивает.)

— Но послушайте. Мы все для чего-то сидим здесь и внимательно вас слушаем. Конечно, у нас нет магнитофона, но ведь у нас есть уши...

Молодой волк, который ближе к центру:

— Дядя думает, что в очередях бывает только он — а мы в очередях каждый день не стоим!

Красивая женщина, продолжая оставаться недовольной:

— Дядя вообще не думает.

Партиец:

— Друзья. Человек не может раскрыться, не захотев этого сам... А искренность его нужна не только нам, но и ему самому.

Партиец говорит умно и правильно и неосторожным словом не испортит дела (его имидж и без того пощипан временем; утрачивать дальше нельзя) — проверенными словами он наводит мост, и удивительно, как из ничего сплетается его (его и их общая) паутина. Сначала оплетается ум; затем начинает ныть душа (с первым ощущением вины). И ведь обычные люди (и подчас грубые), но как они научились умению навалить на тебя вину. Возможно, связь расспросов и чувства вины в природе спрашиваемого человека. И чем решительнее был отменен, дискредитирован, оплеван и превращен в ничто суд небесный, тем сильнее проявляется и повсюду набирает себе силу суд земной. (Суд земной не просто разрушает суд небесный — он отбирает немереную его силу в свою пользу.)

Оттого и привлекают человека к ответу по всей его жизни. И предъявляют ему счет, хотя люди такие же, как он. «Спрашивайте с меня то, в чем я провинился! Спрашивайте с меня за мой проступок (как правило, ничтожный)! Но не за мою жизнь!» — хочется человеку закричать, завопить, вскочив со стула и вздымая руки как раз и именно к небесам. (И иногда человек кричит, нервы.)

— Сядь! — тут же кричат и приструнивают его. (Молодой кричит, из волков.)

— А ну, прекратите истерику! — кричат еще. (Женщина кричит. *С обычной внешностью*, похожая на пожилую учительницу.)

И человек садится, спохватившись (ведь и точно, истерика), — человек чувствует, что да, да, да, виноват. А они правы: к проступку или поступку (разве это не так?) ведет человека вся его жизнь; они и судят жизнь... Они ведь в эти минуты выше быта, людей, людишек. У них, разумеется, тоже грехи, они тоже люди и людишки, но не сейчас, не в судные минуты, когда им доверено и дано; когда они сопричастны Высшему Суду (и как-никак ему сподоблены). И потому так сложно их тяжелое единомыслие.

Модель подмены небесного суда земным выявляется довольно скоро, едва вошел *Старик*, который садится в торце стола справа и все-все-все понимает и мудро слушает (жаль, молчит!) — и сами собой садятся с правой же стороны и рядом друг с другом крепкие молодые люди, похожие энергией и хваткой на волчат, которые только ждут мига, чтобы грозно (и в улыбке показав белые зубы) прикрикнуть:

— Сядь! Сядь!.. Чего вскочил?!

Или напротив — сообразно ситуации:

— Встань! Как сидишь?!

В самом паршивом суде (в самом простецком районном нарсуде, с запахами, с неметеным полом и замасленными, оставшимися от скорой еды бумагами под скамьями) ты все-таки дышишь полегче: ты оплачиваешь свой жизненный прокол, сидя на скамье подсудимых, статьей «номер такой-то» или «такой-то», подпункт «а» или «б». Но в случае разбирательства за столом судилища ни статей, ни пунктов нет, и потому прегрешение тебе придется оплачивать всем ходом своей жизни. Больше нечем. Как человек своего времени, я уже не переменюсь. И, как большинство из нас, так и останусь с образом Судилища внутри себя — с образом страшным и по-своему грандиозным, способным вмешаться во все закоулки твоего бытия и твоего духа. Но в области духа они все-таки не представляли собой Небеса. (Ты понимал. И утаивал кой-какие крохи.)

Взрывается *Соц-яр*, этот прост и уже сразу тебе тычет:

— Думал, ты один живешь — ты один в центре Вселенной, а?

Простой работяга, он начинает с центра Вселенной:

— ...Ты живешь в самой теплой серединке, а народ вокруг тебя трудится — так? Хлеб-масло ешь? Отвечай, я ведь спрашиваю прямо — хлеб-масло ешь?

— Ем, — отвечаю я.

И он тоже ест. Но ведь он с меня спрашивает, а не я с него. Поэтому хлеб-масло против меня. Если бы спрашивал я, я бы в азарте спроса тоже его корил хлебом-маслом. (И он тоже был бы виновен.)

Ярость его неуемна, он размахивает рукой. Сквозь плохие, частью потерянные и выбитые зубы летят блестки слюны:

— Если все люди будут рассуждать, как ты, — хлеб-масло при мне, а остальное меня не касается, что будет?!

Он повторяет с нажимом:

— Что будет?.. Молчишь? Но тогда я тебе скажу, что будет, — жизнь замрет, вот что будет! свет в квартирах погаснет, и воды не будет! ты это пойми: троллейбусы станут! поезда станут!

И ты вполне его понимаешь про поезда: и ведь точно — станут. И свет погаснет. И воды в кранах не будет... Тебе удивительно: грубый мужичишка, затертые слова — а вот ведь достают тебя. Правота слов подталкивает битую душу еще на волос к чувству вины. Он прав. (Они правы.)

Молодой волк, как всегда, несколько прямолинеен:

— ...там ваша подпись. Вы тоже на том листке свою фамилию поставили — вы ведь помните свою фамилию?

Тот, кто с вопросами изощрен и в слове суховат:

— Не каждый шаг является целью. Но, разумеется, это не значит, что цели у вас не было.

(Давят.)

Партиец:

— А тот, за кого вы радели, перешел на другую сторону. Переметнулся — и вас еще и полил грязью!

И если ты отвечаешь приблизительно (а как тут можно еще?), *Партиец* весь подхватывается — так подхватывается профессионал среди дилетантов:

— Не расслышал, повторите!.. Повторите. Но не

меняйте слов, как вы обычно делаете, — я требую, чтобы он повторил слово в слово!

(Давят. Давят уже с нажимом. Чтобы сорвался.)

На левой половине стола сидят *Соц-яр, Тот, кто с вопросами* и еще *Партиец* (в торце стола) — вся агрессивная троица. Гляжу прямо перед собой, и потому лица их (боковым зрением) — как в молоке, в тумане.

И чуть что — народ. Чуть что — они о народе. Они знают мое слабое место (легко находят в российском человеке уязвимую нежную пяточку. Она на виду). Вина твоя не только возникает сразу: вина обрушивается. Огромная, завещанная веками вина. И мучительно ищется ответ. (И никогда вопрос — почему, собственно, они?)

...Почему твой брат был в лечебнице? (Вопросы уже горох; мелочи.) Почему ты перепрописывал своего сына дважды, нет, даже трижды? Почему сто лет назад, будучи пьяным, ударил ногой на повороте машину «Москвич», помял ей бок, был зван в суд (есть протокол) и как-то ведь сумел отвертеться — почему?

Среди них *Секретарствующий* — всегда более-менее спокойный *Секретарь-протоколист*, и первую реплику ты обычно слышишь от него, едва входишь: «Проходите. Садитесь...» Ты почему-то сразу впераешь в него взгляд, первый тебе кажется главным (промашка почти всякого входящего). Следует повторить (как только вошел) твое имя вслух, уточнить инициалы и запротоколировать. Тебя еще нет, хотя ты вошел. Ты идешь к середине стола, и *они*, может быть, смотрят, приострив взгляд, от скуки на твою обувь и на твои шаги, если на шаги можно смотреть. (Можно с интересом смотреть на движение ног — движение всегда что-то подскажет.) «Проходите. Садитесь...» И когда ты совсем приблизился, он повторяет вторую часть сказанного уже отдельно: «Садитесь». И графин от него неподалеку. (Два первых предметных образа: лицо *Секретарствующего* и графин, оба в середине стола. Графин с водой. Лицо с приятностью.) *Секретарствующий* никогда не лохмат, не массивен. Он худощав. Всегда причесан, аккуратен, говорит не басом, но и не пищит — средняя, понятная всем речь.

Его претензии невелики: вставить свое слово, когда обсуждение перевалило пик. Но его желание превосходит желания других своей честной устремленностью, и по этой причине он никогда не зол по отношению к тебе. Вставить свое словцо, чтобы оно прозвучало, — вот и все. Чтобы было ясно, что он не только очиняет карандаши и доливает в графин свежей воды. В руках авторучка. Он делает беглые записи, пометки. И белая бумага лежит перед ним. И всегда белая сорочка в вырезе пиджака. (Белый — его цвет.)

«Проходите. Садитесь...» Однажды он услышал во сне этот четкий (красивый и строгий) голос и — как знак свыше — записал его на пластинку памяти. Записал навсегда. Он не копировал, он его создал. Лет пять-шесть назад товарищ по работе сказал ему, что его шутки отдают самогоном и свежими коровьими лепешками. С тех пор он не шутит. (Душе тесно.) В компании родичей, нагрянувших из-под Тюмени, он напивается, шумит, хохочет, но вместе с отбывшими родичами кончаются три дня праздников, начинаются будни.

Выясняли вину нашего сослуживца Н. (почти притча), который все ссорился, придираясь к людям, работавшим с ним вместе. Вина Н. была ясна. Но заодно всплыло другое: оправдываясь, Н. рассказал о гибели жены, погибла два года назад, — рассказал об одиночестве, которое и толкает его к ссорам (возможно, он ждал сочувствия). Однако выяснилось, что жену он тиранил, и кое-кто из сидевших за столом знал о неладах в их семье.

Следом выяснилось, что с женой он не ладил, так как частенько позволял себе командировки и во время этих поездок жил со случайными женщинами. И ведь не отвертеться. Одну из них, совсем молоденькую, он, как говаривали в старину, совратил (растерявшийся Н. даже имя ее сам им назвал, вспомнил!). Он бросил ее, уехал, и молодую женщину это так потрясло, что она заболела (нетяжелой, но долгой душевной болезнью). И тут же, в параллельном и пристрастном расспрашивании, выяснилось, что и частые эти командировки он устраивал себе не всегда по необходимости и, конечно, за счет предприятия. И так далее и так далее. И все продолжала выплескиваться его несомненная и как бы единая вина (правда, рассредоточенная по всей долгой жизни, как это и бывает у человека).

Судьи (то бишь сослуживцы) уже понимали, что влезли не в свое и что им надо было остановиться еще там, где Н. придирался к товарищам по работе — им надо было остановиться на своем деле. Но, перекопав, как канаву, почти всю его жизнь, они не могли теперь эту канаву просто так зарыть: впали в положение Бога, который увидел грехи наши... Они продолжали расспрашивать — вина продолжала разрастаться, и Н. сам ужаснулся всему тому, что он натворил (но ведь это за всю жизнь, так и бывает!) — на покрытый сукном старый дубовый стол огромным комом выволоклась наконец _вина_. (Последний суд состоялся.) Потрясенный Н. попал в больницу, вскоре же умер; он как-то вдруг угас. Злые языки, правда, говорили, что он умер, _опившись валерьянкой_ — отравился какими-то успокоительными препаратами.

Работавшие с Н. (почти все мы) как-то разом в те дни почувствовали, что Н. был честный, порядочный человек, добрый и даже верный (хотя это и не отменяет всего того, что мы так пристрастно насобирали в долгой канаве вдоль его жизни) — во всяком случае, мы чувствовали, что мы не лучше.

Тот, кто с вопросами, интеллигент, он как бы главный. На ровной ноте вежливости, которая многого стоит, он вытягивает из тебя личное (не обязательно больное).

— Что? что? что? — вдруг вскрикнули настороженно двое из них или даже трое — голоса их слились. Почуяли неосторожное мое слово, тут же взяв новый четкий след на снегу.

Я еще не понял, что такое сорвалось с языка, некий выхлоп, случайный выброс слов, протуберанцы недовольства, — зато они уловили чутко.

— Что? что? что?.. Да, да! не прячьтесь! — вот они ваши слова, мы уловили *протуберанцы вашего недовольства.*

Oни и дальше будут копать канаву, рыть яму за ямой на месте каждой неровности твоей души, ямы и малые ямки, каверны, пещеры, заглядывать туда и вскрикивать — как темно!.. Сами копают пещеры и сами удивляются, что там нет света.

Ты отвечаешь им, запинаясь, однако еще не путаясь, но в одну из обыкновенных минут вдруг смолкаешь, как в ступоре, словно бы тебе крикнули: «Вста-аать!» — и хотя этого не крикнули, ты встаешь, ты медленно встаешь со стула, а затем (осознав, что минута как минута и никто ведь вставать не велел) медленно же садишься в полнейшей тишине. Но стул подламывается. И проваливается пол. И ты уже в том самом подвале, где громадный мужик идет к тебе навстречу. Висящие кнуты, ремни. Всякие там ножи и щипцы, что так ужасают, — но прежде мелких предметов ты видишь этого здоровяка, крупного и с неотталкивающим лицом, идущего навстречу. Идет принимать. На руке, на внешней половине бицепса, выколота та роза, с вьющимся стеблем, а на плече могильный крест. Здоровенный, полуголый, с хамским блеском серых глаз. Огромный мужик, животное, любящее, как он сам говорит, потешиться, — из тех, кому все равно, что перед ним в эту минуту: овечий зад, женский зад, мужской зад, лишь бы жертва взвизгивала, вскрикивала от боли (нет, не от униженности — такого чувства он не понимает, не знает его; именно от боли, чтоб криком кричал — это ему понятно).

Ты можешь и не знать о времени *подвалов* или о времени *белых халатов*, но в том-то и дело, что и не зная — ты знаешь. (Метафизическое давление коллективного ума как раз и питается обязательностью нашего раскрытия.) И удивительно, что мы не раскрываемся до конца.

То есть мы раскрываемся, мы искренни в своем раскрытии, но *что-то*, как правило, маленькое, укороченное, неважное, мы все же оставляем себе. Какие-то травинки уцелевают, в то время как выдираются с корнями дубы, заросли кустов и толщь травы. Какие-то две-три травинки... И в смуте души человек почему-то их утаивает.

Быть может, они вызывают меня, чтобы помаленечку начать увольнять с работы. (Идет сокращение.) Ведь они никогда прямо не скажут: так, мол, и так, хотим сократить. Они будут вызывать, обсуждать, копаться в твоих делах нынешних и прошлых. Им необходимо нравственно тебя осудить, прежде чем дать ногой под зад. (Момент истины.) И когда сейчас, среди ночи, я подготовился к сотне вопросов, главный их вопрос я забыл: *по какому поводу они меня вызывают?* — но этот-то вопрос и неважен. В нем нет содержания. В любом случае будет один и тот же стол с сидящими вокруг людьми. И копаться эти люди будут в одной и той же жизни. В моей.

Неспособные сказать прямо, лукавые, они станут меня расспрашивать, и тень парткома былых времен, ничуть их не пугая, будет висеть над старым столом, покрытым сукном. Есть тени, которые не пугают. Старый стол различает знакомые интонации спроса. (Потому и вызывают не сообщить, а поговорить.) Я, разумеется, совок. Но ведь и они совки. Они не способны выгнать просто так — они должны будут убедить меня, что я никуда не годен, что я говно, что плохо жил жизнь и что обществу я с некоторых пор и отвратителен, и не нужен. Сколько бы я ни готовился вот так среди ночи, они все равно застанут меня чем-то врасплох. Но и я вдруг вспыхну. Как только в середине разговора определится, к чему они клонят (а это не раньше, чем середина спроса, они ведь должны захотеть вытянуть мне жилы), я начну дергаться, сопротивляться, огрызаться, а они, удесятерив усилия, будут еще более давить, гнать, травить бегущего. (И виноватого.)

Ночь. Кухня. Я варю (по необходимости) старинный дедовский сбор из того, что накопал и насобирал летом. Валерьяновый корень. Мяту перечную. Речной трилистник. Что делать, если в аптеках нет, а мое сердце, если его не осаживать ближе к ночи, имеет слабость, как пугливая бабочка, вдруг затрепыхаться, забив крыльями. (Вижу человеческое сердце как красную бабочку. Сидит со сложенными крыльями. Крылья дышат в неполный такт: подымаются и опадают.) Я отсыпаю две ложки сбора. Ставлю эмалированную кастрюльку в большую миску с кипящей водой (делаю «водяную баню»). Захочешь жить — всему научишься. Ночь долгая.

Свалявшиеся волосы, больной вид. Медленной ночной поступью прохожу мимо зеркала. Хотел бы подмигнуть своему отражению, но не вижу собственных глаз — запали под брови и веки; усталость...

Запах с кухни. Пора. По часам вижу: убавить под миской газ, иначе вода со сбором выпарится до дна.

Возможно, я уже знаю их, сидящих там за столом, до такой черты, до какой они сами себя не знают, но знание это не дает мне, увы, силы от них отодвинуться. Они слишком близко. (И, конечно, запоздалое недоумение, как так случилось в жизни, что, спеленутый с ними, я уже не живу без них, не мыслю себя без них.) Они — это и есть я.

Хожу по коридору. Если жена вдруг проснется от шарканья моих шагов, скажу, что я только-только встал. Мол, в туалет. Могу даже решиться и сказать, что бессонница. Но тогда на меня навалится ее сочувствие, которое я бы охотно принял, если бы мог, к тому же решиться рассказать, какие жалкие страхи меня одолевают. Возможно, жена знает. Возможно, понимает, что *без сочувствия мне легче*. (В каждой семье есть свое. В нашей — мои скрываемые ночные страхи.)

Я бывал спрашиваем ими уже десятки раз и даже, пожалуй, сотни раз, и ведь выжил — ну так одним разом больше! Но в том и суть, что человек придавлен не ожиданием предстоящего ему 148-го раза, а остаточностью давильного пресса 147 предыдущих, — это ясно. Сколько раз за таким же точно столом я их перехитривал, уходил от них, сбивал со следа, дурил, обманывал, да и просто оказывался умнее их и многажды проницательнее. Иногда я таился, иногда вел себя вызывающе, иногда компромиссничал, иногда, решившись, давал малый или большой бой, а они ничего такого особенного не делали: они только и делали, что оставались самими собой. Они не меняли лица и не хитрили и потому победили меня. (Оказалось, они — часть моего сознания, что и стало их победой.) Однажды оказалось, что они со мной, они во мне, и уже не отодвинуть их типовые лица, их вопросы. (Я так долго старался их понять. Ночью, такой же вот ночью готовя себя к спросу, я огромным душевным напряжением все же проник в их суть, понял их, и в ту же самую секунду они угадали меня — вошли в меня. Взаимность.) Конечно, уже не отодвинуться. Времени нет. (Жизнь прожил.) Мне, в общем, жаль, что я думаю о них и только о них. Жаль, что в напряжении бессонной ночи я варю темно-фиолетовый валерьяновый корень и хожу взад-вперед по ночной квартире, вместо того чтобы спать. (Мне жаль мое «я», которое от застольного общения с ними стало словно бы пластмассовым, и, если его хоть чуть подержать у их огня, оно тут же мягчеет и скукоживается, покрываясь с теплого бока кривизной морщин.)

Человеку, впрочем, так или иначе суждено пережить Суд. И каждому дается либо грандиозный микеланджеловский Суд и спрос за грехи в конце жизни, либо — сотня-две маленьких судилищ в течение жизни, за столом, покрытым сукном, возле графина с водой. Так что, может быть, это наш вариант?

И тогда я думаю: может быть, за свои 147 или 148 раз я уже очистился?.. может быть, тому, кого уже со школьной скамьи спрашивали с пристрастием, как и зачем живет он сам и как народ (он — вечно виноватый перед народом), — может быть, ему, бедняге, в конце жизни будет за это грандиозная скидка, и ему скажут: никакого Страшного Суда, проходите, проходите!.. Нет, нет, оправдывать вам ничего не надо. Вы уже все рассказали и на все вопросы ответили — проходите. Вперед, совок, тебе уже ничего не предстоит. Вперед, милый. И не страшно, что впереди такая темень и мрак, — это всего лишь ночь.

(В своем экзистенциальном выборе мое «я» хотело бы прожить жизнь размашисто, дерзко и, пожалуй, нечестно с точки зрения общей морали: заниматься, к примеру, кражами и быть талантливым ночным вором, влюбленным в погасшие на время ночи городские квартиры первого и второго этажей, — возможно, я выбрал бы такую (хотя бы такую!) жизнь взамен нынешней. Нет. Не сумел и не дали. Даже этого не позволили, обрушив на меня еще с детства чувство вины.)

И странная вдруг картинка (это ж надо такое представить!) — драка у них за столом. Да, да, меж собой у НИХ потасовка. Трое дерутся против четверых, а еще двое выясняют who is who сами по себе — брань, крик, зуботычины, и даже стул, брошенный в кого-то, полетел через дубовый стол, не задев, впрочем, графина и бутылок с нарзаном.

Такая вот нафантазированная картинка. А я как

раз к ним пришел. Мне бы обрадоваться и уйти, а я стою, как потерявшись. Я ведь пришел открыться, готов к вопросам, готов оправдываться. С собранным комом жизни внутри себя. Стою. А им не надо.

И не знаю, как быть и куда мне деться, когда у них драка. Я стою в ожидании. Топчусь, топчусь. Я ведь не могу уже без суда. Я уже не могу быть один на один со своей душой. Она уже не моя. Возьмите ее. Пожалуйста, возьмите.

4

Если ты их упорядочиваешь, сидящие там за столом (в твоем воображении) ведут неприятный ночной спрос. Но если ты их не упорядочиваешь, хаос страха хватает тебя прямиком за сердце. Ночь есть ночь. (Ночные мысли нехороши, но, если их не упорядочивать, они совсем плохи.) И порядок в мыслях — это отчасти порядок в том, как эти люди будут завтра сидеть за столом. Завтра обойдется. А послезавтра не обойдется. (Однажды твоя бабочка вдруг забьет крыльями — и взлетит.) Но ведь что-то меня мучит конкретное — что?

Припоминаю. Вот оно что: та, *Седая в очках*, сердобольная, что в правом углу стола, похожая на полурусскую, вполовину с армянской либо еврейской *долей*, завтра, кажется, не придет. Вслух сказали. (По телефону. Кто-то сказал кому-то, а я слышал, проходя мимо.) Стало быть, для меня один голос потерян. Хотя и она может выступить против. (Бывает.) А все же знать, что она, с печальными глазами за стеклами очков, сидит там, на правой половине стола, — знать неплохо. Сидит вся седая, прокуренная. В сильных очках. (Жаль!)

Для врачей-психиатров *времен белых халатов* было ясно, что сидящий перед ними человек не диверсант и не враг, а также не убийца партийных лидеров (взрывы, выстрелы и вообще «враги» остались в прошлом — в 37-м). Так что вопрос упирался всего лишь в нежелание «быть с народом вместе», а не желать этого (за отсутствием врагов) мог только человек больной. Что им и предстояло определить. И квалифицировать: *больной человек*. Они искренне в это верили.

Такой человек мог быть поправимо больным; ему назначалось лечение в психиатрической клинике. (Надо было помочь не некоему Иванову А. В., а надо было помочь человеку, как бы потенциальному и как бы содержащемуся сейчас внутри Иванова А.В.) Профессионально-медицинский спрос вели разные люди. У них были разные судьбы, и их разно пригласили за этот стол. Но, как и всегда, рядом с *Секретарствующим* сидел интеллигент, с высоким, красивым лбом, то есть тот врач, *Кто с вопросами.* Был *Старик* (старичок от общественности), был *Социально яростный* (врач из низов, никак не могущий сделать карьеру), была врач, *Красивая* женщина, — словом, все они были люди как люди, только в белых халатах. (В известном смысле они были народ, и у сидящего перед ними человека была возможность почувствовать вину и раскрыть свое «я».)

Авторучка *Секретарствующего* работала как никогда. Время белых халатов — его время; единственное время, когда записи значащи и когда слова тех, что ведут спрос, он записывал аккуратно и со строгой точностью. Иногда (сквозняк, весна) *Секретар-*

ствующий прикнопливал на столе свои белые листы (кнопок в продаже не было) вышедшими из употребления иглами от шприцов, и старый стол (под скатертью) сохранил болевые точки, каждый раз по четыре. Они уж давно не болели, разумеется, но все-таки чернели на поверхности, хотя и затянутые пылью времен. Старый стол также сохранил (под скатертью) небольшие черные прожиги — следы выкуренных папирос. Скатерку, конечно, сменили (сукно сменили уже много раз), но прожженности стол помнил старым своим телом. Через дрему десятилетий он помнил и голоса.

Голоса «обыкновенных» были негромки. Хотя это были не единицы, а тысячи, а то и десятки тысяч из разных городов — в основном юнцы. Время попросту выбросило в жизнь целую генерацию, которая «хотя бы на волос», а все же отличалась от предшествующих. (Предусмотрено биологией.) Возможно, они и на волос не отличались, но всего лишь вступили в период возрастных сомнений и смущения духа, какой в юности бывает у всякого, и, пройди они, проскочи этот период, через год-полтора из каждого из них получился бы самый обычный совок, честный и по-своему верящий в известные идеалы, но... но год-полтора им не дали. Юнец высунулся — его успели приметить, поймать на слове и, упирающегося, привести за стол, покрытый сукном.

Строго говоря, *белые халаты* приглашались судить юнцов не сразу: сначала решал трудовой или же студенческий коллектив (стол, с сидящими вокруг людьми), затем общественный суд (еще один стол с сукном и графином посередине) и, наконец, круг врачей и психиатров вместе с представителем общественности (третий и уже последний стол) — впрочем, можно было считать, что это один и тот же стол, но только удлиненный в три раза по случаю.

И вот что юнцов ждало: разрушенная после лечения психика; затем «тихость»; затем, как правило, быстрая, ничем не приметная смерть.

С той же стороны, где сидела *Красивая женщина-врач*, сидела и *Женщина с обыкновенной внешностью*, похожая лицом на школьную учительницу, так что, если потрогать старый стол, отнятая на этом месте от стола ладонь все еще передаст (через новое сукно) сохраненный запах школьных парт и тонких ученических тетрадей. В школах тогда уже обходились без чернильниц (вовсю пользовались авторучками). А в клиниках все еще применялся для лечения препарат, в простоте называемый почему-то «Аленкой» (иногда «Ежевикой», за густой, темно-красный цвет). Патентованное соединение инсулина и старинных препаратов (веронал плюс уретан), «Аленка» была популярна в психиатрических больницах. Препарат сразу же усваивался и — главное — столь же быстро вызывал у больного непроходящую сонливость, подавленность, правда, подчас и исчезновение интеллекта. (А заодно и — необъяснимую ненависть к птицам. Все больные рассказывали про птиц.)

Вызываемые по очереди молодые мужчины и женщины (студенты или сотрудники университета) парировали реплики собравшихся на консилиум врачей; дерзили. Острые на язык, они посмеивались. Они даже в меру изде-

243

вались над своими медицинскими судьями, мол, разве мы похожи на психов, и, мол, если мы — психи, то кто тогда не псих?.. ОН был приметен копной светлых волос. ОНА, вызванная следом (они вплоть до лечения держались вместе), отличалась правильными чертами лица, небольшой темной родинкой на щеке. Оба прожили недолго.

ОНА была тоненькая. Смесь подкорковых ядов в процессе лечения очень скоро привела ее к тихости: исчез смех, лицо стало задумчивым. Тишина обступила. Ей, правда, слышалось падение дождевых капель на крышу, тиканье маятника. А затем — как и у всех — накатывали вспышки гнева при виде голубей, бросающихся на хлебные крошки. Непереносимое отвращение ко всяким птицам, но особенная ненависть к крупным — к воронам, голубям — ОНА топала на них ногами, кричала: «Кышш! Кышшш!..» — и, как только спугнутая птица взлетала, возникала девичья слабость, дурнота, обильные капли пота на лбу. ОНА скоро умерла. Обычная в таких случаях серия припадков обошла ее стороной, наступило истощение и — неприметная смерть. ОН умирал дольше. Мощный интеллект сопротивлялся и месяц, и два: он даже продолжал решать какие-то задачи, доказывать теоремы; он спал, ел, он даже шутил, — да, да, как и впервые представ перед судным столом, он довольно долго острил, уже и психика «потекла», уже и ум его «сел», как садится аккумулятор, а шутки выскакивали, выпрыгивали изо рта — и до самой смерти не возникло в нем желания молчать. (Из известных признаков — только ненависть к пернатым.)

Судьи-врачи, судьи-психиатры сами подвержены обратному действию судилища. Открываемое ими, оголяемое чужое «я» укрыто природой-охранительницей (по отношению к ним) очень токсичным психологическим полем. Врачи признавались, что сам спрос человека, попавшего им в руки «полностью и до конца» (их судный стол), оказывал воздействие на их собственную психику. Иногда это их подавляло. Иногда приводило в неосознанное игривое возбуждение. И если врач не стопроцентно устойчив, процесс расспросов провоцирует его психику и подталкивает его самого к едва намеченным границам патологии. Обладание не хочет знать ограничений. Спрос — это *потребление* человека человеком. А возможность проникнуть в душу и там выискивать — сродни обладанию.

Один из врачей, а именно *Тот, кто задавал вопросы*, был настоящий ученый, всю свою жизнь размышлявший о сухой плазме, об инсулине, о препарате ДтДн в ампулах. И конечно же, по-человечески сочувствуя ЕЙ, он сожалел о наступившем вдруг сумеречном состоянии ее души. ОНА была ему симпатична. Когда после долгого отпирательства и нежелания объяснить свои студенческие выходки она наконец потеплела сердцем и сказала: «Я расскажу. Я все расскажу...» — и лишь запнулась на миг на пороге откровенности, врач облегченно вздохнул. (И неожиданно, как он после признался, испытал к ней чувственное желание.)

Молодое красивое тело находилось в подсобной, «холодной» комнате накануне перевоза в морг, а он, как записано в последующем протоколе, «остался наедине и не мог оторваться от ее лица, родинки на щеке». (После тоски, после сумерек в психике и приступов ненависти к голубям, к воробьям, к их гнусному чириканью больная умерла. Умерла и лежала — вот она. Она лежала в холодной, подмораживаемой комнате, одна. А врач?..) А врач только-только вошел туда и с грустью смотрел. Он (тут следует отметить точно) и сам еще не знал, что это доставляет ему удовольствие, «...пока этой же ночью он не оказался один на один с трупом молодой девушки. Желание его оказалось настолько велико, а обстоятельства настолько благоприятны, что он не устоял. Обнажив член, он прикоснулся им к бедру мертвого тела, испытав при этом огромное возбуждение. Окончательно потеряв над собой контроль, он обхватил тело и приник губами к ее интимным местам. Как утверждает подследственный (теперь спрос был с него), возбуждение достигло в этот момент такой силы, что у него произошло извержение семени. Затем пришли угрызения совести и страх, что его могут застать ночные медсестры или уборщицы... Под утро он опять вернулся. Первым делом он сосал у нее груди, затем погружал губы в интимные места». Вероятно, окоченелость ее тела, подмороженность трупа не дали ему возможности полного обладания (заодно же не дали впоследствии применить к нему статью кодекса в куда более суровой полноте). Разбросанные там и здесь в протоколе его признания однозначно говорили о том, что именно процесс судебного спроса его возбудил. Врач-психиатр, он и раньше испытывал по отношению к опрашиваемым женщинам известное возбуждение (томился, мучился, но природу мук, как он уверяет, не понимал). Выяснения и тщательная проверка его ночных дежурств подтвердили все такие случаи, а также постепенность нарастания его чувств. Возбуждали ли его мужчины, когда он вел пристрастный разбор их дел?.. Нет. Его мучило нечто во время расспроса женщин, но он не мог это нечто понять, пока не осудил однажды на лечение молодую женщину и она не умерла вскоре от препарата «Аленка».

Секс, я думаю, не раз и не пять был связан с судилищем ритуально — связь уходит в глубину веков, в нравы племен. (Меня колотит, когда думаю об этом; в двух шагах от спросного стола — бездна.)

5

Расспрашивая, человека уже и раздевают, вплоть до самой наготы, и это уже есть секс, уже постель, и каждая следующая сброшенная тряпка злит и распаляет как их, сидящих за столом, так и нас, спрашиваемых (мы — в женской роли). Но ведь удовлетворения нет. Они разложили, раздели тебя своими вопросами и, передавая от одного к другому, коллективно поимели твою душу, но все как бы впустую, без выброса семени. Неполнота обладания очевидна, и графин в середине стола играет лишь роль торчащего камня, ритуального фаллоса (бессмысленно стоящий графин, из которого никто и никогда не пьет). И как только жертва уходит от их спроса за дверь, ощущение этой неполноты наваливается на судей. Он ушел. Ушел, и судилище тотчас стало безвкусным — они даже оглядываются друг на друга: чего мы тут сидим? зачем? что за насмешка?!

Геосексология — пора бы ввести такое слово. Грубая географическая схема такова. В Латинской Америке — секс и кровь. В Америке — секс и доллары. В России — секс и спрос.

В Европе — секс и?.. ну?.. — ну, конечно же! Ну разумеется, в Европе *секс и семья*, как я мог это забыть? (Ночь. Ирония слабеет. Иронии бы тоже надо спать.)

Так что осознанно или неосознанно, но после коллективного тотального досмотра твоей души их неостановимо тянет теперь к самому что ни на есть бытовому сексу. Что бы и как бы они там ни объясняли, их тянет, влечет, они должны торопиться к соитию, и самый серенький грех в эти последующие часы их устроит. (А заодно и лазейка, так как все еще длится возможность несколько часов отсутствовать, не объясняя своей жене или своему мужу.)

Но есть и высокое оправдание. Зачать новую душу, оплодотворить хаос (у них претензии Бога). Примерив на себя роль Бога, они ведь тем самым взяли на себя и непрерывность всей проблематики Творца. Именно так: завершая Судом чью-то жизнь, они бы должны начать, точнее сказать, зачать жизнь следующую. Начинать же и зачинать они умеют отнюдь не из хаоса и не из глины. И потому-то сразу после всякого судилища каждый из них бегом бежит к постели, к совокуплению — как мужчина, так и женщина, — в них срабатывает крохотный ген взаимосвязи смерти и жизни. (Они обязаны. Они должны выполнить заложенную онтологическую программу: зачать чью-то новую жизнь после того, как чью-то прежнюю жизнь закончил.)

Сразу за *Секретарствую-*
щим, за гладеньким и чистеньким секретарем-про-
токолистом, сидят с правой стороны два *Молодых*
волка. Один из них волк *Не опасный*. (То есть он
здесь неопасный. Вообще-то он рвет зубами все,
что придется: место по службе, женщину, девицу,
скорые деньги, выпивку, — торопящийся и всегда
алчный.) Но здесь он скучает. Плевать ему на них.
Он, конечно, поддерживает спрос, но иногда, именно из наплевательства и из известного бесстрашия,
он способен тебя (жертву, сидящую за столом посередине) вдруг поддержать, оправдать, а то и
клацнуть зубами, огрызнувшись в сторону *Того,*
кто с вопросами или в сторону *Партийца* — мол, нечего меня учить и одергивать, сам знаю.

Опыт, впрочем, для него интересен: ему не хочется упустить, как именно затравили тебя. В такую минуту (а прежде он скучал) его глазки с сон-
ной ленцой открываются: мол, нет, не проспали
глазки тот волнующий предмомент, когда доламы-
вали и когда человек наконец сломался. (Косвенно
полученная радость хищника. Вот она. Мысленно
он прикидывает, как у него на работе вот так же
завалят в свой час и пригрызут непосредственного
начальника, если тот зазевается, старый барбос!
еще увидим его жалким!..)

— Что виляешь, что ползаешь, — вдруг возмущается он, если жертва (если ты, задерганный вопросами), уже *готовая*, уже с переломанным позвоноч-
ником, все-таки находит в себе силы тянуть время:
оправдывается и уползает куда-то в сторону от
расправы. (И главных слез, тех, что искренние, с
сукровичной водой, — этих слез все никак нет.)

Он — из *растущих*. (Из набирающих у себя на работе очки.) Из тех, кто хотя бы немного в славе: он движется по некоей лестнице, растет и (наедине с собой) уже пестует свое тщеславие. Он остается, по сути, тем же молодым волком, но уже не хватает, загрызывая, все подряд.

Ему мила сцена, когда его упрашивают: стоят возле него и говорят, заглядывая в глаза. И когда войдет, он сядет за судилищным столом близко к графину с водой, но не потому, конечно, что жажда, а потому, что уже есть подсказанная и привычная близость к центру. Но он еще туда не вошел. Он идет, и с ним рядом пытается идти некий жалкий тип, вероятно, приятель того, кого сейчас будут сурово за столом спрашивать (дружок сегодняшней жертвы), — идет бок о бок, ища возможность замолвить словечко. И тут, разумеется, следует быть решительным:

— Нет, нет. Ничего вам не обещаю...

Но тот продолжает, лепечет свое:

— Избави бог, я и не прошу, чтобы обещали — я знаю, вы человек беспристрастный. Я только хочу сказать... Я всего лишь... я думаю, что возможно...

— Нет. Не обещаю.

При этом, однако, молодой, растущий *Волк из неопасных* не уходит от просителя резко в сторону и даже не отворачивает головы. Он дает этому просителю — пусть полупросителю — идти рядом. И еще одному полупросителю, который уже справа пристраивается на ходу, тоже дает сказать и идти рядом. (Хотя и ему не обещает.) Он не против, чтобы тот, что слева, да и другой, что забегает сейчас справа, шли и шли вот так рядом, и заглядывали в глаза, и что-то говорили, просили всю его долгую (он так надеется) жизнь.

— Нет. Не обещаю.

Глазами других людей (отраженно) он отлично видит и себя, и эту нашу с вами припляску на ходу вокруг него. Он уже повернул от лифтов по коридору, он идет ровно, а мы все спешим, приноравливаясь к его шагу, — спешим и говорим, как нам кажется, важное.

Другой *Молодой волк* более весел, из него прет энергия, он остроумен. (Витальные ключи, бьющие из самой глубины натуры, выносят на его лицо замечательную яркую улыбку. Так и чувствуешь токи жизни.) Таких любят, точнее сказать, такие всем нравятся. И особенно улыбка. Приятно смотреть. Хотя, разумеется, именно он на судилище тебе хамит, тычет тебе с первых же слов или вдруг кричит: «Как сидишь? Что это ты развалился?!» Он одергивает, не вникая в тонкости. И он же загоняет в угол прямыми и, если ты это допустишь, унижающими тебя вопросами.

Молодой волк из опасных тем и опасен, что хочет прихватить во всяком месте (в частности, здесь, за столом судилища). Использование ситуации в своих целях, то есть свой навар, он не обдумывает и секунды, потому что хватательный навык укоренился и, как инстинкт, лежит уже в самой его сути. (Добыча. То есть ты — добыча, все твое — добыча, и вся твоя жизнь — его добыча.) Если ты загнан и падаешь, что-нибудь твое следует пригрызть. Неплохо бы женушку, если не так стара, если толста и добродушна (самый лучший тип!). Можно и дочку твою, лет восемнадцати, совсем неплохо. Но с этими восемнадцатилетними обычно вляпываешься, бросаешь, потом их жалеешь — нет уж, к чертям, проще и лучше жену!..

И когда за день-два до судилища твоя жена появляется и хочет с кем-то из влиятельных поговорить (в волнении она расспрашивает, как и что, ее помаленьку пробивает дрожь), молодой *Волк* тут как тут: он даже не почувствует подделанность своей лжи, потому что как раз сейчас проступает его суть: его естество. Да, мадам, могу помочь, да, это в наших силах, постараемся разобраться. Когда люди ко мне с душой — я тоже с душой. И... глаза свои быстрые вперед. Глаза — в глаза. Нет, нет, деньги его не интересуют. (Интересуют, но сейчас можно начать с другого: с более волнующего.) Нет, нет, какие там деньги! Вы — женщина, вот вы сами и догадайтесь... и после запинки сразу, уже без пауз, по-волчьи:

— Хотите, приду к вам на чай?.. Я думаю, лучше днем, когда тихо и спокойно?

И с улыбкой:

— Если выпивка тоже будет, она *нам с вами* не помешает, верно?

Конечно, в свою пору ты тоже поучаствовал и побывал в числе тех, кто судит. (Каждый побывал, каждый сидел рядом.) Наше сознание полууправляемо; и, если за судным столом тебе пришел черед сказать слово и возник некий психологический сбой, ты запинаешься лишь на миг. А потом просто и охотно говоришь, попадая в пришедшую тебе на помощь ауру спросных слов (хотя бы тебе и чуждых).

Двигаясь из юности в зрелые года, ты не мог миновать и не быть в этой паре молодых волков. Было скучновато, но зато было расположение к тебе женщины, сидящей рядом (сначала она сидела поодаль, но ты к ней пересел через одно-два судилища); ее вполне можно было счесть *Красивой*. Твои молодые волчьи повадки подогревались к тому же ее более старшим возрастом, и соответственно ее чувственным опытом, и плюс ее мужем. (Верно: ты отошел вскоре от судебного застолья. Но ведь отошел случайно. И это уже после, перетряхивая всю коробку, жизнь сделала тебя более ранимым. И все более сочувствующим тем, кто подсуден.)

Лысый многоженец... ах, как умно он извивался, оправдывался, как издалека стал вдруг нацеливать теплый голос на ответное человеческое сочувствие, на сострадание (которого он хотел от нас), а я спросил: «Вы собираетесь нам рассказывать *о всех своих женщинах?*» — он улыбнулся, ответив: «Мне придется», — однако я продолжил: «Не о всех. Пожалуйста», — и после этого скромного ненажимного попадания весь боевой воздух из него вдруг вышел. Он обмяк. (Он сразу на наших глазах обмяк, а ведь как держался!) Попав в человека раз, я тотчас почувствовал гон, привкус погони. В его оправданиях открылся пробел (и незащищенность) с другого фланга — и я ткнул туда: «Правда ли, что вы много говорите про Андрея Ивановича и его жену?.. с чего? был ли повод?..» И тут он совсем пал духом, голос его скрипнул, и селезенка жалобно екнула (звук екающей селезенки был мне тогда незнаком). Андрей Иванович — шеф, большой начальник, и постыдно, что я этим ударил. Но ведь я не собирался так очевидно засвечивать, нет, нет, я просто шел по следу, ломил, гнал, а шеф, толстяк-начальник, был козырем, и в азарте я козырнул, как в игре.

Проверять и исправлять чужую жизнь, лепить ее, созидать — да, да, созидать всякую чужую жизнь, корректируя ее!.. Честный дядя хотел, чтобы все вокруг были честными. Ведь если ты видишь возможность исправить чью-то жизнь, кажется вполне естественным, если ты вмешаешься. Люди обязаны вмешиваться. (Но, если вмешиваются в твою жизнь — это ужасно. Вот и мудрость. И уже с демократической одержимостью.)

В тот же день попался сибиряк-хитрован, окал, акал, никак не могли за столом к нему подступиться. Я был, видно, в тот день в ударе: заметил его уязвимое место, но пока молчал. (В гоне я не был *Волком* в охотку, страсти не было. Но я тоже входил в раж.) Ну никак не могли судившие сделать его виноватым (главное во всяком спросе) — время тянулось мучительно, спрашивали без толку, хотелось курить. В желудке уже подсасывало, и исключительно от томительности минут я вдруг его сомнительную слабинку приоткрыл — ткнул, и он прокололся. Солгать сразу он не сумел. «Погодите, погодите!..» — он хотел выкрутиться, солгать отступая, но ему уже не дали. В отысканную брешь ринулся злобный *Соц-яр*, а за ним все сразу, и снова, и уже вдохновенно задавали ему вопрос за вопросом, — уже терзали. Хитрован шмыгал носом, он не окал, не акал, говорил обычным растерянным московским говорком. (Вся алчность гона только тут и пришла. Отчетливо помню: я подумал, что проступок его — в общем пустяковина, житейский сор, муть: и что же его наказывать за сор и муть, когда хочется наказать за жизнь как таковую.)

И был еще в тот день — следом — один человек, женщина; исходно жалкая, жалковатая, она плакала. Впрочем, почти каждая женщина плакала (и в этом крылась хитрость, которую мы все, конечно, знали). Давали воды. Приводили в чувство. В графине вода какое-то время чуть колыхалась, приковывая взгляд. Когда слезы просыхали и женщина могла отвечать, ее спрашивали — и только теперь спрос делал ее виновной, слезы становились неподдельными и истерика настоящей.

И в тот же самый вечер (не отдавая, конечно, себе отчета в неосознанной потребности зачинать новую жизнь) ты шел с судилища с *Почти красивой* женщиной, провожал ее, и, пьяные общением, вы оба шумно обговаривали, кто из вас как сегодня выступил и кого как затравили — да, да, это, конечно, называлось «обсудили» и «разобрали». Вы шли к метро, ты держал ее под руку, уже зная (помня) сказанное ею про уехавшего куда-то мужа, — ты даже не спрашивал, можно ли проводить, ты просто шел с ней (и за нею), ты уже давил, уже нависал всей молодостью и крепостью волка. И через полчаса, где-то там, в престижном и красивом доме, на восьмом этаже, где-то там, в дальней (на всякий случай) комнате, на тахте у свисающего со стены бухарского ковра она слабо попискивала в твоих руках: стонать, вскрикивать еще не вошло в те годы в моду, только мягкое попискиванье: мол, чувствую, мол, сопереживаю, вся с тобой и твоя.

Не подверженных суди-
лищному сексу среди них, я думаю, трое. Во-первых, *Старик.*

Во-вторых, та грубая баба, что всегда молчком
сидит в самом левом углу стола (но не в торце, там
Партиец). Грубоголосую эту женщину я называю
(для памяти) *Продавщицей из углового гастронома,* хотя, может быть, она из торга, или с овощной базы,
или из сети ларьков. Крепкая здоровьем, сверх
крепости еще и подзаросшая жирком, она час за
часом сидит, за столом судилища с непроницае-
мым лицом: сидит лишь бы числиться, что работала
в общественной комиссии. Когда в гастрономе или
на базе она проворуется, сидение здесь ей зачтет-
ся. (Общественный человек, не надо ее трогать.
Тень на сидящих с ней рядом, на красное сукно
меж ними и на графин.) Только для этого она и сидит. Почти не говорит. Не улыбается. Не сердится.
Иногда скажет: «Ага», — и как только предлагается
осуждение или наказание, не спеша, но твердо подымает руку: она «за».

Также вне секса *Седая в очках.* Уже с первых минут она мне (как и всякому, с кого спрос) сочувст-
вует: ощущения жертвы ей слишком хорошо знакомы по ее собственной жизни, возможно, по жизни ее сына или дочери. Она не может не понимать
сути судилища и знает, что это такое, когда все —
«за». Но в параллель она знает, что *все знают* за ней
априорную жалостность и эту заранее возникаю-
щую в ней готовность прощать: склонность снис-
ходительствовать, попускать, не примечать и тем
самым не топтать жертву слишком (она знает, что
все знают, и потому держит чувства в узде).

Ее речь деловита (она боится упрека в витиеватости) и всегда как бы дотошна: «Скажите, пожалуйста, как располагались по времени ваши поступки. Или все обвалилось разом, как снежный ком?..» — она и здесь дает тебе неприметный шанс, дает варианты, хотя и строгим голосом. А когда из человека выдавливают покаяние, когда он готов встать на колени и, взвыв, молить, она тоже готова встать рядом с ним и молить. Но эмоций не будет. Она вдруг снимает очки, вроде бы протереть стекла платком. И тебя уже не видит. Ты для нее в белом смутном пятне — как в белесом смутном тумане. (Как на английском побережье. А когда ты далеко в Англии, тебе не может быть так уж больно.)

— Виталий, доложите нам, — говорит она, сняв очки и не дав себе заплакать. (Виталий — чистенький, в белой сорочке секретарь-протоколист, он же *Секретарствующий*. Он, конечно, доложит, если ему так сказали. Он обязан. Он не спросит — зачем. Тем самым, пока он переберет листы и с одного из листов зачитает, для жертвы передышка.) Голос ее даже требователен: правда, она требует с прилизанного и чистенького *Секретарька*, а не с жертвы, то есть не с тебя. Но при всем том голос строг — она *строго и требовательно участвует*, и никто из сидящих здесь судей не сможет этого отрицать, никто не бросит ей вполголоса известного своей глубиной упрека: «Вечно вы своих поддерживаете!» — справедливого упрека, ибо ты тоже для нее свой по сопереживанию: по родству всех, кто оказался жертвой.

Когда дело закончено и все уже расходятся, у *Седой в очках* женщины возникает тоска, оттого что она помочь не смогла. (У большинства судей, как известно, возникает желание постели. Они идут зачинать.) Она в этом смысле идет поминать. Она ведь не дала своему чувству выйти наружу, когда тебя клевали и долбали (она трусовата, она это знает), — зато теперь чувство поднялось и долго гложет ее.

Простоватый, или *Социально яростный*, вроде бы тоже во время спроса не подвержен сексу. (Его страсти бушуют в другой сфере. Его торф горит в другом слое.) Однако с запозданием судилищная сексуальность в нем все же пробуждается. Она в нем дозревает медленно. (Я никак не вгляжусь: его возраст переменчив — в соответствии с этим *Социально яростный* может выглядеть по-разному. Но скорее всего его зовут Петр Иваныч, он жилист, скуласт. Волосы жестки и налезли на низкий лоб. Кепка. Не сомневаюсь, что он чует людей издалека.)

В числе других он набросился в очереди за маслом на пробиравшегося в обход мужчину с интеллигентной внешностью — сначала, когда все кричали, он даже его защищал, оправдывал. Но в одну секунду что-то в его психике переменилось, и вот он уже тянулся к хлипкому горлу, а остальные били — раз! раз!.. хилый интеллигент упал. Подскочила свистящая милиция, а народ тут же расступился, разбежался. И только он, Петр Иваныч, остался стоять. Уже и интеллигент вскочил с земли и трусцой, даже не озираясь, шмыгнул в толпу (так оно надежнее). А Петр Иваныч стоял — происшедшее было настолько его делом, настолько делом и смыслом жизни, всплеском души, что убегать означало бы отказаться от самого себя. Нетрусливый и по-своему отважный, он ждал, чтобы к нему подошла милиция. Он тяжело дышал, и он не оправдывался.

(Хотя, в общем, он даже не ударил: он только тянулся к чужому горлу.)

Он хочет, чтобы за судным столом выявилась твоя бесполезность (никчемность, жалость), которая рано или поздно все равно приведет тебя к известной грани, за ней уже нет святого. Он хочет, чтобы это выяснилось (и чтобы как рентгеном высветилось через спрос), после чего наконец — в поле. Рыть траншею. Работать!.. (Нет, не до полусмерти, зачем уж так, мы не китайцы — можно и на фабричку, на самую обыкновенную фабричку, без новшеств, пусть вкалывает. И пусть поест пищу работяг, не всегда горячую и всегда паршивую. От которой у него, к примеру, уже много лет как скукожился желудок и нажилась язва. Пусть-ка его там пожует, не отчаиваясь, эту пищу да поразмышляет. Пусть подышит заодно желтым, иногда даже красным с желтью дымом, что валит из трубы сутки напролет.) Но лучше все-таки траншея, тут равной замены нет — траншея, и чтобы длинная, чтобы до горизонта, лопата да кирка, и только чувствуешь, как напряжены мышцы и как с каждым взмахом жизнь уходит за дальние холмы. (За судным столом *Соц-яр* всегда пристрастен. Не скрывает этого. И если кто-то попытается тебе помочь поблажкой, то и на себя навлечет его неукротимую ярость.)

После судилища он не знает, чем себя занять. После долгого сидения за столом не хочется ехать транспортом — часть пути он идет пешком. Он идет домой, и как-то само собой он делает добрые дела. Помог старухе перейти дорогу. Какому-то работяге помог донести до метро здоровенный ящик. Кому-то торопливому уступил дорогу. Тяжело жить, но выдюжим, а? В сущности, неплохие мы люди, думает он. Прост, но ведь мил наш город. Надо работать...

Он идет по родному городу — глаза туманятся, счастье бытия пьянит. И только тут на подходе, в двух шагах от дома его достает подспудная суть судилища. Он, конечно, не связывает одно с другим: он только чувствует, что вдруг переполнен желанием. Человек простой, он тут же и решает, что какое-то время, видно, не занимался он приятным семейным делом, и спешит — быстрей, быстрей домой, и уже с порога, едва помыв руки, заваливает жену на двуспальную тахту. «С ума сошел! Даже не выпили помаленьку», — покряхтывая, сердится она. «Хренота. Только командировочные твои любят перед этим выпить. Для храбрости!.. Мужику, если он в силе, ни к чему!» — смеется он. (Он хорошо выпьет после.)

Снять с себя чувство вины. (А значит, искать и найти виноватых!) В моих отношениях с судилищем какая-то моя часть так и рвется, в обход слов, выйти из меня прямо на сукно их стола, наплакать там огромную лужу. Лужа, пожалуй, станет подтекать под графин, и *Тот, кто с вопросами*, сидящий близко, будет косо посматривать, нет ли на стенке графина трещины. *(Секретарь-протоколист* посматривать не будет, знает, что трещин нет.) Может быть, этой луже слез дать выйти из меня еще ночью, сейчас, загодя?.. Вот ведь какая мысль: дать выйти моей вине заранее. (Может быть, в этом и замысел бессонницы!) Чтобы днем, поутру, когда меня призовут, быть уже готовым к разговору без затей и подспудностей — пришел, увидел, поговорил!

Топчусь на кухне. Газ я зажег, синее пламечко газа ровно держится над плитой, не поставить ли вновь чайник?.. Конечно, чай не нужен. Конечно, нужен бы сон.

На кухонном столе крошки — значит, после валерьянки я пил чай с этими черствыми прениками?.. Уже не помню. Так же и с таблетками (не считал! не помню!). Голова болит, едва только касаюсь головой подушки. В лежачем положении давление на голову увеличивается — закон природы. Боль становится очень живой, вскрикивающей и взвизгивающей, однако принять таблетку, то есть следующую таблетку, я не решаюсь. Предыдущая могла еще не вполне сработать. (Не понижать давление слишком.)

На кухонном столе крошки, вот они, но разве реален этот ночной стол? этот кухонный стол с мелкой крошкой от ссохшихся пряников?

Реален *тот* стол. Он не умозрителен, не *идефикс:* он живет. Как живет реальная ночная гора (как двуглавая гора Эльбрус — с правой и левой половинами), которую ты сейчас не видишь, но которая, конечно же, находится на Северном Кавказе — стоит на своем месте. Стоит и покрыта на вершинах снегом.

(Не разбудить ли жену? как томительно!)

Чувство вины теперь уже глубже, чем я: оно на большей глубине, чем я, и чем родство с женой, и чем все мои родные. Оно внедрено, вбито в меня, и, когда я заглядываю в него (в это чувство вины), мне там слишком темно: темные круги.

Страх — сам по себе чего-то стоит. (Уйдет страх, а с ним и жизнь, страх всего лишь форма жизни, стержень жизни. И не надо о страхе плохо...)

Мне нехорошо. (Страх толкает к общению.) Но будить жену или будить дочь — это опять беготня из комнаты в комнату, таблетки, ночные хлопоты. (Долгая возня, как с больным. Я не хочу лежать и чтоб возле меня стояли, спрашивали, успокаивали. Мне станет совсем плохо. И ком в горле.)

Я мог бы сейчас пойти в комнату жены и лечь там на краю постели, не касаясь ее (постель широка), но слыша ее живое присутствие — мне бы этого хватило. Мне бы хватило и посидеть на стуле, слыша ее дыхание. Но ведь едва я открою дверь, она проснется и начнет беспокоиться. Если б спала!..

Когда я был мальчишкой, как-то среди ночи (и в некоем смутном волнении) мне захотелось побыть, пообщаться с мамой, а она спала. Войти и будить ее я не решился. Дверь была прикрыта. И вот, поколебавшись минуту, я лег прямо у ее двери и только просунул пальцы под дверь в ее комнату. Мои пальцы были там, где она, и мне этого хватило. Едва пальцы и пол-ладони оказались в ее комнате, сердце стало биться ровнее, я мягко задышал. (Сладость сна ударила в несильный детский ум и затопила его.) Я так и уснул. Проснулся я рано-рано утром от сильно подувшего в ту ночь ветра со снегом (в ту ночь выпал снег далекого тысяча девятьсот сорок какого-то года...).

Жалкий, я ищу виноватых.

— **Вы** сказали, что долго мыкались с кооперативной квартирой, чтобы отселить сына. И вдруг в течение трех месяцев вы ее получили?.. Каким образом?

Спрашивает *Тот с вопросами*. Высоколобый, с залысинами.

— Как вы получили эту квартиру? Ведь я бывал на всех комиссиях исполкома — и стало быть, вы получили в обход исполкома?.. как?

Я молчу. Я дал взятку, вот как. Точно такому же человеку-чиновнику, как он. Тоже с залысинами и тоже бегло спрашивал. (Удивительно, что именно он спросил. Или — не удивительно?.. *Ты спросил.*)

— Может быть, вы дали взятку? (Он давит. А я уже не в силах отказать себе в небольшом удовольствии.)

— Да. Может быть.

— Как?!. Как? — раздалось со всех сторон, вот уже на какой след напали.

И сразу в крик:

— Да вы отдаете себе отчет в словах?! Мы поднимем бумаги того года и присовокупим вам дело о взятке!..

Я, конечно, испугался. (За удовольствия платят.)

— Нет... Не помню... Да я...

— *Не помню! Не помню!* — передразнивает *Молодой волк из опасных.* — Он не помнит! У нас у всех дел по горло, однако же мы *помним*, что пришли вас слушать! Кто вы такой?! Вы думаете, у нас много свободного времени?

— Ничего я не думаю... — говорю я машинально.

Красивая женщина чеканит негромко, но всем слышно:

— А надо бы.

Ей лишь бы сказать. Острит. Но не виню. Ведь и мне лишь бы оправдаться.

Потребление факта или фактов для них, в сущности, малоинтересно. Им интересно потребление души, и пока человек не раскрылся и не выпотрошил себя, им нехорошо. Их раздражает сокрытие. (Им не нужно твое припрятываемое, но ты его им отдай.)

<h1 style="text-align:center">6</h1>

Однако принадлежность им твоей души и принадлежность им твоего тела находятся (как ровен ход времени...) в обратно пропорциональной зависимости. Попросту говоря, чем меньше принадлежит им тела, тем больше хочется забрать твоей судимой души.

Скажем, виноватый солдат былых времен — ни во что не ставя тело (и ни на чуть не отдавая душу), он сам кричал: «Расстреляйте, братцы. Расстреляйте меня!.. Стрельните гниду!» — и ползал, вопил, умолял. И кто-то (тоже не влезая в его душу слишком) соглашался: «Расстреляйте его! Стрельните гниду!» — и, состроив ряд, выставляли ружья, и ничто в этой картинке не напоминало стол с графином, разве что бедолага попросит в последний раз напиться, а кто откажет?..

Во времена подвалов уже расспрашивали. И поскольку претендовали на часть души, постольку же приходилось отпускать часть тела. Потому и не могли теперь просто так, без слов и расспросов ставить к стенке — потому и объявился *подвал*, где можно спросить и где, заодно, с плиток удобно вытирать все жидкое, кровь разбитого носа или твои обычные сопли. Могло случиться, что человек уписывался от ожидания пыток, от беглого взгляда на набор инструментов. Человек как бы и тут ловчил, пытался отдать свою жидкость как часть своего тела, вместо души — пытался отделаться малым и легким. (Это облегчало спрос. А плитки пола быстро-быстро замоет какая-нибудь старуха или свой же брат-подсудный, который поначалу думает, что его только за этим и привели — вымыть полы, замыть вонь.)

Уже важно было повозиться с виновным, порыться в душе: человек упорствовал. Приходилось исследовать его разговоры, его нетвердые или колеблющиеся поступки. Он и сам сначала удивлялся, а потом и ужасался своим колебаниям и мало-помалу признавал — да, было; да, враг. В помощь размышлениям и была боль. (Боль не давала человеку обманывать самого себя.) Один из родственников Бухарина, преследовавшийся уже после знаменитого процесса, рассказывает: «...В известных всем подвальных пытках тех лет меня поразил присутствовавший там бытовой, обыденный ритм жизни. Кровати тех, в чьи руки ты попадал, стояли там же. Некоторые были опрятно застелены. Кто-то из них сидел и шил иглой, когда тебя уже били. Он только изредка поднимал голову на твой крик и продолжал штопку. Казалось, что тут разместилась примитивная мастерская. Правда, жертва кричала, зубы, рот и нос почти сразу были в крови... Заметил я там *Красивого* молодого человека. Он опаздывал на какое-то свое свидание. Он поглядел на себя в зеркало, поправил кепочку и заторопился. «Я пойду. Мне надо. Я потом *наверстаю*...» — на ходу объяснил он своим сотоварищам, в то время как те продолжали избиение...»

Во времена белых халатов судившим доставалось твоего тела еще меньше. Тело им почти не принадлежало: разве что перед инъекцией можно было растереть ваткой твою вену, можно было позвать-кликнуть медбрата, чтобы тот, заламывая тебе руки, связал тебя, — вот, собственно, и все.

Но уж зато душа, ум почти полностью были в их власти и в их возможностях. Не зря же свое вмешательство в кору больших полушарий они объясняли твоей *душевной* болезнью, — вмешательство, в результате которого ты вообще мало на что реагировал. (Если не считать вдруг объявившейся нелюбви к птицам, вспархивающим с подоконника. Но и это проходило. Инакомыслящий превращался в тихое животное, отчасти в ребенка; ел, пил и спрашивал о фильмах, которые изредка им показывали: «Это про войну?» — как спрашивают малоразвитые дети.)

Старый стол, покрытый сукном, как-то особенно ощущал прикосновение графина, его прохладное донышко. (Влажные круги пропитывали сукно до гладкой поверхности стола, постепенно высыхая.)

Эволюция завершилась тем, что спрашивающие уже никак не могут претендовать на тело (даже и в виде уколов, даже и в виде подкормки мозга). Но душа — вся их. (Потому-то они так...) Спрос, который предстоит мне завтра, — это люди, которые будут рыться в моей душе, *только и всего*.

Руки, ноги, мое тело для них неприкосновенны: ни вогнать пулю, ни забить кнутом, ни даже провести курс «Аленки» — ничего нет у них, и что же тогда им остается, кроме как копаться в моей душе. Так что пусть их. Пусть.

Раскрыть, раздернуть, открыть твое «я» до дна, до чистого листа, до подноготной, до распада личности...

Я знал человека, женщину, которая при мысли о завтрашних расспросах (о предстоящем ей обычном нашем судилище, все равно по какому поводу) сворачивалась телом в клубок, в утробное колечко, и тонко-тонко выла. После этого ей делалось легче. И она даже садилась за телефон поговорить, поболтать с кем-то из приятелей, расслабляя и дальше свою ранимую душу. (Но не с родными, не с домашними. Домашним она говорила: «Вы меня не жалейте: вы мне дайте повыть».)

Я знаю, что я тоже меняюсь как человек — спрос меняет мое «я», хотя, слава богу, не так уж сильно (не так, чтобы выть). Я знаю людей, которые от предстоящего завтра разговора меняются даже в лице, даже в цвете глаз. Их не узнать. У них меняется речь, походка, выражение складок рта, темперамент. Неудивительно, что в такие минуты они подчас задешево меняют друзей. И что предают и обманывают людей, которых, несомненно, любят. Неудивительно — ведь это уже не они.

Ночью, в тяготах бессонницы, я подхожу к темному окну: я даже не знаю, чего я жду? чего хочу?.. Я уже убедил себя, что *они за столом* — лишь форма жизни, я убедил себя, что завтрашний спрос пустячен. (Но ведь я еще не вполне снял с себя вину.)

Если, переволновавшись, я умру такой вот нелепой ночью в ожидании завтрашнего разговора, я знаю, в чем буду просить прощения у Бога (если я успею просить и если он о вине меня спросит). Да, как все. Да, сначала приучали и приучили. Но даже когда мой ум перерос их выучку, я так и не сумел (вместе с моим умом) выпрыгнуть из образов и структур этой жизни. Так и жил. Во всяком случае, из одного мифа я не выбрался и на полшага. В сущности, я буду просить прощения (и виниться) только в том, что принял суд земной за суд небесный.

Хочется среди ночи пойти в наш скромный районный исполком (где завтра меня будут спрашивать), пройти туда среди ночи, дав инвалиду-вахтеру полбутылки водки, — пройти и посмотреть стол, когда он без сидящих вокруг людей. Потрогать его ладонью.

— Ну?.. Чего ты от меня хочешь?..

Ночь. Не могу уснуть.

Ища, на кого переложить ответственность и ответ (вину), мой мозг среди ночи честно трудится и пашет, располагая, расставляя столы по времени — так меня учили и школили, — я пробиваю время *назад*, то есть вглубь, где вырисовывается стол-судилище лагерных времен, с его серенькой официальностью, а затем (еще глубже) знаменитые тройки и ревтрибуналы, когда за столом всего трое или четверо сидящих. (И когда слова их совсем кратки. Ты молчишь. Молчишь, потому что ты уже не ты («сдать оружие»), потому что надежды мало: надежды почти никакой. Нависая, давят своды избы. Изба казенная. Печь. Дрова жарко потрескивают. Задающий вопросы нет-нет и поглядывает в сторону пламени. Сидят. Нет графина. Есть зато чайник, старинный темный чайник с длинным лебединым носиком, из которого подливают себе плавной струей в граненые стаканы, никаких чашек. Глотают из стакана, обжигая горло, и вот входит *Красивая* или почти красивая женщина в кожанке; под кожанкой кофта, ей тепло, она говорит:

— Жарко... Как вы натопили сильно!)

Мысль пробирается еще более вглубь: мысль нащупывает фигуры в темноте далеких времен, и *там* возникает наконец имя одного из революционеров: Нечаев. Он самый. (Можно бы и еще отступать по времени, но мысль задерживается. Мысль хватает, как хватают первого, кто похож на причину твоих бед.) Я виню его. «Пятерка» так прообразно похожа на все наши суды и судилища. «Пятерка» Нечаева — особое и тонкое место нашей истории, когда передоверили совесть коллективу, и отмщение — группе людей. (Именно Нечаев со товарищи оценили жизнь Иванова и, убив его, от нашего общего имени сказали: «Аз воздам».)

Нечаева заточили до конца его дней в Петропавловскую крепость. (В одиночку: в одиночную тюремную камеру.) И нет сомнения, понимал ли он, какую новую историю он начал, в первый раз убив человека коллективно и под коллективную ответственность, — понимал. (Не каялся.)

А в наши дни уже только то, что твое «я» не открывалось и не выпотрашивалось, как вывернутый карман, было ясным знаком, что ты замкнулся и не хочешь открыться коллективу, народу. Знак равенства, кстати сказать, устанавливали сами. (Я громыхаю словами, которые есть теперь во всех газетах. Хочу, чтобы стало легче.)

Ну, хорошо, хорошо, пусть вся моя жизнь — постнечаевщина.

Подумать только: что с чем и кто с кем, оказывается, меж собой повязаны!.. Я, посреди бессонной ночи, с синими от заваривания валерьянки пальцами, уже отсчитавший себе капли (две ложки) и вынувший впрок очередную таблетку клофелина, — я, напуганный и взвинченный нелепым завтрашним вызовом, — с одной стороны. И супермен Нечаев — с другой. Но ведь именно оттуда МЫ и пришли, передоверяющие совесть и душу группе. (Партия всегда права, сказал в свою трагическую минуту умный человек Бухарин.) Они всегда правы. Освободился?.. Не смеши. Не смеши самого себя. Завтра утром тебе предстоит идти и объясняться с обычными людьми, которые всего лишь иногда будут говорить «мы», и это короткое «мы» приводит тебя в ужас, в страх — разве нет? Завтра ты будешь оправдываться и объяснять, хотя ты уже наобъяснялся за долгую свою жизнь (неужели мало?). Сердце бухает. Перебои. Экстрасистола на втором ударе (опасная, я знаю). И испарина на лбу. Прислушиваясь к ударам, я отмечаю толчки сердца, как падающие капли. (Зависшая на волоске жизнь.) Не вытекла ли вся вода? — вот вопрос. Капнет спаренная капля раз, тук-тук. Капнет другой раз. А потом вдруг стоп — капля призадержалась, зависла, а стука больше нет. Капля висит. Но она не падает. Воды нет.

Что чувствовал Нечаев, проведя десять лет в одиночной камере? — мой ему привет через столетие. От моей ночи — к его ночи. От моего *стола* — вашему *столу*, господин Нечаев. На излете идеи (идея кончилась) миллионы жалких, и я в их числе, все еще трепещут от постнечаевщины наших скромных судилищ: мы все еще слышим в своих генах исторический, скорый суд вашей боевой «пятерки». Ничуть не виню. Винить — это сложность и... большая работа. (Я просто хочу на вас все свалить.) Гомо сапиенс, скромный пигмей истории, перед тем как завтра пойти на обыкновенное очередное судилище, ничего не хочет, кроме покоя. И хотя бы чуть-чуть поспать. Не винить, а только поспать... Я ведь и заранее знал, что не стану винить. Через толщь времени меня тянет просто и по-человечески поинтересоваться и, может быть, так же простецки сказать ему что-то на «ты». Как, мол, тебе спалось, старина Нечаев, в одиночной тюремной камере? Ходил ли ты взад-вперед? И как ты обходился без валерьянки? Слушал ли пульс, случались ли перебои сердца?

Так удобно свалить на него, на них ответственность. (Я и свалю.) На ночь глядя мне нужен виноватый. Мать их так! — злоблюсь я на большевиков всех времен, хотя мне

Владимир Маканин

только и надо от них, чтобы на них лежал ответ за мои ночные страхи; и тогда я посплю. (Чуть-чуть поспать.) Я догадываюсь, что Нечаев и другие революционеры тоже не первоответчики, хотя они и довели дело до весьма высокой кондиции, — но кто же тогда?.. — но тогда я ищу и взыскую с нашей древней общины (больше не с кого; хотя бы _это_ не трогать). Но что, если суть спроса и ответа залегает еще глубже, чем община, уходя в темную первородную плазму человеческих отношений...

Во всяком случае, я не помню себя _до_ этого. Я, вероятно, не жил вне чувства вины. Очнувшийся, я все равно не помню себя до проделанного надо мной опыта, как не помнит человек слишком раннее детство. В моем преддетстве, в самой его глубине колышется, как вода, хаотическая бездна, смутная и темная (в нее уже не заглянуть, не увидеть). Оттуда, как из колодца, доходят до моего сегодняшнего сознания зыбкие смещения светотеней, темные блики и заодно глухой звук (как бы звук похрустыванья под чьими-то тихими шагами). Там все уже не для меня, не для моего ума и даже не для моего подсознания, и все же — это мое. Это «я». Это и есть «я» — и тихие звуки оттуда, как похрустывающие камешки моей невнятной вины. Все, что я о себе знаю.

Вблизи реки Урал образовался залив, подковообразный и довольно вытянутый (но не старица, просто залив), — все это в детстве.

Там мы однажды нашли стол (взрослые дяди

привезли его на грузовике для выездной гулянки — привезли, да и оставили). Стол валялся и помаленьку мокнул под дождями и вороньим пометом, пока мы, мальчишки, перевернув, не спустили его на воду как необычный четырехмачтовый корабль. Мы подгребали руками, и, забавное корыто, он плыл по заливу. Мы нашли также свалявшуюся скатерку (все с той же гулянки), из нее, конечно, сделали парус, а из ее обрывка, на одну из ножек впереди, — флаг, конечно же красный!.. Под красным флагом и под восторженные наши крики парусник-корыто двигался по заливу.

В непогоду и дождь уральские волны накатывали с реки на песчаную перегородку, так что глянцевая вода залива почти соединялась с рекой. (Промокшие, мы сидели в шалаше, а корабль-корыто плавал и кружил по заливу сам собой, и Вовик Рыжков опасливо сказал: «А не унесет его в реку?» — «Так это ж хорошо!» — закричали мы.) То есть воды не хватало самую чуть, чтобы мы смогли вытолкать перевернутый стол и пуститься по течению Урала. Парусник понесся бы вдаль, и все наши сны тогда были о том, как после ливня воды прибыло и нас выбросило в большое плавание.

7

Женщина с обыкновенной внешностью чем-то неуловимым похожа на учительницу средней школы. Единственный человек из судей, она иногда сидит с твоей стороны стола. Вероятно, опаздывает. Вероятно, из-за школьных или своих бытовых дел она частенько пропускает судилища, потому и место у нее как бы неопределенное. (Ей как бы недодали.) Говорит она с аффектацией, всегда со страдальческими и одновременно благородными нотами в голосе; взывает.

— Но где же справедливость! — повышает она поставленный учительский голос. — Требуя от него, не обязаны ли мы требовать справедливости и от самих себя...

Внутренняя осторожность (знание, что ей, сидящей с краю, могут не простить долгие рассуждения) не позволяет ей ссылаться на философскую сторону всякого (в том числе твоего) жизненного зигзага, но уж чувственную изнанку она выскажет. Факты несколько в тени — на острие ножа справедливость чувства.

И разумеется, ей особенно хочется, чтобы ее выступление оценил униженный, то есть тот, с кого спрашивают, то есть именно ты, — оценил чуткость и особую (женскую) справедливость ее слов. Чтобы после суда или после ее страстной речи (в перерыве) ты подошел к ней (или она сама подойдет) — и сказал: ваши слова были проникновенны, вы более других поняли мою боль.

В своих миражах (мираж — игра ее честной души) ей хочется, чтобы судилище длилось как можно дольше и чтобы после каждого ее выступления ты подходил к ней с чувством благодарности и сопричастности. Неважно, если ты, допустим, стар или некрасив, — в миражах все поправимо. Ей хочется, чтобы вы сблизились. (Ей хочется, чтобы и посреди судилища были подлинные человеческие чувства, была страсть. В жизни так мало отпущено.)

Многократное человеческое общение с тобой в перерывах не мешает ей в конце разбирательства требовать сурового тебе наказания. Такой вот в ней перепад. Со страстью вникая в твое психосо-стояние, в твою жизнь, она давит на них (чтобы и они, рассевшиеся за столом, тебя и твою жизнь по-нимали), но всего лишь одним часом позже, раз-вернувшись на сто восемьдесят, она уже требует тебе наказания, уступая в суровости разве что *Со-циально яростному* и *Партийцу*. Тут она особенно на-поминает и лицом, и лексикой школьную учитель-ницу, уже немолодую. Она горячо выступает в твою защиту, и одновременно она отвергает тебя (пола-гая, что этот перепад и даст почувствовать глубину ее выступления). Ее слова пронзительны и подчас глубоки.

Она никогда не признается, но, в сущности, если отбросить условности, ей хочется, чтобы она и су-димый ею мужчина сблизились. (Чтобы после раз-разившейся драмы и известных колебаний она ос-тавила мужа, а ты жену, и чтобы вы как бы нашли друг друга духовно и физически.) Спасенный или осужденный в процессе судилища (это не так важ-но), ты был бы теперь с ней. Вы жили бы в ее квар-тире, пока, в конце концов, она не разочаровалась и не поняла бы свою ошибку. (Она бы поняла. Она бы, конечно, поняла.) Она заботилась бы о тебе, за-варивала тебе поутру чай, а потом сказала бы:

— Какой ты оказался все-таки мразью!

И отвернулась бы.

Это важно, что после она опять отвернулась. (Это смыкается со справедливостью жизни.)

Во время выступления она нет-нет и соскальзывает на жалость — на жалость к человеку вообще (на гуманизм). Но следом вновь требует справедливости, взывая к наказанию. Так и раскачивает себя, меж двух чувств — и раскачивает при этом твою лодку, — то искренне жалея, то искренне требуя кары.

Возможно, характер ее не столь крут (не круто ли я взял), и потому даже в мечтательных миражах дело не дойдет, пожалуй, до драмы и до расставания с мужем. Ей просто захочется (в миражах) пригласить тебя к себе домой и по-доброму, по-человечески обогреть тебя, судимого. От избытка доброты дойти и до близости и только после, вдруг осознав, сказать:

— Милый. (Не яростно, а снисходительно, с мягким укором — *милый.*) Какой ты оказался мразью.

И пусть на другой день стол и сидящие за столом сами с тобой разберутся. Она как они. Снисхождение теперь лишь потачка.

Отношение к этой *Женщине с обыкновенной внешностью,* похожей на учительницу, с моей стороны необычно (и очень сложно); мне бы не сметь даже чуть его прояснить, настолько она, как человек, мне зрима и настолько я боюсь касаться ее души, подавленный чувством моей несомненной к ней любви. Бог простит и меня.

И еще с одним человеком у меня необычные отношения (отчасти как с самим собой). Сложись обстоятельства жизни иначе, я мог бы стать точь-в-точь как он. (В этом и сложность оставшегося сходства, и суть разницы.)

Но где он сидит?..

Если двигаться мысленно справа налево — в торце стола *Старик.* Затем потянулась вся правая сторона: *Седая в очках* — затем *Красивая* женщина — *Молодой волк из опасных* — *Волк неопасный* и — *Секретарь-протоколист* (это уже середина, я вижу секретарька как бы через графин, за силуэтом графина). Двинулись налево, — там первый *Тот, кто с вопросами*, затем — *Соц-яр...* стоп! стоп?.. вот в чем дело: неозначенный человек (с которым у меня сложные отношения) появился за столом совсем недавно. Судья из числа новых. И садится он где придется. Оттого-то я и не вспомнил сразу его место. (И нечего было устраивать считалку.) Неозначенный может сидеть где угодно. За исключением разве что места в торце стола справа, где скалой сидит *Старик*, который приходит (бессонница?) первым, и место его уже не займешь.

Означить его можно так: *Честный интеллигент* (но групповой). Без НО здесь, увы, не обойтись. В отдельных случаях его можно определить более прямо: *Вернувшийся к жизни Н. Н.*, или еще проще: *Вернувшийся* (если при брежневщине он находился в ссылке или в опале).

Он — воинственен. Он из тех, кто не сомневается, что человек, если за ним не присматривать, очень скоро сползает в реакционное болото. Он редко доверяет. Пока он жил, думал, многие пили и развратничали и еще успевали сделать себе имя и карьеру. Еще и богатели! Так что у него счет к нынешним людям, и потому, слушая судимого, он впивается слухом в каждую его оговорку. (Оговорки не бывают случайны.) Вступает он затем медленным тягучим голосом:

— А почему вы (он никогда не тычет; не упрощает) считали, что вы достойны лучшего? Вы, который посмеивался и хихикал, в то время как в обществе... Вы, кто демонстративно отворачивался... Вы, кто...

Перечень его обвинений растет. Конечно, его честность порукой тому, что, когда он разберется, он сам же начнет со страстью тебя защищать. Но обратный ход общему разговору бывает дать трудно. И вот при голосовании, в то время как все «за» твое осуждение, он оказывается «против» (и зачастую остается с неуютным «особым мнением» и в полном одиночестве).

Его стол, за которым время от времени он будет тебя судить, как правило, растянут по всему пространству города, многокилометровый мысленный стол. При таких расстояниях приходится иметь дело с техникой, то бишь с телефоном: это и есть знаменитый *телефонный* стол. За этим столом он особенно известен своей прямотой и честностью.

Он смутно догадывается, что в нем самом (отчасти) сидит перелицованный большевик. Он ведь воинственен не потому, что он честен и прям. Он честен и прям, потому что воинственен. Первопричина доставляет ему осознанную душевную муку: он догадывается, он знает про упорный яд, скопившийся внутри него, и словно бы обводит всех нас неверящими глазами: «Уж если я такой, каковы же все вы, подонки?..»

Своей спрессованной энергией ему удается задавать тон среди самой достойной части интеллигенции, и вот уже лучшие люди, умные и порядочные, обсуждают тебя и твою жизнь, сидя за этим столом, протянувшимся (из дома в дом) по всему городу, через огромные массивы жилых районов. Телефонные края длинного стола незримы и безграничны, но стол есть стол, у стола есть свой торец справа, а там точно так же сидит свой *Старик*, высокоинтеллигентный, а дальше *Седая в очках*, а за ней *Почти красивая* — и — парой, но, возможно, и большим числом — *Молодые интеллигентные* (опустим слово *Волки*).

— ...Не выступил он (то есть ты) на собрании и даже не явился. *Н.Н.* считает, что он оробел. Попросту струсил, — говорит *Молодой* интеллигент.

Старик молчит. *Старик*, как известно, не спешит осудить.

— Осторожничает он (то есть ты) и хитрит, — продолжает в трубку телефона *Молодой* интеллигентный (опустим *Волк*).

— *Н.Н.* так считает? Вы уверены?

— *Н.Н.* мне звонил.

— Вчера звонил?

— Сегодня. *Н.Н.* видит людей насквозь.

(*Н.Н.* конечно, и есть тот самый *Вернувшийся* или, говоря иначе, честный, но групповой.)

Старик, подумав, произносит:

— Бывает, что причина серьезна... Он (то есть ты) сказался больным.

— Вот именно — сказался!

Старик молчит.

— А если завтра тебя (молодой и старику тычет, нормально!) вот так же прижмут к ногтю. Мы ведь не станем раздумывать и говорить, что больны. Мы бросимся на защиту — мы сразу готовы защищать, разве нет?!

Они в пылу тоже зачастую говорят «мы». Они не

говорят «народ», не говорят и от лица народа, но, когда тебя обвиняют от «мы», а ты сидишь в полном одиночестве по эту сторону стола — тоже больно. (Тоже тянет под сердцем. И тоже ощущаешь свою вину, свою несомненную вину и какую-то вечную несчастную проклятость.)

— ...Необходимо сформировать общественное мнение. Скорое и быстро реагирующее общественное мнение, *Н.Н.* так и сказал.

— Однако же нельзя пятнать имя. Нельзя так сразу трогать человеческую репутацию. Нельзя задевать честь... — *Седая в очках*, она и тут защищает, тянет время в пользу судимого.

Три человека, конечно, не говорят одновременно в три телефонные трубки, но, простоты ради соединив три или даже пять или десять телефонных общений, можно услышать все тот же общий разговор за столом. (Телефонная интимность отлично оттенит паузы и умолчания многоголосого застолья.)

— Дорогая Анна Михайловна! Бог с вами!.. *Н.Н.* сказал, что все эти слова — «репутация», «честь» — сейчас неуместны. Мы живем в постлагерный период. Мы, по сути, все еще в лагере.

— Я — нет.

— Уж будто бы!.. Не упрямьтесь. Нужно сейчас же перезвонить Острогорскому. И лучше всего, Анна Михайловна, если позвоните ему вы.

(Давит.) Незримое согласовывание судей — особое качество *телефонного* стола. В поздний час люди сидят по теплым квартирам, не видя друг друга. Стол, протянутый через весь город, имеет дополнительно то свойство, что созван в эти вечерние часы так, что ты о нем не знаешь: созван (или собран) за твоей спиной. Тебя нет. Но через какое-то время ты сам, призвав всю свою чуткость и приложив усилия, вдруг озаботишься, чтобы этот неявный суд сделался явным. Ты сам этого захочешь. Ты сам (никто тебя вызывать не станет) должен созвать их всех за стол, — найти повод! — сам уставить стол бутылками с нарзаном, а то и с водочкой, сам покрыть скатеркой; возможно, даже сам продумать, кто из них и где сядет, не доверяя до конца их интимности (и лишь в конце разговора, шутки ради, заменить бутылки графином, чтобы все было по-настоящему). Ты сам должен будешь сесть за столом у них всех на виду и чтоб в глазах было достаточно покаяния. И чтоб с первых же их слов свесить головушку набок — мол, виноват; судите.

И еще после, некий период времени, ты будешь жить с чувством вины. И словно бы отчасти запачканный (все еще отмываясь), ты теперь будешь без промедления подписывать все их протесты и письма, и выступать, и делать заявления, не размышляя о сути слишком долго (чтобы не обнаружилось, не приведи господь, даже секундного твоего колебания или замешательства). Таково свойство стола с графином посередине. Или таково твое личное свойство *подпадать* под разбор за столом. Или таково вообще свойство людей, впадающих в грех судилища. (Кто знает?..)

— Тут нет никакого нажима. Ты свободен. И если ты не согласен нас поддержать, ты в наших глазах останешься самим собой и наше доброе мнение о тебе не изменится... — говорят они, лучшие. Они не только говорят, они так думают; они искренни. (Но ведь они еще не за столом.)

Суд обыкновенный (грабеж ли, драка ли) — тебя приводят, скоренько вглядываются в кодекс и, подобрав поточнее статью, дают срок. Бац! — статья есть, срок определен.

И зачем им твоя долгая жизнь, если нарушение очевидно, а наказание сейчас подыщут. Ага. Гражданин К.? Понятно. 152-я прим. Бац!.. Суд в этом смысле похож на старого почтаря, который знай только шлепает и шлепает штемпелем по конвертам с письмами. На нехитрое это место старого почтаря посадили, уже другой работы ему не доверяя, вот он и шлепает. Иногда попадает. Иногда промахивается (не тот срок, не та статья!). И снова, и снова лупит он по отправляемым конвертам. (Как по судьбам.) Бац!.. Бац!.. Бац!..

Конкретное наказание *отпускает* тебя сразу. Как-то пьяненький (так и записано в протоколе) я шел улицей; машина на повороте, тесня меня, круто повернула, я же сгоряча круто пнул ее ногой в бок. Конечно, вмятина. Конечно, на ближайшем углу шофер выскочил к милиционеру. Конечно, взяли — отвели тут же в отделение и до выяснения продержали всю ночь до утра, объявив, впрочем уже загодя, каков будет штраф. Денежный штраф был явно завышен, чрезмерен. Я мог бы возмутиться. Но нет, вовсе нет! я чуть ли не радость испытал, сидя в вонючей КПЗ (сидел там взаперти, в духоте и все думал, что же это мне на душе так хорошо?!). А потому и хорошо, что за свою вину я уже знал наказание. Я знал. Я тем самым вину избыл, тем самым уже *не был виноват...*

Именно поэтому не спешат подыскать тебе наказание, им главное — спрос. А наказать тебя — это тебя отпустить, это значит — ушел, улизнул, спрятался: скрылся. (Я уже думал *об этом*. Суд занимается конкретным проступком, в то время как судилище жирует по всей твоей жизни.) В суде ты сидишь на скамье или где-то сбоку на стуле, отделенный от судей. Ты сам по себе. Но если твой стул они придвинут ближе и ты пересядешь с ними как бы за тот же стол рядом, ты становишься человеком *вместе с ними:* шаг сближения превращает тебя из гражданина К. (так он звался в начале века) в близкого им человека, как бы в родственника, в изгоя среди родни, а уж перед родней хочешь или не хочешь — распахни душу. «Ты наш. Ты же весь наш. Мы все вместе», — говорят они, и с этой минуты ты можешь быть уверен, что тебе нет прощения.

Известно, что люди верующие не отдают себя, свою душу навыворот (чем приводили раньше, да и приводят сейчас судей в ужасное раздражение) — дело тут не в особенном их упорстве или героизме. Самым *естественным* образом верующие считали и суд, и всякое судилище — судом земным и ответы давали в соответствии с его незначительностью.

А на многое не отвечали *(в этом я дам ответ только Богу).*

Не раз и не два, возвращаясь с судилища, человек хвастает перед женой или приятелями — я, мол, их перехитрил! обманул?.. я, мол, стал притворяться дураком! — он рассказывает, как он обманул и как именно перехитрил, и вокруг с удовольствием смеются: «Ха-ха-ха-ха!..»

Обманул-то он обманул, но судилище длится. Сто двадцать пять раз обманул их, но на сто двадцать шестой они его достали. Судилище не спешит, в этом его сила. «Как это так — помер? Отчего помер?» — «От волнений. Он умер вечером. А ему еще только утром идти в комиссию...» — охотно вам объясняют соседи. Так что кто кого обманул, скажет время. Структура живет долго. Структура спрашивающих. И то, что каждый из судей сам (и притом много раз в течение жизни!) попадает под точно такой же спрос, ничего в наборе судей не меняет — образ и облик спрашиваемых незыблем.

Перед тем как войти, пять человек сидят на заметном расстоянии друг от друга. Молчат. Никто ни о чем не спросит. Каждый зажат в своей жизни. (В ожидании спроса. Нехорошие минуты.)

А те, кто за дверьми, сидят за длинным столом. Дело как дело. (Изнанка человеческого унижения.) Но если почему-либо им не удается покопаться в твоей жизни, запустив туда руки по локоть, они сворачивают свой спрос. Это удивительно! Они вдруг отпускают тебя с миром. Мол, да. Мол, такое бывает. (Живи.)

Одного старикана уже было довели до истерики, но тут он полез в нос и вытянул длинную зеленую соплю. И был отпущен. (Он невыносимо долго выбирал ее из носа, чуть ли не наматывая на руку.) Другой инвалид, когда команда, сидящая за столом, взялась за него слишком ретиво, стал от волнения издавать неприличные звуки. Звуки не были громки, но все же неприличны, сомнения тут быть не могло. И вновь сидящие за столом очень быстро старика отпустили. Это называлось: *обсуждение пошло по неправильному пути.* А для обоих стариков краткость спроса стала спасением. (Бог, это известно, хранит простые души.) Стариков как раз изгоняли с насиженного места — их выселяли куда-то за город, «поближе к природе». Их было пятеро. Глубокие старики, они оказались из числа тех, у кого на старости лет документы все еще были не совсем в порядке (прописка, право на жилплощадь). Их, разумеется, выселили. Но прежде, чем выселить, их должны были, конечно, расспросить по всей жизни — не были ли в плену? почему в таком-то году ушли с работы? почему так неуживчивы с соседями?.. И так далее и так далее, что сводилось к простому и известному: *виноваты*.

Как сообщалось, из пяти стариков Октябрьского района двое после расспросов так поднапугались, что умерли, не прожив и недели. Третий умер накануне спроса, переволновавшись. Но двое остались живы — те самые, разумеется, кого не слишком долго расспрашивали: тот, кто издавал звуки, и тот, кто наматывал на кулак никак не прерывающуюся соплю.

Не в антиэстетике суть. А в том, что, если человек не подключал свою душу к спросу, спрашивать его не хотелось. Столь умелые и настырные, они вдруг словно бы теряли свое умение.

Помню пьяноватого человека (нет-нет да икая, он сидел на стуле и смотрел в какую-то точку на противоположной стене). Его уже дважды выкликнули: «Запеканов?.. Кто здесь Запеканов?» — а он все сидел, смотрел в точку. Только при третьем вызове он от нее отвлекся и прошел в кабинет, где заседали и спрашивали. (И ведь как сошло хорошо! Пьяница вел себя бесстрашно.) Он знал, что ни унюхать запах водки, ни попрекнуть красными глазами его сегодня не могли: водки он не пил. Он просто съел два тюбика мази от чесотки.

Спрашивающие из огромного своего опыта знали и уже привыкли, что пьяница (по какому бы поводу он ни был зван) приходит на обсуждение трезвым (впервые за долгое время). И потому он особенно придавлен, несчастен, соглашается со всем на свете, даже плачет. А Запеканов в тот день был скорее отважен и уж никак не робок. (Он несколько странно острил после двух своих тюбиков. Но ведь никто и не ждал от него большого интеллекта.)

— Я половину из вас видел в гробу, — так он острил в ответ через каждые два вопроса на третий. Бессмысленность обсуждения была очевидна. И когда кто-то из сидящих за столом, преисполненный иронии, спросил: «Не в белых ли тапочках?» — Запеканов отвечал, продолжая:

— Нет. На босу ногу.

Они не копаются в душе, если человек явно от них отличается. Если он лилипут, или поражающий видом альбинос, или отмечен очевидным калечеством, тут они иссякают сразу: спрос вдруг кончается, и лилипуты, альбиносы и калеки уходят, по сути, нерасспрошенными.

Заики. Немножко дебилы. Чтобы ускользнуть от спроса, неплохо перед каждой своей ответной репликой немного помычать. (Но раздумчивое «м-да» не спасет, потому что слишком обыкновенно.) Хорошо получается, если тянуть и гласные, и согласные как можно дольше, с растяжкой: «Ммм-мыыы. Я вот м-ммммы думаю...» — но и тут все еще не отвечать на их вопрос, а начать разок-другой снова: «Мммыыы. Я думаю, ммм-мыыы. Я думаю, мммы-ыы...» — с растяжкой и со вкусом ко всякому звуку. (И не скромничать. Мыкать. Тут ведь срабатывает не гуманность сидящих за столом судей, а их недостаточные (все-таки!) претензии на роль, всеспрашивающего Бога — претензии претензиями, а все же они трусоваты. Знают, что до Бога им далеко. И потому, суеверно боясь накликать беду на свои головы, они отпускают несчастных с миром, оставляют *убогих — у Бога*: ему их и оставляют, мол, это не наши.)

Всех остальных они считают своими. Зато уж все остальные в их руках.

Ночь.

Когда-нибудь, совсем старый, я приду на последнее в своей жизни судилище: сяду перед последним своим столом. (Где, может быть, как раз и будет обсуждаться мое право заказать гроб: возможно, с гробами будут большие сложности, нет досок, нет гвоздей; недавно по радио, по программе «Маяк», передали, что какого-то мужика хоронили в детском гробу — бывает!) И пойдет своим ходом последнее со мной разбирательство. Я пришел. Они сидят. (Дать ли мне гроб и как скоро. Заранее дать или пусть жена колотится в очередях. Жена ведь в очереди постоять сможет, и дети смогут — у него дети взрослые! — обязательно скажет кто-нибудь за столом.) И поскольку не альбинос, разбирательство будет разбирательством долгим и серьезным. Так что я еще с вечера буду волноваться. И спать буду плохо. И сбивать давление, и пить валерьянку. А утром приду.

Они будут сидеть в таком же несложном рассредоточении вокруг стола и графина. Те же люди. Ничуть не постаревшие, они будут переговариваться, когда я войду, и чистенький *Секретарек-протоколист* не колеблясь произнесет: «Проходите. Садитесь...» Левее его будет *Задающий вопросы* интеллигент, он уже думает: как? с чего начать?.. Слева от него молчаливая *Продавщица из гастронома*, ей все так же еще семь лет до пенсии. (И те же белые пухлые руки.) Не может не попасть в поле зрения и *Красивая* женщина: у нее те же первые морщинки. И ничуть не пробилось седины в крепких волосах сидящих с ней рядом *Молодых волков*.

Разбирательство будет долгим и сложным, однако отчасти мне будет легче. Да, я был таким. Да, был и этаким — но ведь конец. Ведь последний раз. Я буду (ничуть не сердясь) пикироваться с моими судьями; и впервые, может быть, не почувствую своей вины. То-то счастье. Как будет — так и будет. Ну и что ж, если выйдет решение гроба не выдавать и если детям моим (они у него уже взрослые!) придется насчет досок самим похлопотать и побегать. Ничего. Пусть. Я уже побегал в своей жизни; похлопотал. Их черед.

8

Тот, который *Честный, но групповой*, не любит расспрашивать и мучить. Потоптать, но не сильно. До первых слез, до жалкости только довести, до раздавленности первой — а там пшел вон!..

(Моя мысль ищет. Ночь.) А тощий маленький мужичок, который *Социально яростный* — что он? какой он? — его-то злость ведь тоже от обид (не от ночных, как у меня, обид, а, скорее всего, от скопившихся дневных обид и отделенностей.) Почему бы нам с ним не сойтись? Моя вечная боязнь судилища соотнесется с его вечной социальной обидой?.. Но он непредсказуем. Я вступил с таким мужичком в разговор в столовке (тогда еще были столовые с вином в розлив) — он жаловался, и в те шумные обеденные полчаса я вдруг понял его обиды. Поддакивая, я, как мог, смягчал его боль. Мы выпили, я успокаивал; мы прекрасно понимали друг друга, когда он внезапно ударил кулаком мне в лицо. Сидел напротив — и ударил; удар пришелся по глазам, и сколько-то времени я ничего не видел. И только слышал, как он ругался: «Сволочи!.. Кругом сволочи... Кругом одни сволочи!»

Молодой волк из опасных — я вижу (ночным зрением), из какой травинки вырос и как качается этот стройный стебель. Как он жмет тебе руку — дай лапу!., жмет, и улыбка распахивает его до самой души; он щедр: он даст тебе денег, жилье, ночлег и, если ты спросишь, даже выпить.

Судилище его томит. (Он иногда ерзает.) После судилища он...

Но в том и суть, что неделимы они, как неделим сам стол. Они — только тогда и ОНИ, когда они вместе. Каждый из них порознь так же обычен, как и я, так же обременен заботами и жизнью и — более того! — так же, как и я, время от времени ждет вызова на разговор за столом, покрытым сукном и с графином посередине. Куда его, как и меня (и может быть, в эти же самые дни), тоже вызвали.

Завтра, когда будут спрашивать меня, он будет «они»; а послезавтра или, может быть, завтра же, но только попозже вечером, когда на другое судилище и по другому поводу позовут его — он будет «я».

Неделимость стола (неотделимость отдельного спрашивающего от всех остальных) я, разумеется, знаю с давних времен, и тогда почему? — почему мысль о личном контакте с кем-то из них не обходит меня стороной? (Что поделать, ночная мысль. В ней нет логики.) Нет уж, ты полюби не одного из нас, а нас всех и *вместе взятых* — говорят они. И среди ночи, под обвалом бессонницы я готов любить их всех — мне кажется, это достижимо. (Это трудно понять.)

Смесь любви к ним и страха перед ними меня угнетает (если бы я мог кого-то из них возненавидеть, я бы просто-напросто себя зауважал). Я ведь люблю их заранее — задолго до того, как они начнут меня топтать, мне хамить и мучить меня грубой тягомотиной вопросов. Я их люблю, потому что иначе я бы не выжил. Мне пришлось любить, потому что только любя я мог спорить с ними, эластично дискутировать, вспыхивать от несогласия и выискивать проблески их доброты.

Общаться с ними мысленно (любя их), перед тем как лечь спать, для меня важно, даже обязательно. Потому что иначе утром я не проснусь самим собой. Такова моя жизнь. Я не могу не быть «я». Я ведь уже не могу перемениться. (Если в ночь себя разъярить, я все равно не проснусь воином. В лучшем случае я проснусь истерично кричащим и уже поутру кусающим всех их подряд, опрокидывающим вдруг и стол, так, чтобы на полу запрыгали бутылки с нарзаном — графин не упадет, его успеет подхватить *Секретарь*, это ясно.)

Как-то я даже попробовал вступить загодя в личный контакт и даже, помню, смело решил, что приду вечером на чай без звонка. К кому?.. К одному из них. Это был *Тот, кто с вопросами*, интеллигент; он, кажется, и точно был с высоким лбом, с залысинами. Фамилия — Островерхов. (Или Остролистов?..) Прийти накануне комиссии к нему домой, без звонка, мне показалось тогда моим открытием: показалось, что это будет естественно и очень по-русски. Да, шел мимо. Вдруг надумалось зайти к вам. На одну минуту. Ведь я волнуюсь, это можно понять, скажу ему я... и тут — пауза. Сама собой пауза. (Я ведь смолк.) И как бы выхватывая (перехватывая) из паузы мое усугубляющееся молчание, теперь заговорит он. «Ну что вы! что вы, ей-богу... Что же волноваться! Обычное разбирательство. Вот уж не думал!.. — так он заговорит. — Да вы проходите, проходите. Мы вот тут ужинаем... Но чай еще не пили». Он не только из доброты так скажет, но еще и от растерянности и неожиданности (я даже и на растерянность его сколько-то рассчитывал).

Удивительно, но я угадал! Из прихожей я увидел, что как раз на кухне сидели две женщины, вся его семья, я заметил их чайные чашки (еще пустые), и гудение поспевающего на газовой плите чайника тоже как бы для меня висело звуком в воздухе. Остроградов — вот была его фамилия. Остроградов!.. И, обретя фамилию (вместо *Тот, кто с вопросами*), он сразу стал человечнее. Он не сказал мне в прихожей: «Так чего же вы, собственно, хотите?» — ничего грубого или, положим, отталкивающего не было в его вопросах (да и вопросов не было), но вот растерянность была гораздо большей, чем я предположил. Он, кажется, не знал, как быть: он после первых же слов онемел. Мы стояли в прихожей и оба молчали. От этой предвиденной мной паузы (но уже слишком долгой) естественность моего прихода в дом стала куда-то пропадать, таять; и наши встречные мысли вдруг заметались от всяческих опасных предположений. Не принес ли он деньги в конверте, не дай бог?! откуда он узнал адрес? — думает про меня он. Не думает ли он, что я принес ему денег? напуган тем, как я узнал его адрес?.. — думаю я.

Молчали. «Проходил мимо и зашел. Вот так. А сейчас я пойду домой», — сказал я наконец. (Повторил уже сказанное на пороге. Теперь я перетаптывался в прихожей.) Я повторялся, отчаянно пытаясь растерянной мимикой выжать из своего лица хоть что-то человечески определенное и ему понятное. Он в свою очередь тоже пытался: черты его лица метались. «Домой?» — ухватился он за мое последнее слово. Тем самым, как это бывает, он попал хоть на какой-то смысл. Впрочем, сам он этого еще не понял, и по лицу его продолжали бегать мимические светотени, никак человеческим умом не читаемые. Но теперь уже я ухватился за слово. «Да, да, домой. И стало быть — до свиданья», — сказал я почему-то с некоторой торжественностью. И ушел. По спине, помню, ползли холодненькие мурашки, а он шел сзади и вслед мне жаловался: «У нас лифт плохо работает. Ужасно плохо работает. Такой безобразный лифт. И ведь никак не могут починить!» — говорил он, в то время как лифт поднялся без малейших помех, и я в него вошел. Я уехал. Он, конечно, вернулся домой, пошел на кухню — к женщинам и к их чашкам чаю. И там (я предполагаю), прежде чем объяснить им, какое-то время молча приходил в себя под их недоумевающими взглядами.

Когда они вместе — вся их суть и сила *в столе.* Мысль у меня уже прежде мелькнула. Мысль почти ребяческая: побыть за этим столом, когда там никого нет. (Пойти посреди ночи?) Посидеть за их столом: спокойно и свободно посидеть там одному. Подготовиться психологически (и как бы лишить стол его метафизической силы) — это уже кое-что; верное очко в мою пользу. Да, побыть с ним запросто. Да, один на один... А уж ОНИ пусть придут после меня и после меня сядут.

Им будет неведомо, что я тут уже был. И что я видел стол просто как стол. И что сидел за ним (и мысленно всех уже рассадил по местам). Стол ночью открыт, я буду видеть пятна от сигарет, трещины, облупившийся лак — старый стол.

Переживание было новым в моих однообразных ночных волнениях (я прокрутил мысль в действии: вот я пришел...) Ночь. (Ни ночь, ни утро.) Дом в четыре этажа, офис; у подъезда вахтер, то бишь ночной сторож. Но он вряд ли станет помехой. «Я вчера в комнате заседаний оставил кое-какие бумаги. Мы заседали вчера допоздна... Важные мне бумаги» (или лучше традиционное: забыл зонтик?) — вид у меня достаточно солидный, в руке портфель, а в портфеле в резерве бутылочка водки. «Что, до утра нельзя подождать?» — «Можно. Но боюсь, не смахнула бы уборщица. Она убирает с утра». — «Знаю, что с утра», — он ворчит. А я сую водку.

— Возьми, отец. За беспокойство... — Водку в нашем гастрономе продают в мерзкой посуде из-под фанты, вид отвратительный. (Из «фантовой» бутылки мы дома переливаем водку в старый дедовский графин, он с трещиной и с удивительной мелодией от нечаянного прикосновения — такая

вот звуковая перекличка с тем тупым графином с
водой, что посередине стола. Но это уж так: эмо-
ция.) Бутылки из-под фанты, не перестав раздражать своим видом, все же выявили со временем
неожиданный новый смысл: их удобно дарить, со-
вать как взятку, даже ронять (не бьются). К тому
же выгодно — 0,33 вместо 0,5. (Берущему как раз
столько и нужно, чтоб выпить в одиночку. Да и
пить удобнее. Сторожа, во всяком случае, охотно
берут бутылочку, не бутылку.)

Итак, я сую ему 0,33 и прохожу внутрь. Час ран-
ний; вахтер поднимется со мной на этаж, отопрет
комнату заседаний, но, конечно, не войдет — мол,
ищи. И вот я там. Вот — стол. Мне ведь много не надо. Три-четыре тихие минуты. Я придвину себе
стул; сяду. Остальные стулья я воображу. (И судей
воображу, если захочу, но я не захочу.) Мне главное
положить на стол ладони, ощутить его; две минуты,
пусть одна, но в тишине и чтобы с глазу на глаз.

Вряд ли я тем самым раз-
рушу метафизику стола. (Но я к ней приближусь.)
И, в ожидании вызова, когда я буду сидеть перед
дверьми и ждать, стол тоже будет в некотором
смысле меня ждать: он ведь меня и мои ладони будет помнить.

Кого-то из людей вызовут, и кто-то пойдет прежде меня, отирая пот или напряженно прокашливая
голос; я же скажу себе — чего это он так волнует-
ся? там ничего особенного: там *стол*.

Поверхность стола — в
трещинах. И возможно, со старыми пятнами от сго-
ревших высоких свечей давних-давних лет (я пред-

ставил, что я уже сижу за этим столом — ночью, один). Старый стол будет вполне открыт мне. Я смогу всматриваться в старую фанеровку, как в долгую-долгую жизнь, — я ведь тоже могу сколько-то в его жизнь вникнуть. (Я тоже могу о чем-то спросить.) Я представил, как мягко, бережно трону ладонью поверхность, и на миг она оживет, выйдя из летаргии десятилетий. Мы будем один на один. Старый стол почувствует прикосновение ладони и тихо-тихо ответно дрогнет: ответит теплом в мою ладонь (с едва ощутимым вздохом столетней усталости).

Ночи довольно темны сейчас. (Буду ли я зажигать свет? — вероятно, зажгу.) Но ведь я смогу, если уж я войду в комнату для заседаний, найти стол и в темноте. Быстрыми шагами пройду в темноте к середине — стол ведь всегда в середине — и первое, что я сделаю (еще не вглядываясь), положу ладони, передавая его старым трещинам свое тепло.

Только однажды я видел *Социально яростного* в его доброте — был промельк, картинка бытия; стояли густые уже сумерки; вечер. (А я шел по берегу реки. Я заблудился.) Лес большой, заросли перекрывали путь. И тут *Он* откуда-то выскочил, в руке — керосиновый фонарь старого образца. Он быстро на меня глянул и озабоченно заговорил: «Аникеев я. Аникеев... Идемте. Я провожу вас. Я Аникеев», — речь его была проста, незла. Я почувствовал, что, по сути, он добр (и жаль, что в наших с ним отношениях не случалось таких вот опрощенных обстоятельств, как здесь у реки). Он поднял фонарь: «Пойдемте...» — он не назвался еще раз Аникеевым, считая, что я запомнил. И точно. Возникшее имя было важно. (Это уточнение — это проваливанье *Человека социально яростного* в обычную жизнь *Человека просто* вызвало во мне сильнейшее чувство доверия.) Он поднял фонарь, и в кустах мы нашли вход в туннель под реку. Мы шли. Красноватые отблески фонаря бежали впереди нас по стенам туннеля. И под ногами тоже — пятнами света по мокрой земле.

9

Тот, кто с вопросами похож на высокооплачиваемого инженера (он и есть инженер, умный, работающий где-то в рассекреченном п/я). Высок ростом. Речист. Но если надо решать, он непременно оглядывается на всех них; и странно видеть его в растерянности, умного, высоколобого и с такими красивыми кистями рук. Череда вопросов, с которыми он на тебя наседает, маскирует его (замолкни он, перестань задавать вопросы, убавь он страсти, и все тотчас увидят, что он просто *Колеблющийся интеллигент*). Вопросы и есть русло, которое он не покинет, боясь своего «я» и своей зыбкой воды на быстрых перекатах. Молодец. Знает себя.

Он с подавленным честолюбием (давно уж не волк). Его лучшие годы позади. Он знает это (но еще держится). Иногда он непонятен: вдруг спрашивает так озабоченно и вкрадчиво, словно боится, что подо мной проломится лед.

...Она носит свитера, свитер отлично облегает ее грудь, по нынешней моде чуть отвисшую и все же выступающую сильно вперед. *Красивая* женщина, но верную оценку можно дать ей, только извлекши ее из-за стола и поместив в строгую рамку обстоятельств. (Хотя вне стола она тут же многое утратит. Стол с графином, люди, процесс разбирательства — это и есть ее рамка.)

Ночь... сидя на кухне или бродя в коридоре, сонный и больной переживанием, ты вызываешь в памяти ее лицо, правильные черты и вдруг (неожиданно для себя) говоришь ей в ночной тишине:

— Да я же люблю, люблю тебя. Как ты этого не понимаешь?! — Сказал как выдохнул: и так несомненна серьезность слов, и подлинное возмущение бьется в твоем голосе. Хотя все это, разумеется, ночной бред.

Старик мудр, но встревожен напором некончающихся перемен. Ему кажется, что его мудрость не поспевает за ходом жизни. Он даже пуглив. Когда он у себя дома, он впадает в минутное отчаяние (и звонит *Секретарю-протоколисту* — мол, развей мои страхи. Он не говорит впрямую «развей страхи», но он спрашивает: «Какие завтра дела?» — или: «Что там с Затравиным и его затянувшимся делом?.. Что там Ключарев?» — всплывают разные мелкие уточнения, и он спрашивает еще и еще).

Сев за судный стол со всеми вместе, он погружен в себя и в свою долгую (затянувшуюся!) жизнь. А я, под обаянием его молчания, думаю, что он думает обо мне.

Сильная сторона моих отношений со *Стариком* — та, что он тоже ночью не спит, мается бессонницей, и хочешь не хочешь задумается о том, кого ему завтра судить. Точно так же, как та женщина, *Седая в очках*, — он и она, два человека могут подумать обо мне этой ночью. Как все люди, когда они в отчаянии и без сна, я непременно в какую-то минуту застыну у окна (у кухонного, ночного моего окна) и невидящими глазами буду смотреть на мокрую от дождя ночную землю (или на мокрый ночной снег) и вдруг скажу беспричинно, тихо: «Госсподи-ии» — не потому, что я вспомнил Бога, а просто от тишины и безликой немощи. И звук оторвется от слова. Протяжное в звуке «и-иии-и» потянется через пространство, дышащее дождем (или снегом), растаивая в ночном городе до бесследности, до нуля. (И все же оставляя след.)

Оба они на миг замрут. Истаявший звук доплыл. И о чем бы они ни подумали — они уже подумали обо мне.

Я знаю, что женщина, *Седая в очках*, искренне жалеет меня, а она знает, что я понимаю ее состояние — от нашей взаимной жалости друг к другу толку никакого, а все же мы в *отношениях*. Ей важно мое мнение. Ей кажется, что, поскольку я так хорошо ее понимаю, я *без труда* прощу ей, если за столом она вдруг не сможет долго сопротивляться общему осуждающему нажиму и вдруг подпоет им вслед, вдруг их поддержит. (Тут она преувеличивает. Я прощу. Но не без труда.)

...**В** последние годы осмотрительный, он все еще (если ему дают заключительное слово) умеет сказать.

Расположенность, открытость в лице. Всегда стандартный светло-серый костюм, чуть большего размера, чем нужно. Галстук свободен, открывает белую гладкую шею.

Партиец женат на молоденькой студенточке (он там и тут выступает с лекциями — почему нет?), понятно, что она молоденькая и тоненькая, розовые губки и много-много усвоенных с его подачи просветленных слов. Она из тех, для кого его авторитет и его располагающий к себе серый костюм не поколеблются никакими перестройками — это на века. Она боготворит его. И губы ее дрожат, когда ей хочется добавить несколько своих слов к тому, что сказал он. (И понятно, что это ему льстит, как ничто больше в жизни.)

Ночь.

—**П**очему вы об этом молчали? Не считайте всех людей дураками — мы видим вас насквозь. Вы для нас прозрачный! — Это *Бывший партиец* заговорил, прорвался (чем ближе пик ночи, тем личностней отношения).

Ты говоришь:

— Но послушайте. Но подождите. Как я мог знать наперед! Войдите в реальное мое положение — я ведь человек: войдите в мою жизнь... (Это для *Старика*. Он молчит. Он войдет в мое положение и в мою жизнь. Но ведь не сразу.)

Женщина с *обыкновенной внешностью*:

— ...только о себе! Он думает, что он в центре земли — он пуп!.. Этот пупизм более отвратителен, чем забывчивость обыкновенного негодяя! Это, простите меня, наш тип! — запальчиво выкрикивает она, женщина с таким хорошим обыкновенным лицом и манерами честной учительницы. (Ей все наше ведомо. И наши типы, и наши прототипы. *Старик* все еще молчит, ах, этот *Старик...*)

От их вопросов и моих (приноравливающихся) ночных ответов голова моя вновь начинает гореть, давление скачет. Но я уже ввязался в спор. Я им отвечаю, отвечаю, отвечаю, и чем их реплики резче и злее, тем более нервны и злы мои ответы.

А ведь надо бы отвечать загодя и поспокойнее. (Надо бы предусмотреть.) Обидно, если не сейчас, среди ночи, а завтра, уже после спроса, мелькнет искрой и тут же ярко вспыхнет запоздалый достойный ответ. Ах, как он, найденный слишком поздно, будет жалить сердце, и как же досадно станет за неповоротливый ум и суетный язык — вот ведь как! вот ведь как следовало ей (или ему) ответить! — будет вскрикивать позже душа, так задешево во время спроса обиженная и уязвленная.

Ночь. Взгляд в ночное окно. (Пустая улица. Темные окна в доме напротив.) Оглядываюсь. Какой-то всполох памяти при взгляде на старый сонный будильник. *Зорю бьют...*

...Сидящие люди, войдя в мое сознание, раз от разу укрепляли свои позиции (стол их уже на четырехстах ножках, дубовый, отяжеленный), — они укреплялись там с каждым спросом. Они уже во мне, это несомненно. Они живут. Вероятно, они и есть разрушение личности (всегда сидящие внутри десять-двенадцать человек, готовые с тебя спросить).

Мне равно неприятно, что меня разрушают годы, и что высокое давление, и что сердце сдает. И что ноги не так крепки. И что я пью валерьянку, чтобы поладить с нервами. Но если о потерях, мне более всего неприятно, что я не могу и подумать о том, чтобы пропустить завтрашний день спроса и попросту к ним не явиться (не могу же я не прийти к самому себе).

Конечно, здоровый инстинкт возмущается при виде разрушенных людей. (Но я стараюсь себя понимать. Какой есть — такой есть!..) Я уже заметил, что я понимаю людей, разрушенных жизнью. Я их принимаю. И уже заранее готов приобщиться к несчастью — к нищему на улице (их стало так много), к пьянице, сломавшему ногу, к старушкам, которые часами стоят в очередях с одеревеневшими лицами истуканов. Видел позавчера мальчика-дауна, час смотрел и час целый любил его (через него и весь мир). Мои ночные страхи — это я сам. В горькую минуту, когда видишь себя самого среди ночи, с набрякшими (вижу в зеркале) веками, с выпученными от давления глазами, в такую минуту, когда хочется себя жалеть и (хоть сколько-то) уважать, я говорю себе, что мои страхи — это знаки любви. Чем более я люблю растоптанных людей, тем более замирает мой трепещущий лоскут внутри. Бабочка, которая боится вспорхнуть. (Из опыта я, конечно, знаю, что ничего особенного завтра не произойдет. Как ничего не произошло и в предыдущие многочисленные спросы. Меня хорошо и обстоятельно поспрашивают. Что-то уточнят. Чем-то несильно оскорбят. И я тихо уйду.)

Ночь. (Я вдруг решился.) Надо было или перестать думать об этом, или наконец пойти. Ведь я все равно не сплю. И я уже вполне справился с волнением. (А почему не пойти? Ночная прогулка успокоит нервы.)

Прежде всего я оделся, потом осторожно повернул в дверях ключ. (Я умею выйти, не хлопнув дверью.) Я взял с собой портфель-дипломат: во все времена портфель производил на вахтеров впечатление, внушая, что пришел к ним человек солидный. В хорошем плаще, в вельветовой кепке. (Интеллигент шляпу не уважает и не носит — вахтеры это отлично чувствуют.) Мне, собственно, не надо притворяться: вот только одеться построже, без небрежности. Всё так. В дипломат легла маленькая бутылка. Я глянул на часы: без четверти пять. Полчаса я буду идти пешком. Серый рассвет. Пусть так.

Серый рассвет оказался темнее, чем я предполагал. Но воздух освежил, ноги шли хорошо, мягко, а ведь те же самые, что и час назад, тяжелые, ночные мои ноги. Я не торопился.

Четырехэтажный офис стоял темным кубом. Как я и предполагал, вахтер спал, но спать он предпочел не у входа, а где-то в глубине здания, так что мои постукиванья — слабые, потом достаточно сильные — были на первых минутах впустую. Я уже отчаялся (уже и затея моя стала терять смысл), но вдруг меня надоумило пойти к окнам. Вдоль окон первого этажа, вытянув руку и постукивая в каждое настойчивой дробью, — вот так я шел. В одном из окошек вспыхнул свет. Пятно лица прилипло к оконному стеклу, поизучало меня (каждый из нас смотрел на другого немного как на марсианина), — отпрянув от окна, неразличимое лицо исчезло. Старик-вахтер не спешил, обстоятельно оделся; возможно, зашел по пути в туалет. Наконец он появился и спросил: «Чего?» Портфель внушил ему сколько-то добрых чувств ко мне, так что он заметно приоткрыл дверь и спросил мягче: «Чего вам?» — уже отчасти с доверием и с уважением ко мне (и, конечно, к самому учреждению, которое поручено ему стеречь. В таком учреждении не перекрикиваются через двери).

Как и предполагалось, мой вид, мое объяснение насчет забытой важной бумаги, понятное желание взять ее до прихода уборщицы — все было убедительно. Глазки старика (он сильно зарос и заспался; возможно, мой ровесник) ощупали меня вновь и поверили. Но с водкой я промахнулся. «Не пью», — сказал он, когда я приоткрыл дипломат и, уже приоткрытый (с бутылкой внутри), подсунул ему под глаза — мол, как? годится?.. Не закрывая портфель, я ждал. Он хмыкнул и сказал с некоторой легкой натугой: «Если бы *стольник*, это бы лучше» — он прикинул уже по новым ценам, взяв с меня, как водится, все-таки поменьше. Бумажник был со мной; я отсчитал.

Оказалось, увы, что он не останется здесь сидеть и потягивать из горлышка удобной бутылки для детей (с недетским пойлом). Он с ключами пойдет со мной наверх. Он сам откроет. Все же он был старше меня. (Как бы человек ни выглядел, его возраст сразу узнаешь, когда он поднимается по лестнице.) Мы одолели два лестничных марша. Затем подошли к небольшому залу для заседаний, где старый вахтер и открыл мне дверь. «Идите. Смотрите... А я пойду вниз», — в старике сработала некая деликатность. И непредусмотренным образом получилось именно так, как я хотел. Я ответил: «Хорошо». — «Там, в тупике коридора, некоторые воду не закрывают. Забывают закрыть», — и он прислушался, как бы вникая ухом в пространство второго этажа. Но было тихо. Вода нигде не шумела.

Возможно, это был лишь психологический момент — известное желание пояснить чужому человеку, что мы, мол, не только сторожим, есть и всякие иные сложности в нашей работе (только говорится, что сторожить — это спать). Но, возможно, тут был и неведомый мне житейский иероглиф, подразумевающий, что по какой-то причине я пойду в тот тупиковый конец коридора и зайду, к примеру, в туалет (тогда я, вероятно, не должен был оставить там кран открытым). Все это было не столь уж важно. Он ушел, спустившись по лестнице.

А я вошел. Я вошел в открытую мне дверь — и теперь обходил знакомый мне стол, собираясь за него сесть, как только мои глаза вполне его увидят. За столом стояло несколько стульев (как бы ожидая людей). Два были отодвинуты, как если бы, покидая место, человек резко встал, толкнув стул назад. Возможно, *Молодой волк*, подумал я. Продолжая двигаться, я мысленно их рассаживал. Я тоже сел на один из стульев. Была мысль сесть не как судимый, но и не как судящий, а просто сесть на равных и молчать, продолжая в полутьме видеть их всех и угадывать, кто есть кто. Потом я зажег свет (ведь я ищу забытые листы) — и вновь сел. Вполне удовлетворившись видом стола и стульев вокруг, я негромко засмеялся. Я испытал необыкновенный прилив сил: чувства переполнились, ладони мои (как и задумывалось) уже лежали на столе, я как бы нажимал ладонями на сукно и на плоскость стола, пробуя сопротивление старого дерева. В некотором возбуждении я даже слегка ударил кулаком («Ужо тебе!..»), приятно ощутив силу удара; это тоже сошло, ничего не случилось. А затем я протянул руку к графину с водой, не пить, может быть, просто взять его, но не дотянулся — немного, на спичечный коробок не дотянулся. Привстав, я протянул руку еще вперед, и тут (помню: ударило резко, как хлыстом) сильнейший удар в грудь на секунду-две лишил меня сознания. Я лежал, навалившись грудью на сукно стола, и все еще вытягивал вперед, к воде, левую руку.

Сознание не включилось вполне, но, несомненно, я жил. Я слышал свое слабое похрипывание (весь вместе с хриплым дыханием, вместе со своим телом, вместе с рукой, вытянутой вперед, я находился на середине стола, только ноги, свесившиеся к полу, ощущались где-то далеко). Страха не было. Иных чувств тоже не было: время поплыло, и я не знаю, сколько его прошло.

Старик-вахтер наверх не поднимался, вероятно забыв или же оставив надолго меня одного с моими интересами. Он так и не пришел — он поднялся наверх только вместе с ранней уборщицей, которая тотчас заохала и заахала, как это обычно делают пожилые женщины, без труда определяющие беду и даже степень беды: «Инфаркт! Точно тебе говорю: инфаркт — не трожь, не волоки его ни в коем случае!..» — «Мать его!..» — в сердцах сказал вахтер. «Не бранись». — «Он че? разве слышит?» — «Слышит», — они обходили меня кругом (не спуская с меня глаз, но спокойно, неторопливо), как и я какое-то время назад обходил стол, примериваясь к нему узнавающим взглядом. Все же я мог упасть на пол (они озабоченно обсуждали именно это) — тело могло съехать со стола, грохнуться.

В свою очередь и я наблюдал из неподвижного положения, как среди многих известных мне персонажей, усаженных мною (мысленно) за стол, появились два непредвиденных: *Непьяница-вахтер* и старая *Уборщица-кардиолог* — они тоже участвовали, во всяком случае они тоже приняли, посовещавшись, касающееся меня решение и выполнили его: они меня передвинули. (Старик-вахтер осторожно поднимал мои свесившиеся ноги, а старая уборщица с другой стороны стола, прихватив за плечи, подтаскивала меня к середине. Так что в конце осторожной их операции я уже весь лежал на столе, хотя и наискосок, но без опасности упасть.)

Графин был возле левой щеки (близко), значит, я в основном находился на правой стороне стола. Послышались голоса, но это были еще не врачи. Пришли они — те, кого я хорошо знал.

Искоса я видел медленно подошедшего *Старика*, и с ним *Секретарствующего*, и еще *Бывшего партийца* в светло-сером костюме: они негромко переговаривались. Моя фамилия уже называлась вслух: «Он?.. Почему?» — «Он как раз пришел. Нет, он по списку не первый, но пришел раньше». — «Разве его вызывали сегодня?» — туда-сюда сновала *Женщина, похожая на учительницу*, — она метнулась к дверям, недопустимо, чтобы так долго ехала «*Скорая*» помощь». «Да ведь только что вызвали. Вахтер не догадался». — «Старый болван!» — сказал *Молодой волк из опасных*.

Кто-то из них, вероятно, стоял и с другой стороны стола, но моя поза — поза человека, лежащего на животе с вытянутой рукой и повернутой набок головой, — не давала их видеть. Заметив, что глаза мои моргают, некоторые из них перешли в ту часть обзора, который был мне доступен. Они смотрели на меня: я чувствовал их взгляд. Я задвигал губами, пытаясь улыбнуться, с жалким шутливым оправданием — мол, лежу, занял ваше рабочее место. Мол, так получилось, прошу простить, *виноват*.

10

.....*Соц-яр* напорист. (У него нет выдержки.) Он сыплет словами, словно в нашей речи нет падежей, — он хочет задавить сразу, а там, под завалом слов (когда ты уже хватаешь ртом воздух и еле дышишь) — там можно будет подумать и о диалоге. Он сильно предубежден против интеллигентов..

........в ее глазах скорбь, словно это не я — она, *Седая в очках*, провинилась. (Точнее, ее сын — вот кто провинился. А вина на ней.............................

.... Моя дочь.........жена........А если в приватизированной квартире не прописаны?..............................

Красивая женщина даже не смотрит на того, кого судят. О чем они говорят?! (Когда все сейчас только и думают о деньгах.) Отвернулась. Но иногда она вдруг добра. «Ну что вы задергали человека?!» — вдруг скажет

....
....

....

..........*Секретарствующий* пишет, сидя напротив.........
Меж вами графин с прозрачной водой.....................
на чистом листе дугу своей фамилии. (Искаженную кривизной стекла и воды. Через графин.)

....
....

....

.........Как не помнить. Выходили гурьбой с очередного судилища, и один из них, поправляя шарф, говорил другому — а тот на ходу закуривал: «Да, да. Ты прав. Вопрос пустяковый». — «Какая разница, пустяковый или не пустяковый, клиент-то умер...» — и они прошли дальше, сворачивая к остановке троллейбуса. (Я клиент. И обольщаться не надо. Молодой сказал. И улыбался, показывая хорошие зубы.

В ....
....

....

.........*Молодой волк из опасных* обычно говорит, откинувшись на спинку стула. Он даже раскачивается на стуле, рассматривает тебя:

— Вы думаете, что люди вас не понимают?.. Люди понимают. Люди отлично вас понимают!.. Люди отлично вас понимают!..

И указательным пальцем он резко болтает из стороны в сторону — мол, не пройдет! не пройдет у вас играть в прятки, милейший! ....
....
....
..........*Женщина с обыкновенной внешностью*. Никогда не начнет спрос первой. Молчит. Но в глазах ее разгораются алчные огоньки справедливости. (А как быть, если люди эгоистичны? и если даже собственные дети не радуют? кому повем печаль?..).......................
....
....
..........Это для них обыкновенно — отнять все (или почти все) у сидящего перед ними. Отнять, а потом вернуть. То обирать, то возвращать. В этом они, конечно, мельтешат и сильно отличаются от Бога, который дает жизнь лишь однажды. А если отбирает — то отбирает ....
....
....
..........когда страсти нагнетаются, сидящие за столом срываются в крик. *Социально-яростный* работяга вскакивает с места и тянется через стол — душить за горло: я узнал тебя, гад. Ты понимаешь, сука, что народ сейчас пашет и лес валит!...........................
....
..........россыпь листков перед *Секретарьком-протоколистом*, и по нескольку листков перед каждым, карандаши тоже, вроссыпь — бери, можешь взять два. Вот ....
....

СОДЕРЖАНИЕ

Литературно-художественное издание

ЛАУРЕАТЫ ЛИТЕРАТУРНЫХ ПРЕМИЙ

Маканин Владимир Семенович

ПРЯМАЯ ЛИНИЯ

Издано в авторской редакции
Ответственный редактор *Л. Михайлова*
Художественный редактор *Е. Гузнякова*
Технический редактор *Н. Носова*
Компьютерная верстка *Г. Клочкова*
Корректор *Н. Хотинский*

ООО «Издательство «Эксмо»
127299, Москва, ул. Клары Цеткин, д. 18/5. Тел. 411-68-86, 956-39-21.
Home page: **www.eksmo.ru** E-mail: **info@eksmo.ru**

Подписано в печать 14.12.2009.
Формат 84×108 $^1/_{32}$. Гарнитура «Балтика». Печать офсетная.
Бумага офс. Усл. печ. л. 16,8.
Тираж   экз. Заказ №

ISBN 978-5-699-38793-9

CPSIA information can be obtained at www.ICGtesting.com
Printed in the USA
BVOW07s0123231214

380476BV00001B/83/P